ROCCO

IMPÉRIO - FAMÍLIA CACCINI
LIVRO 1

ANE LE

1ª edição
Rio de Janeiro – Brasil

Texto de acordo com as normas do novo acordo ortográfico da língua portuguesa (Decreto Legislativo Nº54 de 1995).

Editora – Catia Mourão
Capa – Joice Dias
Diagramação – Catia Mourão
Revisão – Íris Lobo

CIP-BRASIL. CATALOGAÇÃO NA PUBLICAÇÃO
SINDICATO NACIONAL DOS EDITORES DE LIVROS, RJ

L466r

Le, Ane
Rocco / Ane Le. - 1. ed. - Rio de Janeiro : Ler, 2025.
184 p. ; 23 cm. (Império : Família Caccini ; 1)

ISBN 978-65-5055-107-0

1. Romance brasileiro. I. Título. II. Série.

25-96963.0 CDD: B869.3
CDU: 82-31(81)

Meri Gleice Rodrigues de Souza - Bibliotecária - CRB-7/6439
20/03/2025 25/03/2025

Foi feito o depósito legal.
Direitos de edição: Ler Editorial

Ler Editorial

SUMÁRIO

NOTA DA AUTORA

Este livro contém cenas de violência física e psicológica, relacionamento abusivo, conteúdo sexual explícito, tortura, morte e uso de drogas lícitas e ilícitas.

Para todas as leitoras incríveis que sempre acreditaram em mim e me incentivaram, esta história é para vocês. Vocês foram a luz em meio às sombras, o combustível que me impulsionou a transformar meus sonhos em realidade. Cada palavra escrita, cada página virada, é um tributo ao seu apoio inabalável, e à paixão que compartilham por histórias intensas e emocionantes.

Obrigada por me acompanharem nesta jornada e por fazerem parte deste sonho. Que esta história ressoe com a mesma intensidade e profundidade que seu apoio trouxe para a minha vida.

Com gratidão e carinho,

Ane Le

PREFÁCIO

Em um mundo onde sombras dançam com segredos e o amor é um jogo de poder e domínio, há aqueles que caminham na linha tênue entre o desejo e a destruição. Este livro é um mergulho profundo nas profundezas do coração humano, onde as paixões não são apenas sentidas, mas vividas com uma intensidade que desafia a razão.

Aqui, você encontrará personagens que não se limitam a viver seus sentimentos — eles os abraçam, os confrontam e, muitas vezes, os devastam. Cada página é um convite para explorar o lado mais obscuro e sedutor do romance, onde os limites entre o amor e o ódio são borrados e a possessividade não é apenas um traço, mas uma força primordial.

A história que você está prestes a ler é uma tapeçaria intrincada de emoções conflitantes e relações complexas, onde os protagonistas são moldados tanto por suas paixões quanto por suas falhas. Cada escolha é uma aposta, cada ato é um reflexo de um desejo profundo e, muitas vezes, inconfessável.

Prepare-se para ser desafiado, seduzido e, acima de tudo, cativado. Este é um passeio por um labirinto emocional onde os caminhos nem sempre levam ao que você espera, e onde o verdadeiro poder reside não apenas em controlar os outros, mas em se entender e se confrontar.

Bem-vindo ao mundo onde o escuro se encontra com o romântico, e onde o amor, em toda a sua complexidade, é a força mais perigosa e irresistível.

PRÓLOGO

Luara Sokolova

Eu cresci em uma família perfeita, era o que eu pensava. Sabia que tinha nascido no seio da máfia e que o sangue mafioso corria pelas minhas veias, o que me impunha certas obrigações. Tinha plena consciência de que meu pai era o capo da máfia russa e que meu irmão herdaria esse posto mais tarde, mas acreditava que, pelo menos por enquanto, estava imune a toda essa merda.

Ivan, meu pai, sempre tentou me manter afastada dos assuntos da máfia. Nunca participei de uma reunião ou festa promovida por eles, e agradecia por isso. Achei que meu pai queria me proteger desse mundo, mas estava completamente enganada.

Meus pais nunca me privaram de quase nada; eu saía, viajava, estudava e até fazia aulas de dança. Ao longo dos anos, recebia presentes em nome do senhor Vincent Caccini e sua esposa Giovana. Meus pais diziam que eles eram como padrinhos, embora eu os tenha visto apenas duas ou três vezes.

Há dois meses, recebi a pior notícia da minha vida.

Eu sabia que um dia teria obrigações a cumprir dentro da máfia, como qualquer outra mulher, e um casamento não era algo do qual pudéssemos escapar. Nascemos e fomos criadas para isso: casar e servir aos nossos maridos.

No entanto, imaginei que, devido à liberdade que sempre tive, coisa rara nesse meio, minhas obrigações estavam longe de se concretizar... ledo engano. O choque foi imenso quando meus pais revelaram que sou a prometida do filho mais velho dos Caccini. Não acreditei de imediato que meu pai, o homem que sempre idolatrei, e minha mãe, a mulher que mais amei, me apunhalaram pelas costas, me entregaram a um homem que nunca vi na vida e, pior de tudo, ao diabo em forma humana.

Chorei, gritei, esperneei, fiz birra, disse que odiava todos eles, inclusive meu irmão, que me escondeu isso. Podem me chamar de infantil e mimada, tudo bem, eu aceito. O que não consigo aceitar é a traição vinda das pessoas que mais amo.

Desde então, venho tratando-os com indiferença. É pura birra, eu sei, mas estou magoada, me sinto enganada e destruída por dentro. Nunca ouvi nada de bom sobre meu futuro esposo. O pouco que procurei saber sobre ele é aterrorizante!

O filho mais velho dos Caccini já assumiu a cadeira e é o Don, o todo-poderoso, que manda e desmanda em tudo e todos. É denominado como "diabo", por causa de sua crueldade.

Já consigo imaginar o meu fim...

Fui prometida ainda bebê. Meu pai estava em dívida com o pai dele, que na época era o Don. Quando o senhor Caccini veio até minha casa para cobrar a dívida, me viu e ficou encantado (palavras da minha mãe). Velho desgraçado, por causa dele minha vida acabou!

Resumindo, o velho quis fazer um acordo, e ficou decidido que quando eu completasse 18 anos me casaria com seu filho. Meu pai, sem saída, aceitou. De acordo com ele, papai tentou me preservar de tudo durante esses 18 anos, e me permitiu viver uma vida livre e tranquila até que não fosse mais possível. Acho que quis amenizar a culpa que carrega.

Eu me sinto perdida. Não quero me casar com ele, sem contar que o Don é velho; temos uma diferença de idade de dezessete anos. Que velho asqueroso! Querendo se casar com uma menina nova. Imagino que ele deva ser horrível!

A cada segundo que passa, meu desespero e aflição triplicam.

Capítulo 1

Luara Sokolova

— Oi, posso entrar? — pergunta meu irmão, parado à porta do meu quarto.

— Pode.

— O que você está fazendo aí? — Ele aponta para o celular na minha mão.

— Conversando com a Char.

Char é como chamo carinhosamente Charlotte, minha amiga. Estudamos juntas e ela tem uma queda pelo meu irmão.

— Sabe que vamos para a Itália amanhã?

Ele me olha com tristeza, como se sentisse pena de mim.

E, tudo bem, eu entendo; estou sentindo o mesmo.

— É, fiquei sabendo. O tal noivado será no sábado, né? — pergunto, respirando fundo para não chorar.

— Lua, vem cá, minha borboleta. — Victor se aproxima, senta-se ao meu lado na cama e me abraça forte. Não consigo me controlar e deixo as lágrimas rolarem. — Você sabe que se eu pudesse fazer qualquer coisa para evitar esse casamento, eu faria, não sabe? — Balanço a cabeça em sinal positivo, impossibilitada de falar devido ao choro que embarga minha voz. — Infelizmente, eu não posso, e me sinto um merda por isso.

— Você não tem que se sentir assim, isso não é culpa sua — falo, pois é a verdade. — Essa merda toda é culpa do papai!

— Eu sei que você está nervosa e que não consegue entender as razões dele, mas papai fez isso para salvar a nossa família. Do contrário, seríamos mortos, todos nós. Ele está sofrendo muito, e a mamãe também. Você pretende ignorá-los até quando?

— Não sei — respondo com sinceridade, ainda com raiva, sem saber se algum dia perdoarei meu pai. — Estou falando com a mamãe, mas... ainda não estou aceitando essa situação toda, sabe? Preciso de um tempo para assimilar tudo. Eu vou superar, eu tenho que superar. — Puxo o ar com força.

— Fica bem. Prometo fazer tudo o que estiver ao meu alcance para que nada de mal te aconteça. — Deposita um beijo carinhoso no topo da minha cabeça, me abraça bem forte e se levanta. — Boa noite, minha borboleta!

— Victor? — o chamo, antes que saia do quarto. — Sobre o meu futuro marido... — é horrível dizer isso, "futuro marido", pois soa tão estranho, visto que eu nem o conheço. — Ele é 17 anos mais velho do que eu. — Pigarreio, antes de fazer a pergunta. — Ele é muito feio? — pergunto, sabendo que meu irmão já o viu várias vezes, já que é ele que trata dos assuntos da nossa família. Após esse acordo de casamento, se formou uma aliança entre as máfias.

— Olha, sabe que o único homem bonito desta Terra sou eu, né? — brinca, convencido, como sempre. — Mas ele não é horroroso, está conservado, pode ficar tranquila.

Será que ele queria me deixar melhor com essa resposta? Porque, sinceramente, ele não conseguiu. Conservado? Misericórdia!

— E sobre o que falam dele? É verdade? — A palma da minha mão já está suando, com medo da resposta.

— Não pensa nisso agora. — Estreito os olhos, repreendendo-o. Eu quero uma resposta válida e sincera, e Victor sabe disso. — Tudo bem, tudo bem! Se você quer saber... — Dá de ombros, sabendo que eu encherei o saco dele até obter uma resposta. — As coisas que falam dele são verdadeiras; já o acompanhei em algumas missões e posso dizer que é até um pouco pior. Agora que já tem sua resposta, vá descansar. Vamos sair amanhã cedo.

Ele sai do quarto, e eu entro em pânico.

Eu estou fodida!

A viagem é feita em silêncio, e continuo me recusando a falar com meu pai. Os Caccini fizeram questão de que usássemos o jatinho deles.

Insuportáveis!

Estou me arrumando para o circo de horrores que prepararam: O meu noivado feliz. Que ironia! Será que ninguém percebe que isso é um absurdo? Farei 18 anos em três semanas, e duas semanas depois será meu casamento. Eu nem comecei minha vida adulta; não beijei na boca, não transei com vários carinhas aleatórios — que ódio! Só quero ser normal, fazer o que as garotas normais fazem. Não pedi para nascer na merda da máfia.

Eu odeio essa corja!

Apesar do meu pai me deixar livre, sempre soube que estava sendo vigiada, o que me impedia de viver plenamente minha adolescência. Talvez por isso nunca arrisquei me envolver com ninguém. Tinha medo de decepcionar meu pai, afinal, sempre pensei que fosse sua pequenina.

Já pronta, me olho no espelho. Estou com um vestido preto justo ao corpo, com uma fenda na lateral. Deixo meus cabelos soltos e passo uma leve maquiagem para realçar meus olhos azuis. Fui agraciada com curvas generosas, e esse vestido as destaca ainda mais.

— Você é forte, Luara, vamos, coragem! — falo para mim mesma, olhando-me no espelho e me encorajando.

Meu pai, minha mãe e meu irmão estão na sala à minha espera.

— Você está linda, borboletinha! — elogia meu irmão.

— Filha... — chama meu pai, e pondero se devo ou não olhar para ele.

Percebo o olhar de tristeza da minha mãe e decido ouvi-lo. É impossível ficar com raiva de dona Yelena. Minha mãe é uma mulher incrível e, mesmo com toda a mágoa dentro de mim, não quero chateá-la.

— Oi?

— Filha, desculpe-me! Sinto muito, mas não posso fazer nada para voltar atrás. Só posso desejar que você seja feliz no seu casamento, assim como eu sou com sua mãe. Me perdoa, Luara, eu não sabia que seu futuro marido se tornaria o "diabo".

— Era só isso, papai? — Arqueio a sobrancelha, encarando-o com escárnio.

Estou com tanta raiva!

— Filha, eu sei que seu pai errou, mas foi na melhor das intenções — mamãe tenta apaziguar.

— Claro, mamãe, entregar sua filha para pagar dívidas é, sem dúvidas, uma das melhores intenções — ironizo.

— Espero que você me perdoe um dia, minha borboletinha. — Papai usa o apelido que me deu quando criança.

Ele sempre disse que sou como uma borboleta: que eu tenho alma alegre, livre e criativa, assim como as borboletas.

Meu irmão observa tudo sem dizer nada.

Decido não responder. Ainda não estou preparada para perdoá-lo.

— Vamos? — chamo, pronta para encerrar a conversa.

Capítulo 2

Luara Sokolova

Chegamos à mansão dos Caccini e, realmente, é um lugar muito bonito. Entramos e somos recepcionados por uma mulher linda, que acredito ser Giovana, mas não tenho certeza. Da última vez que a vi, eu ainda era muito nova.

— Sejam bem-vindos, meus queridos — saúda ela. — Luara, que mulher linda você se tornou. Meu filho é um homem de muita sorte — diz, com um enorme sorriso no rosto.

Agora tenho certeza de que é ela, a mãe do diabo com quem irei me casar.

— Obrigada! — É tudo o que me limito a dizer.

— Vamos, quero apresentar a família a vocês!

Nós a acompanhamos até perto de dois homens: Um, que pela idade deve ser seu marido, o velho infeliz que me comprou para o filho; e um mais novo, que se parece com ele. Ambos são muito bonitos, isso é inegável.

Será que esse é o meu futuro marido?

— Luara, esse é Vincent, meu esposo, e esse é o nosso filho Renzo — apresenta-nos.

Então, esse não é o dito cujo.

— Querida Luara, que moça bela você se tornou.

O velho vem em minha direção e beija minha mão. Minha vontade é de dar um tapa na cara desse desgraçado, mas apenas agradeço o elogio.

— Cunhadinha, que bela *ragazza*[1] você é! Meu irmão é um bastardo de muita sorte — sorri galanteador... caramba, ele é realmente muito bonito!

— Obrigada, Renzo.

— Seu noivo foi ao escritório resolver um problema, mas já deve estar voltando, querida — avisa Giovana.

Como se eu estivesse interessada em saber. Por mim, ele pode ficar lá para sempre.

— Ali está ele, *mamma*[2] — fala Renzo, com um sorriso divertido no rosto.

Todos olharam para a porta e, para minha surpresa, ele entra na sala, acompanhado de uma loira. Ele é um pouco mais alto que Renzo e, na minha percepção, mais bonito. Entretanto, sua figura é intimidadora.

---

[1] "Ragazza" é uma palavra italiana que significa "garota" ou "moça".

[2] "Mamma" é a palavra italiana para "mãe".

A loira ao lado vem em nossa direção com um sorriso debochado e, quando ele se aproxima, vejo que o canto da sua boca está manchado de batom vermelho, o mesmo que a loira usa.

Maldito, não respeita nem o dia do nosso noivado!

Giovana pigarreia, parecendo bem constrangida.

— Filho, essa é Luara, sua noiva — apresenta-nos. — Luara, esse é o Rocco.

Ele me encara, mas não consigo decifrar o que se passa em seu olhar, já que Rocco não demonstra nenhuma reação. Sua expressão está impassível.

— Ótimo, vamos apressar esse jantar logo e anunciar o noivado, tenho compromissos. — Totalmente frio e com a voz rouca, não faz a menor questão de me conhecer.

Que homem grosso!

Vamos para a sala de jantar e basta um pigarro desse homem para que todos à sua volta se calem e prestem atenção na figura majestosa do Don Caccini.

— Boa noite, senhores. Como todos sabem, estamos aqui para oficializar o noivado da senhorita Luara Sokolova comigo. Estamos formalizando a união entre as máfias italiana e russa, que já tem rendido bons frutos a todos nós.

Meu pai cochicha e pede para que eu me levante. Obedeço. Rocco tira uma caixinha do bolso e, sem me olhar, coloca o anel de diamante vermelho no meu dedo.

O pai dele se aproxima e faz um pequeno corte na palma das nossas mãos com uma lâmina. Assim que o sangue escorre, Rocco aperta a minha mão, selando o noivado com nosso sangue.

— A partir de hoje, Luara se torna oficialmente minha noiva — anuncia, levantando a taça, e todos fazem o mesmo, como se fosse um brinde.

Grande bosta!

Tenho vontade de revirar os olhos, mas me seguro.

Depois do anúncio, a festa continua, e meu noivo, mesmo com tanta pressa, permanece lá, enquanto a loira não desgruda dele um minuto.

Ótimo, meu futuro vai ser brilhante. Vou viver sendo maltratada, humilhada e ridicularizada por esse homem. Não vejo a hora dessa palhaçada acabar para que eu possa ir embora! Decido caminhar um pouco no jardim, mas sinto uma mão segurar meu braço.

— Você vai aonde? — pergunta meu pai.

— Vou ao jardim. Não aguento mais olhar para a cara dessas pessoas. Mas fique tranquilo, papai, não irei fugir. Sei muito bem que meu destino está traçado e nada que eu faça mudará isso. — Há tanta mágoa dentro de mim que minha voz embarga e meus olhos se enchem de lágrimas.

— Sinto muito, filha! Quanto mais rápido você aceitar essa situação, melhor será para você.

Puxo meu braço e saio dali o mais rápido possível. Como posso aceitar uma situação dessas? Eu estou sendo obrigada a me casar, meu futuro marido é um idiota e não me respeita nem no dia do nosso noivado.

Imagina depois do casamento!

— Idiota, imbecil! Ai que raiva, que ódio! O que eu fiz para você, universo? — Olho para o céu, esperando uma resposta.

Estou tão indignada com o meu futuro.

— Espero que esteja xingando o meu irmão, e não a mim.

Levo um susto ao perceber que Renzo está sentado atrás de mim. Ele está fumando um charuto e bebendo algo que não consigo identificar.

— Ai, que susto! — Coloco a mão no peito. — O que você faz escondido aí?

— O mesmo que você, minha jovem, fugindo.

— Por que você estaria fugindo? — indago, confusa.

— Depois que o Rocco se casar, é minha vez de fazer um casamento vantajoso, e eu não tenho saco para essa merda — responde, visivelmente irritado.

— Bem-vindo ao clube! — Me aproximo e me sento a seu lado. Apesar de Renzo ter várias tatuagens e um semblante sério, ele não me deixa com medo, diferentemente do seu irmão. — Então você está fugindo da mulherada lá dentro que sonha em se casar com um dos Caccini? — brinco, rindo.

— Exatamente! — Traga seu charuto. — Garota esperta! — Lança-me uma piscadela.

— O que tem nesse copo?

— Uísque. — Mostra-me o líquido âmbar.

— Me dá um pouco disso aí — peço, mesmo sem nunca ter bebido.

— Você não tem idade para isso, criança — responde irônico, zombando.

— Vamos, Renzo, me dê um pouco disso, só assim para aguentar esta festa até o fim — imploro.

Ele me estende o copo, e dou um gole, fazendo uma careta feia em seguida.

— Isso é horrível!

— Ora, ora, veja só se não é minha noiva bebendo escondida junto com *mio fratello*[3]. — Escuto a voz dele e, na mesma hora, o gosto amargo do uísque desaparece.

— Ela pediu, e eu dei — explica Renzo, dando de ombros.

— Que eu saiba, você não tem 21 anos, criança — fala com seu tom frio e debochado, mas é possível perceber que está bravo.

— E que eu saiba você não é meu pai! — tomada pela raiva, respondo atravessado, sem nem ao menos perceber.

— Mas sou seu dono! — rosna, dando um passo à frente.

Levanto-me, na tentativa de conversar com ele cara a cara, mas não é possível pela nossa diferença de altura.

— Você não é meu dono! — Uso o mesmo tom grosso que ele.

— Ainda não, mas em alguns dias serei. — Rocco abre um leve sorriso no canto da boca.

---

[3] "Fratello" é a palavra italiana para "irmão".

— Em alguns dias não é agora, portanto, você não manda em mim — respondo, virando-me para sair dali, mas sou impedida por sua mão enorme, que segura meu braço.

— Não brinque comigo, criança — ameaça, com os olhos estreitos e a raiva escancarada na expressão.

— Se não o quê, Don? — debocho. Eu sei que estou rindo na cara do perigo, mas eu não me importo muito. — Você vai me matar? Gostaria de informar que será um favor que você irá me fazer. — Puxo meu braço do seu aperto. — Não pense que serei seu brinquedinho, porque não serei!

Saio dali praticamente correndo, sentindo o coração acelerado e a adrenalina fluindo em minhas veias.

De onde tirei tanta coragem? Deve ter sido o uísque!

Capítulo 3

Luara Sokolova

Depois do noivado, voltamos para a Rússia. Eu não quis participar dos preparativos do casamento e deixei tudo nas mãos da Giovana. Escolhi o modelo do vestido e enviei para ela. A filha de Giovana é estilista, e o desenhará conforme minha preferência, mudando apenas alguns detalhes. Não me importei com isso, já que não dou a mínima para esse casamento.

— Luara, o que está acontecendo? Você anda distraída, não está conseguindo concluir a coreografia — repreende Ana, minha professora de dança.

— Irei me casar — digo, e ela arregala os olhos.

— Como assim? Vai se casar? Eu não sabia que estava namorando, nem noiva, muito menos apaixonada!

Abro um sorriso triste.

— É a vida — suspiro, cansada de ficar remoendo essa história —, mas vamos deixar isso de lado e tentar ensaiar mais uma vez.

Desde que completou 18 anos, Char, minha melhor amiga, vinha se jogando na vida noturna. Eu sabia que era errado, mas sentia uma inveja enorme dela e de todas as garotas que podiam viver uma vida normal.

Char: *Amiga, vamos a uma boate hoje? Depois da meia-noite, claro, haha!*

Recebo uma mensagem dela e, ao ler, solto um suspiro pesado. Eu bem que queria comemorar meu aniversário em grande estilo com minhas amigas, mas estou tão desanimada. Além do mais...

Eu: *Boate? Completamos 18 anos, sua maluca, não 21. Nunca irão nos deixar entrar em boates lotadas de bebidas alcoólicas.*

Char: *E você acha que eu não sei disso? Tenho uma surpresinha de aniversário para você. Vamos, Lu. Pode ser sua última saída solteira!*

Eu: *Surpresa?*

Char: *Consegui duas identidades falsas para nós, amiga, já que Ana não precisa de uma. Vamos nos esbaldar essa noite.*

Char: *Não sei se é uma boa ideia, Char!*

Tento argumentar, pois um pressentimento estranho me consome, mas talvez seja apenas a tristeza que me envolve.

Char: *Amiga, deixa de ser medrosa. Já usei várias vezes e sempre deu certo. Vamos aproveitar! Você vai se casar em duas semanas e eu não vou curtir uma boate com minha melhor amiga? Vamos lá...*

Eu: *O que você não me pede sorrindo que eu não faço chorando, hein?*

Char: *MENTIRAAA! Você vai? Paraaaaa!!!*

Eu: *Não era isso que você queria? Pois bem, vamos comemorar meus 18 anos curtindo.*

Char: *Ai, que legal! Uma despedida de solteira e a comemoração da sua maioridade! Vou chamar a Ana e nós três vamos juntas.*

Pelo menos alguém está animada.

Eu: *Tá bom, amiga, vou me arrumar.*

Char: *Vamos passar para te buscar às 00h30. Beijos!*

— Amiga, feliz aniversário! Você está tão linda! Os homens vão cair matando. Ana, não vai sobrar homem nenhum para nós duas! — exclama Char, radiante.

— Linda mesmo, Lua — Ana também elogia, sorrindo.

— Obrigada! Vocês duas também estão maravilhosas — respondo, retribuindo os elogios.

Chegamos à boate e entregamos nossos documentos na entrada. Meu coração falha uma batida, pois o segurança olhou para o documento e, em seguida, para nós algumas vezes.

— Sejam bem-vindas — diz finalmente.

— Obrigada! — Não pude deixar de soltar um suspiro de alívio.

O cenário da boate é puro espetáculo. As luzes intensas dançam em uma coreografia vibrante, piscando e mudando de cor ao ritmo pulsante da música eletrônica que preenche o ambiente. Uma névoa leve se espalha pelo chão, criando um efeito etéreo que mistura sombras e brilho. Lustres modernos, com design geométrico e cristalino, refletem as luzes em todas as direções, como pequenas estrelas em um céu noturno. A multidão se move como uma onda, perdida no som ensurdecedor, que faz o chão vibrar sob os pés. Espelhos estrategicamente posicionados nas paredes ampliam o espaço, multiplicando as luzes e as silhuetas em uma ilusão hipnotizante. Char me puxa pelo braço, levando-me para o meio da multidão.

No bar, pedimos nossas bebidas.

Ainda não consigo acreditar que conseguimos entrar com aquelas identidades.

— Vamos dançar! — grita Ana, para que seja ouvida sobre a música alta.

— Vamos! — responde Char com entusiasmo.

— Eu vou beber mais um pouco — aviso.

Talvez com mais bebida eu consiga me soltar mais.

Eu já perdi a conta de quantos drinques consumi. A pista de dança à minha frente parece girar. Vejo minhas amigas se divertindo loucamente e começo a me animar também. Junto-me a elas e começo a dançar até as pernas doerem e meu corpo suar. Nunca tinha me divertido tanto!

— Vamos tomar tequila! — grita Char, animada.

— Vamos! — respondo, antes de todas.

Tomamos várias doses e, se me perguntarem, não sei dizer meu próprio nome. De volta à pista de dança, um rapaz se aproxima de nós.

— Percebi que dançam muito bem, até têm coreografias. Vocês são um grupo de dança? — pergunta, curioso.

— Fazemos aula de dança — responde Char.

Já eu, estou tão bêbada que mal consigo falar.

— Topariam dançar uma música no palco? Vocês escolhem qual.

— Sim! — respondemos em uníssono, totalmente influenciadas pelo álcool.

"Sim, eu posso vê-la
Porque toda garota aqui quer ser ela
Oh, ela é uma diva
Eu sinto o mesmo e quero conhecê-la
Dizem que ela é baixa
Isso é apenas rumor e eu não acredito
Dizem que ela precisa ir devagar
A pior coisa em torno da cidade
Ela não é como uma garota que você já viu antes
Nada que você possa comparar com as vadias do bairro
Estou tentando achar palavras para descrever essa garota
Sem ser desrespeitoso
O jeito que esse traseiro se move, não posso mais aguentar
Tenho que parar o que estou fazendo, pra chegar mais perto
Estou tentando achar palavras
Para descrever essa garota sem ser desrespeitoso
Droga, Droga, você é uma vadia sexy
Uma vadia sexy
Droga, você é uma vadia sexy
Droga, Droga, você é uma vadia sexy
Uma vadia sexy

Droga, você é uma vadia sexy"[4]

Dançamos como loucas, mal percebendo a letra. O álcool já havia tomado conta. Somos ovacionadas com aplausos, assobios e gritos, e isso nos deixa ainda mais animadas.

Quando a música está quase no fim, sinto alguém puxar meu braço com força e me colocar sobre os ombros.

Então me dou conta.

Ferrou, fui pega pelo diabo!

---

[4] David Guetta ft. Akon - Sexy Bitch

Capítulo 4

Rocco Caccini

Fiz meu nome dentro da máfia, tornei-me o mais temido de todos e me orgulho disso. Não sou tão cruel quanto pensam; nunca matei ninguém que não merecesse morrer. Na máfia, sou conhecido como o Diabo, já que não tenho piedade de ninguém, exceto crianças e mulheres inocentes. Fora isso, qualquer um que ouse entrar no meu caminho, eu elimino; não tenho paciência para joguinhos.

Renzo, meu irmão, é o oposto de mim: centrado e calculista. Já eu, sou impulsivo. Temos também a princesa Alice, nossa irmã, que está em Milão estudando moda. Pretendo mantê-la longe de toda essa sujeira que envolve a máfia, incluindo casamento e afins. Ela é boa demais para essa vida. Meus pais são pessoas boas: minha mãe é uma mulher fantástica, e meu pai fez o possível para ser o mais razoável possível no nosso treinamento, sem crueldade comigo e meu irmão.

Quando completei vinte anos, descobri que estava prometido a uma moça que praticamente acabara de nascer. Achei um absurdo e até tentei contestar, mas meu pai era o Don e sabia o que estava fazendo. Então, apenas aceitei.

Nesses dezessete anos esperando minha esposa se tornar adulta, aproveitei para me divertir bastante. Deitei-me com muitas mulheres, ao contrário da minha prometida, que nunca esteve com outro homem. Mesmo à distância, tenho pessoas vigiando cada movimento dela. Sei tudo sobre a minha menina.

Luara é baixa e aparenta ser frágil, mas no dia do noivado pude perceber que não é tão frágil quanto imaginava. Seus longos cabelos negros e olhos azuis como o mar hipnotizam qualquer um que esteja à sua frente. É uma mulher simplesmente espetacular, linda!

Não posso esquecer de mencionar que minha futura esposa é atrevida e tem uma boquinha muito esperta. Mas tudo bem. Com o tempo, ela entenderá seu lugar, e como deve se comportar com o marido. Não tenho tempo e nem paciência para criança mimada. Para ser minha mulher, ela precisará aprender a me respeitar e obedecer. Terá que ser uma perfeita dama, como se espera da esposa do Don.

Saio do banho e Shantal ainda está deitada na cama, depois de uma noite regada a muito sexo. Apesar de ficar com outras mulheres, gosto de estar com ela. O sexo é bom, então mantive-a como minha amante, deixando-a neste apartamento depois que a retirei de um bordel.

— Você já vai embora? — pergunta com a voz manhosa.

— Sim. Tenho coisas para resolver.

Preciso organizar uma pequena mala para minha viagem e, além do mais, nunca dormi ao lado de uma mulher.

É sempre apenas sexo.

— Vai voltar amanhã? — Vem engatinhando na cama e para à minha frente.

Estou terminando de colocar meu terno.

— Não sei. Te aviso.

Seguro seu rosto com uma mão e dou um leve aperto. Sei que ela espera um beijo, algo que nunca aconteceu, mesmo após três anos juntos. O que aconteciam eram tentativas inúteis de Shantal me beijar, como no dia do noivado — o que me deixou muito irritado, para falar a verdade.

— *Ciao* [5]— despeço-me e saio do apartamento.

Chego à Rússia de madrugada, exausto, e vou direto para um quarto de hotel, que já havia sido reservado. Decidi fazer uma surpresa para Luara no dia do seu aniversário de 18 anos. Só não sei se ela ficará tão surpresa — ou feliz — assim. Preciso começar a domar a fera antes do casamento. Já tenho problemas demais para resolver na máfia e não posso perder tempo com essa besteira de casamento e esposa. Portanto, vim para deixar claro como as coisas vão funcionar a partir de agora.

Estou tomando meu uísque e fumando meu charuto, quando uma batida à porta do quarto chama minha atenção. É meu fiel segurança.

— Senhor, temos problemas.

Bebo um longo gole do líquido âmbar e o encaro.

— Que problemas poderíamos ter na Rússia, Tom? — pergunto, mesmo já sabendo a resposta.

Aqui, apenas uma pessoa poderia me trazer problemas: minha futura esposa.

— Sua noiva está em uma boate com mais duas amigas.

Essa peste está determinada a me trazer problemas. Cadê os pais dela para imporem limites? Não é meu dever educá-la!

— Vamos para essa boate. — Levanto-me com tranquilidade.

Não vou deixar que essa pequena garota me tire do sério.

Visto meu terno e vou ao encontro da pequena diabinha. Chegando ao local, percebo um tumulto perto do palco. Conforme vou me aproximando, ouço alguns homens gritando "gostosas" e fico curioso para descobrir do que se trata. Abro espaço e, para meu completo delírio, Luara e mais duas

[5] "Ciao" é uma palavra italiana que pode significar tanto "olá" quanto "adeus", dependendo do contexto. É uma saudação informal usada para cumprimentar alguém ou se despedir.

meninas estão dançando, sendo observadas por todos aqueles marmanjos. Elas riem e não parecem se importar com os adjetivos que lhes são dados.

O que essa garota pensa que está fazendo dançando assim na frente de todos?

— Se eu pego essa gostosa de branco, acabo com a vida dela na cama. Que mulher linda! — fala um imbecil, e eu sei que ele se refere à Luara, já que ela é a única vestida com essa cor.

Consumido pela raiva, eu o agarro pela camisa.

— Da próxima vez que falar da minha mulher, ou mesmo olhar para ela, ficará sem os olhos e sem a língua — rosno, e o jogo no chão.

Luara está tão imersa na dança que não vê minha aproximação. Quando estou perto o suficiente, como ela está na beirada do palco, afastada das amigas, puxo-a sem dificuldade, colocando-a sobre meus ombros. Meus seguranças vão abrindo espaço para que eu saia, enquanto ela grita e se esperneia.

Abro a porta do carro e jogo-a no banco de trás sem dificuldades. Luara é tão pequena e leve que me pergunto se ela tem se alimentado direito. Percebo seus olhos arregalados, claramente surpresa e amedrontada ao me ver.

— O que você está fazendo aqui? — pergunta, com a voz embargada.

— CALA A BOCA! — grito, sem paciência, e a vejo estremecer.

Entro no carro e começo a dirigir em silêncio. A raiva que estou sentindo é tão intensa que prefiro me calar a falar algo impulsivo. Estaciono no hotel onde estou hospedado e, ao olhar para o lado, vejo que ela cochilou. Eu a pego no colo e subimos pelo elevador. Assim que entro no quarto, ela desperta.

— Onde estou? — Luara olha a sua volta. — Por que me trouxe para cá e não me levou para a casa dos meus pais?

— Porque eu quis — respondo, simples assim. — Ou prefere que seu pai te veja assim? Bêbada?

Ela não responde, olha de um lado para o outro e passa a mão na cama.

— Hum, me trouxe no colo. Que romântico, senhor Rocco. — Luara cai na gargalhada, zombando, provavelmente pelo efeito do álcool.

Deixo-a sentada na cama e me afasto um pouco.

— Você está bêbada, Luara!

O cheiro do álcool é perceptível de longe.

— Bêbada, não! Que coisa feia de se dizer. Estou alegre, alegre! — Ela ergue os braços. — Fica feliz por mim, Rocco. Estou comemorando meu aniversário antes da minha morte.

— Não suporto gente bêbada. — Encosto na parede e a observo.

— E eu não suporto você, não suporto esse casamento, não suporto meu pai, não suporto a máfia. Eu odeio todos vocês! — ela grita, a fala levemente embolada, mas consigo compreendê-la.

— Levanta — ordeno.

Ela balança a cabeça em sinal negativo, rindo.

— Levanta agora, Luara! Não me faça perder a cabeça.

— E se você perder a cabeça, Rocco? O que vai acontecer? Vai me foder aqui? — Ela passa a mão no tecido macio. — Nesta cama?

Por um instante, tenho vontade de rir. Luara bêbada é surpreendentemente atrevida.

— Proposta tentadora, mas não vou fazer isso.

— Por quê? Não sou gostosa o suficiente para você? Não sou gostosa como sua amante? — pergunta, completamente nervosa.

— Luara, eu não converso com gente bêbada. Somente por isso te darei um desconto hoje. Agora, vá dormir! — Saio do quarto antes que ela diga ou faça algo que a machuque.

— Eu te odeio, Rocco! — Ouço-a gritar.

Eu até cogito a possibilidade de levá-la para tomar um banho gelado, mas decido deixá-la quieta. Ela fala muita besteira quando está bêbada.

Espero um tempo e, assim que o silêncio toma conta do ambiente, volto para o quarto e a observo dormir. Tenho que admitir, ela é realmente muito bonita. Seu rosto é angelical, a pele é suave, e quando me olha consigo ver a imensidão azul do mar através de suas íris.

Além disso, Luara exibe um corpo admirável. Acredito que isso vem das aulas de dança que ela faz. Já assisti a algumas aulas por vídeos que recebi. Claro que gostaria de ver pessoalmente, mas, mesmo pela tela de um celular, foi o suficiente para perceber que ela dança com maestria. Ela parece flutuar, enquanto se perde no ritmo da música. Ponto positivo para minha futura esposa.

CAPÍTULO 5

Luara Sokolova

Acordo com uma dor de cabeça surreal.

Ai, que droga! O que aconteceu ontem?

Abro os olhos lentamente e percebo que não reconheço onde estou. Um filme passa pela minha cabeça: Char, Ana, a boate. Bebida, música, dança e... Rocco.

Espera... Rocco? Meu futuro marido?

Ai, meu Deus! Estou no quarto do Diabo!

Olho para o lado e vejo um copo de água e um remédio. Nos pés da cama, há um vestido, uma calcinha, ainda com etiqueta, e uma toalha.

Tomo o remédio e decido tomar um banho.

Eu tenho que enfrentar o Diabo. Não tenho saída.

Eu o encontro sentado em uma cadeira na varanda, com uma enorme mesa de café da manhã posta. Esta suíte executiva em que ele está acomodado é muito bonita, e me pergunto quanto tempo ele pretende passar aqui para alugar um lugar tão espaçoso. Rocco mexe no celular e, aparentemente, não parece nervoso. Aliás, não demonstra nenhuma emoção.

— Bom dia! — cumprimento-o timidamente. — Obrigada pelas roupas e o remédio. — Sento-me à sua frente.

Ele larga o celular.

— Bom dia, querida noiva. Dormiu bem? — O tom de voz que ele usa comigo é de pura ironia, posso sentir.

— Dormi, sim, sua cama é ótima! — respondo, também com ironia.

— Feliz aniversário! — parabeniza-me, para minha total surpresa. — Tome seu café da manhã, iremos sair.

Quero perguntar para onde vamos, mas tenho medo de puxar conversa e ele querer tocar no assunto de ontem à noite. Decido ficar quieta. No caminho, percebo que Rocco me leva para casa, e fico aliviada em saber que estou indo para um lugar seguro. Quando chegamos em casa, na sala de estar, encontramos meus pais e meu irmão, todos me olhando com expressões assustadas.

É claro que já estavam me esperando.

— Aqui está ela, Ivan — diz Rocco ao meu pai. — Gostaria de informar que não aceitarei mais esse tipo de comportamento. Dessa vez, não irei puni-la. Hoje é seu aniversário e ela está prestes a se casar contra sua vontade, somente por isso irei relevar esse comportamento. Por isso fez uma estupidez dessas. Mas espero que você saiba colocar sua filha no lugar dela. Ontem à noite agiu como uma *puttana*[6], sensualizando para vários homens. Estava tão bêbada que nem se lembra ao certo onde acordou. Qualquer um poderia ter levado sua filha embora e feito o que quisesse com ela. Espero uma atitude sua. Serei o marido dela, e não o pai. Você a corrigirá com amor, não espere o mesmo de mim. — Olha para todos nós. — Passar bem — cospe as palavras com ódio e sai sem se importar com nada.

Olho para meus pais com lágrimas nos olhos, decepcionada com tudo que aconteceu. Então é isso, ele queria me humilhar, me ridicularizar na frente deles.

— Foi para esse monstro que vocês me entregaram! Vocês me entregaram para um monstro, ouviram bem? Um monstro! Eu nunca serei feliz ao lado desse homem — grito, deixando as lágrimas escorrerem pelo rosto.

Subo as escadas correndo, entro no quarto, tranco a porta e me permito chorar.

Droga de vida!

Eu te odeio, Rocco Caccini, te odeio!

Só de olhar para aquele homem é visível como ele sente prazer em maltratar as pessoas. Seu olhar é gélido. Ele não aparenta ser uma pessoa amorosa. Fico imaginando o que me espera daqui para frente. Como meus pais tiveram coragem? Estou ferrada, minha vida vai ser uma merda, já consigo imaginar. Aposto que meu casamento nunca será como o dos meus pais. Vou viver tudo aquilo que já escutei sobre as mulheres da máfia.

Nós não podemos fazer uma faculdade, trabalhar ou até mesmo sair sozinhas. É raro encontrar homens bons dentro desse mundo. Geralmente, todos eles nos menosprezam e sentem prazer em nos humilhar. Sinto uma tristeza profunda só de imaginar que vou passar o que tantas mulheres passam. Deveríamos ser mais valorizadas.

É o que eu desejo que um dia aconteça.

---

[6] "Puttana" é uma palavra italiana que significa "prostituta", e é frequentemente usada de forma pejorativa para se referir a alguém de maneira ofensiva.

Capítulo 6

Luara Sokolova

Depois do episódio na boate e da conversa que Rocco teve com meu pai, não o vi mais. Ainda bem. Levei o maior sermão dos meus pais. Segundo eles, eu estava querendo matar todos nós. Resolvi não discutir e não arrumar mais confusão.

Eu me casarei em dois dias e começo a arrumar minhas malas para viajar para a Itália, local onde a cerimônia ocorrerá. Os últimos preparativos já estão sendo organizados, e Alice, irmã do monstro que se tornará meu marido, precisa conferir se as medidas do vestido ficaram certas.

Organizo tudo chorando, relembrando da minha infância nesta casa, imaginando como minha vida iria ser. Cheguei à conclusão de que toda a minha vida foi uma mentira. Meus pais me deixaram acreditar em algo que nunca seria possível para mim.

Depois de 18 anos de história, teria que recomeçar em um lugar desconhecido e sem ninguém por mim.

— Já estão te esperando lá embaixo. Seu noivo mandou um carro para te levar até o aeroporto — avisa Victor.

— Por que não vocês? — Pensei que meus pais fossem me levar.

— Ordens dele, Lua — comenta, cabisbaixo.

— Tudo bem, vamos! — Respiro fundo e me levanto. Não ia adiantar nada reclamar.

Desço as escadas e meus pais estão me esperando com lágrimas nos olhos. Minha mãe corre e me abraça.

— Filha, eu te amo, estarei orando por você. Vai dar tudo certo, nos vemos em dois dias.

— Também te amo, mamãe.

— Filha... — chama meu pai, com os olhos marejados. — Me perdoa!

O que não tem remédio, remediado está.

— Tudo bem, papai — respondo tranquilamente, e o vejo sorrir.

— Te amo, filha. Vai dar tudo certo. — Ele se aproxima e segura minha mão com carinho. — Não faça nenhuma burrice, não se coloque em risco — alerta.

— Tá bom.

— Tchau, borboletinha. Qualquer coisa me liga, te amo! — Victor me abraça.

— Te amo muito! — Em seus braços, não consigo evitar, e acabo deixando algumas lágrimas rolarem. — Agora eu preciso ir; tratem de mudar essas caras. É meu casamento, ainda não é meu velório.

Brinco para deixar o momento mais leve e mostrar que estou forte, mas, na verdade, por dentro, me sinto como se estivesse indo realmente para o meu funeral.

Entro no carro e deixo a vida perfeita que eu achei que tinha para trás.

Não tem mais volta. Meu destino está traçado.

Após dois dias na casa do Diabo, graças a muita oração, ainda não o vi. Conheci a irmã dele, Alice, uma jovem doce e encantadora, que tem em comum com o monstro apenas a aparência. A mãe dele também é uma pessoa amável, trata-me com muito carinho e faz-me sentir acolhida. Entretanto, ela está tão entusiasmada com os preparativos do casamento que chega a me irritar. Por isso, tenho evitado sair do quarto durante o dia.

Não consigo acreditar que o casamento é amanhã. Passou tão rápido que mal posso assimilar. Minha mãe e meu irmão ligam e enviam mensagens o tempo todo, provavelmente para garantir que estou viva.

Perdida em pensamentos, ouço alguém bater à porta.

— Pode entrar — digo, e ao ver quem é, arrependo-me amargamente.

Deveria ter fingido estar morta.

— Aproveitando bem a cama? — pergunta o Diabo, com uma ironia que faz meu estômago revirar.

— Sim — respondo de forma breve, decidida a não entrar no jogo dele.

— Amanhã, você dormirá melhor a meu lado — um pequeno sorriso aparece no canto dos seus lábios.

— Não vejo a hora, estou ansiosa por esse momento — sorrio de volta, debochando.

— Sei que sim, querida. Prepare-se, pois iremos sair para jantar.

— Quem? Nós dois?

— Não, Luara. A família toda, inclusive seus pais. — Tento ler sua expressão para descobrir se ele está falando sério, mas é impossível. Esse homem não expressa nada; não consigo decifrá-lo.

— Sério?

— Claro que não, garota. Pergunta estúpida! — retruca, com um tom ríspido. — Não se atrase, não tolero atrasos. Estarei aqui às 20h. Esteja bem-arrumada; iremos a um dos meus estabelecimentos.

— Claro, estarei à sua altura, Don — provoco, tentando manter o controle.

— Minha querida noivinha... — Ele se aproxima, e eu recuo na cama, até bater as costas na cabeceira. — Se soubesse como fico excitado ao ouvi-la me chamar assim. — Segura meu rosto e passa a língua sobre meus lábios. Estremeço. — Não se atrase! — Afasta-se e sai do quarto.

Meu corpo treme, e meu coração parece querer sair pela boca. Faço uma anotação mental para nunca mais chamá-lo assim. Levanto-me rapidamente e vou para o banheiro lavar a boca e tomar um banho.

Que nojo desse homem!

CAPÍTULO 7

Rocco Caccini

Desde que Luara chegou, evito ao máximo encontrá-la. Não tenho paciência para lidar com uma criança mimada. No entanto, hoje meu humor melhorou, e decidi me divertir um pouco com ela. Como sempre, Luara está mais arisca do que nunca.

Eu a convidei para jantar e agora estou na sala, impaciente, aguardando-a. Aviso que não tolero atrasos, mas parece que ela faz questão de me irritar. Até o desprezo com que me olha contribui para minha frustração.

Quando foi que me importei com isso?

Nunca.

A maneira como as pessoas me olham nunca fez diferença, mas com ela é diferente. Isso me irrita profundamente.

Darei a ela mais dois minutos para descer, caso contrário, vou buscá-la, e não será de uma forma agradável. Termino de beber meu uísque de uma só vez e me sirvo de mais uma dose, apenas para aplacar minha fúria. Tenho tantos problemas, e já prevejo que essa garota será mais um deles. Meu pai precisava escolher uma mulher imatura como minha noiva? Que droga!

Estamos no escuro em relação a um inimigo, pois falhamos miseravelmente em eliminar aquele bastardo. Claus, meu *Consigliere*[7], estava repassando informações para uns gângsteres americanos, *figlio di puttana*[8]. Quando eu o encontrar, o matarei sem piedade.

Afasto esses pensamentos ao ouvir o som dos saltos tilintando na escada. Vejo a bela *ragazza* descendo graciosamente. Não posso negar, ela é incrivelmente linda.

— Desculpe a demora — pede, sem me olhar nos olhos.

Passo os dedos lentamente pela borda do copo, ainda recuperando-me do impacto da sua beleza extraordinária. Levanto-me, olhando para a mulher deslumbrante à minha frente.

— Te falei, Luara, que não tolero atrasos — digo, com um tom de voz baixo e firme.

---

[7] "Consigliere" é uma palavra italiana que significa "conselheiro" ou "assessor". No contexto da máfia, especialmente em histórias e filmes sobre organizações criminosas, o "consigliere" é um alto conselheiro de confiança do chefe da organização, responsável por fornecer conselhos e assistência estratégica.

[8] "Figlio di puttana" é uma expressão italiana que se traduz literalmente como "filho da puta."

— Mas são 20h02. Atrasei apenas dois minutos, isso nem é considerado atraso — justifica-se, desta vez, me encarando.

O tom azul dos seus olhos é fascinante.

— Oito horas não é considerado atraso, 8h02 é. Você terá que aprender muitas coisas, minha noiva. — Dou dois passos à frente, e a observo recuar.

— Não sei se você sabe, mas existe uma certa tolerância para atrasos — argumenta.

Não deveria, mas da maneira como ela nunca abaixa a cabeça para mim, que mantém a firmeza e responde de igual para igual, me atrai. Poucos, além dos meus pais e meus irmãos, têm coragem para fazer isso. Os que tiveram, não estão vivos para contar a história.

Ela é corajosa e tem uma boquinha bem respondona. Terei que ensiná-la muitas coisas, mas, por enquanto, estou me divertindo com esse jogo.

Aproximo-me dela e puxo sua cintura, colando seu corpo ao meu. Luara usa um vestido curto que ressalta suas curvas, e percebo que ela gosta de roupas provocantes, o que confirma que ela sabe como é atraente.

— Sabe o que eu tenho vontade de fazer quando você me desafia, *ragazza*? — Ela balança a cabeça em sinal negativo, sua respiração começando a ficar pesada. — Tenho vontade de te levar para o quarto e te ensinar uma lição. Foder essa sua boquinha atrevida. — Passo uma mão pela lateral do seu corpo e, com a outra, seguro firme sua cintura. — Tirar essa roupinha, te dar uns tapas na bunda e te foder até você esquecer seu nome. É isso que tenho vontade de fazer com você, Luara. — Aperto seu queixo e passo o polegar por seus lábios, que estão entreabertos para ajudá-la a respirar.

Seus olhos estão arregalados e suas bochechas ruborizadas. Gosto do efeito que causo nela, uma mistura de desejo e medo. Isso é visível em seu olhar.

— Você não pode fazer isso — pigarreia, com a voz trêmula. — Temos que consumar o casamento somente amanhã, e preciso comprovar minha virgindade. Não sei se você se esqueceu disso.

— Verdade, infelizmente, não posso fazer isso. — Afasto-me, soltando-a. — Não hoje, mas a partir de amanhã, nada me impedirá de tomar o que é meu.

E confesso que estou ansioso por esse momento.

Ela me olha ainda mais assustada. Se Luara pensa que não vou consumar o casamento, está muito enganada. O que eu mais quero é ter essa mulher na minha cama.

— Agora, vamos logo, já estamos mais do que atrasados — encerro o assunto.

Melhor ir para o jantar antes que eu faça alguma besteira, agarre essa mulher e a beije. Luara me atrai mais do que eu gostaria, e se ficarmos aqui acabarei fazendo algo que eu nunca desejei tanto com outras mulheres: beijá-la intensamente.

Por que sua boca atrevida me atrai tanto a ponto de querer beijá-la?

A calça começa a ficar apertada e recrimino-me por ficar tão excitado por uma garota tão nova que, claramente, sabe como jogar comigo.

Minha vontade é levá-la para o quarto e devorá-la por completo, fazê-la gozar até não aguentar mais. Essa menina me atrai muito, mais do que eu poderia imaginar. Linda e extremamente sedutora, o que é muito perigoso. Luara ainda me dará trabalho, tenho certeza disso.

Capítulo 8

Luara Sokolova

Entramos no restaurante, que é incrível, com um charme típico italiano. Somos conduzidos a um canto reservado, onde quase não há ninguém, exceto pelos inúmeros seguranças desse Diabo. Talvez, se ele andasse menos protegido, alguém conseguiria matá-lo. Que Deus me perdoe por pensar assim, mas é a única maneira de me libertar desse homem.

Penso no que ocorreu antes de sair de casa. Achei que nos casaríamos e ele se esqueceria de mim, mas a realidade é pior do que eu imaginava. Rocco está determinado a consumar o casamento. Não consigo acreditar que terei que me entregar a esse monstro.

E o pior de tudo é que eu detesto como meu corpo reage ao toque dele, ou então a sua fala rouca. Sinto-me quente e isso me apavora. Por que me sinto assim por esse homem? Eu deveria desprezá-lo 100% e não desejá-lo, mas vejo que 50% de mim é mais fraco do que imaginei.

— Pedi um dos melhores vinhos que há aqui — comenta, interrompendo meus pensamentos. — Agora que já é maior de idade, pode beber. Pelo menos enquanto estiver na Itália — acrescenta com uma ironia evidente.

Eu sei que ele está se referindo ao porre que tomei na boate lá na Rússia. E essa ironia velada em sua voz me irrita profundamente. Mas não vou me deixar abalar por suas palavras.

— Legal — respondo, indiferente, sem entrar no jogo dele.

— Pensativa, *ragazza*? Aposto que está refletindo sobre o que aconteceu há pouco. — Balança a taça de vinho e esboça um pequeno sorriso.

— Eu não sabia que o Diabo tinha a capacidade de ler mentes — retruco.

— Existem muitas coisas que você ainda não sabe, *bambina*. Mas não se preocupe, eu te ensinarei muitas delas. — Olha-me com uma malícia que faz meu sangue ferver.

Por que o Diabo tem que ser tão bonito? Que raiva!

De onde surgiu esse pensamento? Como assim, bonito? Estou ficando louca, só pode!

— Desculpe a sinceridade, querido, mas não tenho interesse em aprender nada com você.

O garçom traz nossos pratos e me olha por um tempo. Ele é tão bonito que me sinto um pouco constrangida com o modo como me observa.

— *Se continui a guardare mia moglie, lascerai questo ristorante in una bara*[9] — profere Rocco, mas não compreendo, pois ele fala muito rápido.

Eu até entendo um pouco de italiano, mas assim, falando tão rápido, não consigo processar. Presumo que não tenha sido algo agradável, afinal, o garçom sai praticamente correndo, com os olhos arregalados.

O fato de que Rocco se comunica comigo em Russo não ajuda muito o meu italiano a se tornar fluente.

— O que você disse ao rapaz? — pergunto, curiosa.

— Não é da sua conta — responde, visivelmente irritado.

Estou começando a achar que ele tem algum problema, pois seu humor muda muito rápido.

Jantamos em silêncio até que, novamente, ele quebra o silêncio.

— Fale sobre você — pede.

— E você se importa? — Levanto o olhar para encará-lo.

— Não.

Não posso dizer que fiquei surpresa com a resposta.

— Já esperava por isso — rio, sem humor.

— Sei tudo sobre você, Luara. Eu a acompanhei durante esses dezoito anos — revela, o que não me surpreende. — Só queria puxar algum assunto mesmo. — Dá uma leve balançada nos ombros.

— Acho que já podemos ir para casa, não? Preciso descansar para o grande dia de amanhã — invento qualquer desculpa para ir embora.

Não gosto de ficar perto de Rocco, pois sua presença me intimida demais e me faz sentir uma leve, bem leve atração por ele, algo que eu não quero de forma alguma.

— Claro! Ansiosa para se tornar uma Caccini, futura esposa?

— Você não imagina o quanto. Não vou nem conseguir dormir de tanta ansiedade.

Ele sorri de maneira debochada, e saímos do restaurante em silêncio. Fazemos todo o trajeto de volta sem trocar uma palavra. Rocco me deixa na porta de casa e, graças aos deuses, não entra.

Vou direto para o quarto tomar um banho para tentar aliviar a tensão. Estar ao lado dele sempre é frustrante. Enquanto relaxo na banheira, não posso deixar de pensar em como ele é bonito. Um idiota, sem dúvidas, mas bonito. Ele fica charmoso quando fala em italiano, embora fale muito rápido e eu não consiga entender bem.

Preciso urgentemente estudar mais um pouco e ficar fluente nessa língua, não posso continuar no escuro.

Imagino como ele deve ser na cama...

Que isso, Luara, está doida? Perdeu o juízo?, meu subconsciente alerta.

Jantar com ele e ter bebido aquele vinho mexeu com a minha cabeça. Olha as besteiras que estou pensando? Eu repudio esse homem e não há nada nele que me atraia. O detesto com toda a força da minha alma.

---

[9] Se você continuar a olhar para minha esposa, sairá deste restaurante em um caixão.

Capítulo 9

Luara Sokolova

Não consegui pregar os olhos durante a noite. Estou com tantas olheiras que a maquiagem para escondê-las precisará ser pesada. Parece que quanto mais você quer que o tempo passe devagar, mais rápido ele voa. O tempo definitivamente não está a meu favor.

Olho-me no espelho e quase não me reconheço. Sempre fui uma garota tão alegre, cheia de vida, e agora só enxergo tristeza e medo em meu olhar. Como parte da preparação para a cerimônia, fiz um dia de spa e beleza, mas nada foi suficiente para me relaxar ou me alegrar. Neste momento, estou pronta para destruir minha vida.

O vestido de noiva é simples, com uma abertura nas costas. Minha mãe não gostou, é claro, pois queria algo mais sofisticado, "à altura do meu marido", como ela mesma disse. Mas Alice fez um excelente trabalho, pois está lindo. Uma pena que tenha que ser usado em uma ocasião tão triste. Eu deveria estar usando preto, não branco, para combinar com meu humor.

— Filha, vamos? Seu noivo não gosta de esperar. — Meu pai entra no quarto. — Você está linda! — elogia com carinho.

Olho para ele com os olhos cheios de lágrimas. Não consigo falar. Apenas quero que ele me salve de tudo isso, como sempre esperamos da figura que imaginamos ser nosso herói.

— Não me olhe assim, borboletinha. Infelizmente, não posso fazer nada.

Ódio, raiva, mágoa e muitos outros sentimentos tumultuam dentro de mim, mas não consigo explicar.

— Tudo bem, vamos! — falo, decidida, e respiro fundo. Afinal, não posso mudar as coisas.

— Eu te amo, filha!

— Estranho a sua forma de amar... — Eu ia responder com frieza, mas decido não agir assim. — Enfim, hoje não é dia para isso. Vamos acabar logo com essa palhaçada.

— Me desculpe por isso.

— Quem sabe, se eu sair viva disso, eu possa te perdoar.

Posso estar sendo imatura, mas quem aceitaria essa situação de bom grado?

Não falamos mais nada e descemos. Assim que nos aproximamos, a música começa, anunciando minha entrada.

— Me segura forte e não me deixe sair correndo — peço, pois essa é minha vontade.

— Você é forte, nunca se esqueça disso — lembra-me, dando um breve sorriso, e entramos.

Olho para os convidados. Alguns me observam com deboche, outros com pena. Sim, muitos sabem o que me espera e acabam tendo compaixão, enquanto outros apenas querem ver o circo pegar fogo. Direciono meu olhar para frente e encontro os olhos gélidos do meu futuro marido. Ele me lança um sorriso de lado, e minha vontade é de sair correndo. Que Deus me proteja, pois Ele é o único que pode fazer algo por mim.

Eu pensei que seria mais forte, mas não consigo conter as lágrimas e choro. Caminho em silêncio, ao lado do meu pai, enquanto o Diabo me encara, parecendo se divertir com meu desespero.

— Cuida dela para mim, Don. Ela é uma menina incrível — fala meu pai, baixinho, antes de entregar minha mão.

— Isso não é mais problema seu, Ivan — responde com seriedade, pegando minha mão. Por um momento, considero não soltar a mão do meu pai, e meu olhar suplica por ajuda. — Solte a mão dele, querida. Não me faça perder a cabeça em um dia tão especial — aproxima seu rosto do meu, sussurrando perto do meu ouvido.

Sei que ele está se segurando para não me arrastar na frente de todos.

Decido finalmente soltar a mão do meu pai, para não piorar as coisas. Subimos no altar e o padre inicia a cerimônia.

É quase um pecado o Diabo estar na presença de um padre, ouvindo as palavras do Senhor. Ao pensar nisso, tenho vontade de rir da minha piada interna, mas logo essa vontade passa e só resta tristeza. Não presto atenção em nada que o padre diz, apenas choro baixinho. Minha maquiagem provavelmente está toda borrada.

— Acho melhor você responder logo antes que eu perca a cabeça de vez — alerta Rocco.

Não percebi que ele já tinha feito os votos e que agora é minha vez.

Olho para minha família, em busca de algum fio de esperança, mas não encontro. Eles desviam o olhar, em um sinal claro de que não podem fazer nada, e me desespero. Rocco aperta minha mão com um pouco mais de pressão e, com muita dificuldade, faço os votos e digo "sim". Trocamos as alianças e o padre anuncia minha ruína:

— Eu vos declaro marido e mulher. Pode beijar a noiva.

Ele se aproxima, passa os dedos pelos meus lábios e eu fecho os olhos. Não quero ver esse monstro encostando na minha boca. Será uma tortura senti-lo. Mas, para minha surpresa, ele apenas beija minha testa.

Abro rapidamente os olhos, e o vejo sorrindo.

Todos aplaudem, assoviam e fingem que este é um casamento normal.

Que circo!

— Agora você é minha, totalmente minha, para sempre! — Sua declaração faz um arrepio percorrer minha espinha.

Não há mais saída. Meu destino foi selado e estou com as mãos atadas. Agora, só resta orar para que eu sobreviva a esse inferno.

Durante a festa, Rocco desaparece, e agradeço por isso. Danço com meu pai, com meu sogro, meu irmão e cunhado, mas não com meu marido, que se ausentou. Pelo menos, ele não faz questão de ficar perto de mim. Qualquer um que observe um pouco mais consegue perceber como este casamento será. Chorei muito durante a cerimônia, e depois também, enquanto conversava com minha família. No entanto, não adianta mais chorar. Não tem mais volta.

Caminho em direção ao jardim, buscando um momento de solidão. Não aguento mais ficar naquela festa cheia de pessoas falsas.

— Luara? — chama uma voz feminina, que eu não conheço.

— Oi? — Olho para trás e vejo a mesma loira que estava com Rocco no dia do nosso noivado.

— Podemos trocar uma palavrinha?

— Sim. — Sento-me em um banquinho que há por ali. — Pode falar. — Forço meu melhor italiano para me comunicar com ela e compreendê-la.

Não estou com paciência para isso, mas já estou na pior situação possível. Então vamos ouvir o que a possível amante tem a dizer.

— Você acha que vai ser feliz com o Rocco? — Arqueia uma sobrancelha, olhando-me com um sorriso debochado. — Acha que um dia vai conquistá-lo? — ri.

— Por qual motivo quer saber disso? Só para eu entender.

— Quero te avisar uma coisa, garota. Preste bem atenção. — Aproxima-se. — Eu e o Rocco estamos juntos há muito tempo. Eu o amo, e ele me ama também. Ele só se casou por causa dessa besteira de estarem prometidos um ao outro.

— Querida, saiba que é recíproco. Só me casei com ele por causa disso. Não faço questão, fique tranquila.

Não vou tratá-la mal, pois percebo que ela é apaixonada por ele e o medo de perdê-lo é evidente em seu olhar. E eu não faço a mínima questão de gostar desse homem, muito menos que ele goste de mim.

— Você não me engana com essa cara de sonsa, garota. Sei que está querendo meu homem! — diz, irritada.

— Deixa eu te falar uma coisa. — Levanto-me, e me aproximo dela, ficando bem à sua frente. — Pode engolir seu homem, e se puder desaparecer junto com ele, agradeço imensamente. Vou deixar uma coisa bem clara: não gosto, nunca gostei e jamais vou gostar do Rocco. Por mim, que vocês se explodam.

— Pois saiba que para mim é uma tristeza enorme ouvir minha esposa falar esse tipo de coisa.

Fico assustada ao ouvir a voz dele atrás de mim.

Mas que inferno! Esse Diabo sempre aparece nas horas erradas? E isso só acontece quando estou falando mal dele.

— Rocco — chama a mulher, com os olhos arregalados, tremendo de medo.

— Com você, me resolvo depois. Vá embora! — Seu tom de voz é firme e ela nem hesita, abaixa a cabeça e sai, com o rabinho entre as pernas.

Credo, como alguém consegue ser tão submissa a esse macho?

— Vamos, querida esposa, explique-se.

— Explicar o quê? O que você ouviu? — Viro-me e encaro seus olhos indecifráveis.

— O que faz aqui conversando com ela?

— Ela que veio conversar comigo. Eu só vim tomar um ar.

— E o que ela queria?

Ele parecia preocupado com a conversa. Tenha dó!

— Ela só queria falar que te ama. — Reviro os olhos.

— Sobre o que você disse, aposto que mudará de ideia em um mês.

Tenho vontade de gargalhar, mas não entrarei no joguinho de deboche dele.

— Duvido muito.

— Vem, vamos dançar uma música juntos antes de irmos embora.

Só de saber que está chegando a hora de ir para casa, começo a me desesperar.

— Já vamos embora? — pergunto com a voz falha, tomada pelo medo do que me espera.

— Sim, não quero adiar mais.

Ele me puxa pelo braço, sem delicadeza alguma, arrastando-me para o salão. Todos os olhares se voltam para nós quando ele segura firme minha cintura e começa a me conduzir no ritmo da música.

— Você dança muito bem.

— Obrigada! Você também não dança nada mal.

— Obrigado, querida esposa. Fico feliz que te agrado em alguma coisa.

Como sempre, ele não está sendo gentil, está apenas jogando comigo.

— Eu não disse que me agrada, apenas que você não dança mal.

— Você tem uma língua muito afiada. — Solta minha mão e leva os dedos até meus lábios, desenhando-os. — Ah, essa boquinha esperta! — Respira pesadamente. — Se você soubesse tudo que penso em fazer com ela. — Minhas bochechas esquentam. — Não precisa ficar com vergonha, te garanto que você vai gostar tanto quanto eu — fala, todo malicioso, e um frio intenso percorre minha espinha.

— Novamente, eu volto a duvidar da sua informação.

— Então veremos, esposa — sorri, e continuamos a dançar em silêncio.

CAPÍTULO 10

Rocco Caccini

Estou na minha sala, sentado em uma poltrona, saboreando um uísque e fumando um cigarro. Chegamos da festa há pouco tempo e Luara se retirou para o quarto. Imagino que ela deva estar se preparando, então dou um tempo antes de subir. Olho para o relógio e percebo que já passou tempo demais. É hora de ir até ela. Esperei 17 anos por isso, e não quero esperar mais. Aproximo-me do quarto e abro a porta, deparando-me com uma das cenas mais sensuais que já vi na vida. Luara está ali, com os cabelos negros soltos caindo suavemente sobre os ombros, vestindo uma camisola branca que parecia feita para a tentação. Seus olhos azuis estão arregalados, uma mistura de medo e algo mais que não consigo decifrar. Dou alguns passos, parando de frente para ela, percebendo o leve tremor em suas mãos.

— Você sabe que será inevitável, não é? — murmuro, mantendo o tom o mais calmo possível. — Precisamos consumar o casamento, então, por favor, não dificulte as coisas, Luara.

Ela sabe das regras. A vi engolir em seco, o peito subindo e descendo em um ritmo irregular, enquanto me olha com uma vulnerabilidade crua. Algo em seus olhos permite que eu me aproxime; mesmo com o medo evidente, é como se estivesse se rendendo ao que sabe ser inevitável. Sinto meu desejo crescer ao ver o quão linda e frágil ela parece neste momento.

— Eu-e-eu se-sei... — gagueja, a voz baixa e trêmula, mas com uma determinação que parece maior do que o próprio medo.

— Fica tranquila, farei com que seja o mais tranquilo possível para sua primeira vez. Farei com que goste de estar na cama comigo.

Levanto a mão para acariciar seu rosto, e ela aperta os olhos, antes de deixá-los abertos, relutante, ao perceber que o gesto é apenas um toque suave. Seu corpo relaxa um pouco, e sua expressão se suaviza.

— Não sei se acredito nisso — murmura, com um fio de voz. — Mas... posso te pedir algo? Um único pedido, como meu marido?

Surpreso, assinto, curioso com o pedido.

— Se puder... seja carinhoso comigo, pelo menos hoje. É minha primeira vez, e eu não quero que esta noite se torne uma lembrança ruim.

Fico em silêncio, absorvendo seu pedido. Nunca fui carinhoso com ninguém, e a ideia de fazê-lo agora parece absurda. Mas algo em sua expressão, a mistura de vulnerabilidade e confiança, mexe comigo.

— Não sei ser carinhoso, Luara — admito, a verdade nua e crua, observando o medo e a tristeza se intensificarem em seus olhos. — Mas prometo tentar... farei o possível para ser carinhoso com você, hoje. Somente hoje.

Ela suspira, visivelmente aliviada, como se meu esforço fosse o suficiente para acalmar seu coração.

Encosto nossos corpos, pressionando-a contra a parede, e ela arfa. Passo as mãos pelas laterais do seu corpo e ela fecha os olhos. Abaixo as alças da camisola, deixando-a escorregar até os pés dela, me proporcionando uma visão privilegiada daquele corpo deslumbrante, usando apenas uma calcinha. Passo os dedos pelos seus seios e ela geme baixinho, ainda com os olhos fechados, deliciando-se com meu toque. Desejo ver o prazer refletido em seus olhos, mas espero que ela esteja pronta.

Levanto-a em meus braços e a deito suavemente na cama, abrindo suas pernas, acariciando, com o polegar, sua boceta por cima da calcinha. Com a outra mão, continuo a acariciar e apertar seus seios, alternando entre os dois. Abaixo-me, posicionando meu rosto entre suas pernas, rasgando a calcinha sem cuidado, deixando marcas em sua pele branca, e revelando o paraíso.

Passeio minha língua pelos seus grandes lábios, sentindo Luara se contorcer e gemer para mim. Continuo a estimulá-la com mais intensidade, e embora tente segurar os gemidos, Luara parece se derreter sob minha língua. Escutá-la gemer é música para meus ouvidos. Começo a dar leves mordidas no seu clitóris, sugando com avidez, até senti-la pulsar, sinalizando que está perto do orgasmo. Aumento o ritmo da minha língua e, ao ouvir seus gemidos ficarem mais agudos, sinto seus fluidos inundarem minha boca.

Luara goza, chamando meu nome e, caramba, foi maravilhoso! Quase cheguei ao clímax sem sequer ter tirado a roupa. Enquanto seu corpo amolece e ela se recupera dos espasmos, levanto-me e tiro a roupa. Ao me ver nu, seus olhos se arregalam, e ela recua na cama.

— Fique tranquila. Não vou te machucar. Vai doer um pouco, é inevitável, pois é sua primeira vez, mas farei o possível para que a dor logo passe — tento tranquilizá-la, sentindo uma necessidade desesperada de estar dentro dela.

Coloco meu corpo sobre o dela, sem pressionar demais para não machucá-la, apoiando meus cotovelos na cama. Posiciono-me na sua entrada e, bem devagar, começo a empurrar, tentando ser o mais cuidadoso possível.

Luara faz uma careta de dor e recuo um pouco. Quando ela volta a relaxar, empurro novamente.

Mais uma careta de dor.

— Não há outro jeito.

— De qu... Ai!

Suas unhas afundam em meus braços, e seus olhos se enchem de lágrimas. A dor que ela demonstra me causa uma sensação incômoda, pois não quero machucá-la, embora deseje profundamente me enterrar com força nessa mulher.

— Não havia outra maneira de causar menos dor — explico. — Logo vai passar. Prometo.

Permaneço dentro dela, sem me mover, esperando que ela se adapte à invasão.

— Tudo bem, pode se movimentar — autoriza, após soltar um suspiro.

Começo a me mover lentamente, em um ritmo de vaivém. Ela geme e, meu Deus, é o gemido mais delicioso que já ouvi. Não consigo resistir e acelero os movimentos, sentindo que, aos poucos, a dor vai ficando para trás. Luara começa a gritar, e seu corpo tremula sob o meu. Afasto um pouco nossos corpos e levo minha mão ao seu clitóris, acariciando-o com movimentos circulares; ela relaxa, abre mais as pernas, intensificando seus gemidos.

Quanto mais geme, mais fundo eu vou e, sem conseguir mais me controlar, começo a estocar com mais velocidade, abocanhando um de seus seios, que balançam graciosamente a cada investida. Ela arqueia o corpo em busca de mais contato, sinto seu clitóris pulsar e suas paredes se fecham ao redor do meu pau.

Chegamos ao ápice juntos.

Ela goza intensamente, e eu me derramo com força dentro dela.

Não sei o que aconteceu, mas foi o sexo mais gostoso que já tive na vida, e isso com apenas o básico. Só posso imaginar e ansiar pelas próximas vezes.

Cazzo[10]!

---

[10] "Cazzo" é uma gíria italiana que se traduz como "caralho" ou “porra”.

Capítulo 11

Luara Sokolova

Rocco fica deitado por cima de mim por alguns segundos, mas logo se levanta. Recuso-me a abrir os olhos e encará-lo, mas quando o faço, percebo que estou sozinha. Decido tomar um banho, e ao caminhar em direção ao banheiro, sinto um ardor horrível no meio das pernas. Os lençóis estão sujos de sangue, marcando o ritual da perda da minha virgindade.

Encho a banheiro e coloco uma música suave para tocar. Assim que mergulho na água morna, sinto meu corpo relaxar imediatamente. Penso em tudo que aconteceu e, para minha surpresa, Rocco não foi tão bruto quanto imaginei que seria. Na verdade, eu até gostei. Sei que é errado sentir prazer por ter transado com um homem que mal conheço e que é conhecido por ser uma pessoa horrível, mas gostei. Gozei duas vezes na minha primeira vez, e já ouvi histórias de pessoas que não gozaram nem na primeira nem em outras ocasiões. Acho que devo me sentir grata por isso. Pelo menos por isso, certo?

Ele é atraente e lindo, com um corpo incrível, que nem revela a idade que tem. É errado achá-lo tão atraente?

Claro, Luara, deixa de ser idiota! Meu subconsciente me alerta.

Não sei como será daqui para frente. Na tradição, ele deveria tirar minha virgindade, mas agora, se não quiser, não precisa mais me tocar. Talvez nem queira mais, já que tem uma amante fixa. Só de pensar nisso, sinto um leve aperto no peito, mas não sei ao certo o motivo. Talvez seja a vergonha de outras pessoas saberem disso. Ah, mas que se dane! Não ligo mesmo.

Após voltar para o quarto, o lençol da cama tinha sido trocado, mas não vejo sinal de Rocco por aqui.

Por quanto tempo será que fiquei na banheira?

Que idiota eu sou, não é? Até parece que ele iria querer dormir comigo. Rio alto só de pensar em como fui ingênua ao ter esses pensamentos.

Coloco uma camisola que encontrei aqui; não é nada comportada, mas amanhã vou arrumar minhas coisas — o pouco que trouxe comigo — já que tudo o que está aqui foi comprado por ele. Até que Rocco não tem mau gosto, ou será que a amante escolheu tudo isso a pedido dele? Balanço a cabeça, tentando espantar esses pensamentos. Acho melhor parar de pensar nessas coisas.

Deito-me e fico refletindo sobre o que aconteceu. Sabe o que achei mais estranho? Ele não me beijou em nenhum momento — nem no casamento, muito menos durante o sexo. E, já que ele não tomou a iniciativa, eu também não iria.

Agradeço a Deus por ter sido melhor do que eu esperava e peço proteção para sobreviver aos dias que vêm por aí. Tomara que Rocco fique fora de casa o dia todo e só retorne na hora de dormir. Será que vamos dormir sempre em camas separadas ou isso vai acontecer apenas hoje? Espero que cada um tenha seu próprio quarto. Minha saúde mental agradece.

Ele pode ser um ignorante, um bruto, um assassino e tantas outras coisas ruins, mas é gostoso e lindo de morrer. Isso eu não posso negar. Não sou cega, né?

Experimentei e provei como é gostoso.

Que Deus me proteja dele e de mim mesma. Não posso sentir nada por esse homem além de desprezo.

Fico pensando no que farei nos próximos dias. Minha família não estará mais comigo, não tenho amigos aqui, e não sei se poderei estudar, trabalhar ou continuar com minhas aulas de dança. Terei que pedir permissão ao meu marido. Vocês têm noção de como isso é ridículo? Pois é, eu sei. É totalmente ultrapassado, mas na máfia vivemos como se estivéssemos nos tempos antigos. É uma grande merda.

Antes de adormecer, levanto-me e tomo meu anticoncepcional, que havia esquecido. A última coisa que quero que aconteça é engravidar desse homem. Se ele quiser um herdeiro, que arrume outra esposa. Durmo pensando em todas as possibilidades e em como minha vida era, e será a partir de agora. Só desejo que as coisas não sejam tão ruins quanto parecem.

Desde nossa noite de núpcias, há uma semana, que não vejo Rocco. Não saio de casa para nada, e não conheço ninguém aqui além da família dele. Com Alice, tenho conversado apenas por telefone, já que ela está muito ocupada organizando a inauguração do seu ateliê. É horrível sentir-me sozinha. Ligo para meus pais todos os dias, e a saudade me consome, pois aqui me sinto abandonada. Não há ninguém além dos guardas e dos funcionários da casa, mas ninguém fala comigo, principalmente os homens, que mal me olham. É claro que isso é medo do meu marido. Quero trabalhar, estudar, conquistar minhas próprias coisas, mas acho que isso vai continuar sendo só um sonho mesmo.

Meu telefone toca e vejo que é Alice.

— Cunhadinha, preciso que me salve — fala, ofegante, com um tom de desespero na voz.

— O que houve? — pergunto, preocupada.

— A modelo que ia posar para o lançamento não apareceu. Preciso que você me ajude!

— Eu? Eu não sou modelo — rio, achando graça do seu pedido.

— Eu sei, Lua, mas você é a única pessoa que passou pela minha cabeça. Por favor, me ajude — suplica.

Como não estou fazendo nada da vida, não custa tentar. Quem sabe eu me saio bem como modelo?

— Tudo bem. Logo eu chego aí.

Troco de roupa e encontro o guarda-costas responsável pela minha segurança. Não sei por quê, afinal, não saio de casa.

— Vamos sair — informo.

— Para onde, senhora?

Levanto uma sobrancelha, achando estranho ele me questionar ao invés de ligar para Rocco para pedir permissão.

— Ateliê da Alice.

Ele acena, e saímos de casa. O trânsito está congestionado e demoramos mais que o esperado, mas finalmente chego ao socorro da minha cunhada.

— Finalmente você chegou! Pensei que não fosse mais aparecer! — Alice corre até mim assim que entro.

— Pegamos um pouco de trânsito — justifico. — Jhones, pode me esperar do lado de fora, por favor? — aviso ao segurança.

— Senhora, não posso, tenho ordens para ficar sempre perto.

Claro, ordens do meu marido chato.

— Tudo bem. Irei experimentar várias roupas aqui nesta sala. Depois, você explica ao seu chefe sobre ter visto a esposa dele pelada.

O homem arregala os olhos. Tadinho, fico com pena da cara de medo que ele faz.

— O.k., qualquer coisa é só me chamar. Estarei logo ali na porta — avisa, e sai.

Alice sorri e bate palmas, animada.

— Isso aí, cunhadinha, aprendendo rápido.

— Pois é — rio. — Agora, vamos fazer as fotos, estou animada!

— Muito bem, vou chamar o fotógrafo. Ele está no meu escritório. Não queria que meu irmão soubesse que tem outro "homem" aqui — diz ela, fazendo aspas com os dedos.

Acho que já saquei o que ela quis dizer.

— Cris, pode vir — chama Alice, baixinho, e um homem muito charmoso entra no local.

— Ai, meu Deus do céu! Ela é linda e perfeita para as fotos! — exclama, todo animado.

— Amigo, essa é Luara, minha cunhada. Lua, esse é Cris, meu amigo e nosso fotógrafo.

— Muito prazer, Cris. — Estendo a mão para cumprimentá-lo.

— O prazer é todo meu, querida. Fique à vontade para fazer as fotos. A única coisa que vou sentir de você é inveja por não ter esse corpinho — diz ele, dando-me dois beijinhos na bochecha.

— Lua, o Cris é gay, mas meu irmão não sabe. Se ele soubesse que tem um homem aqui, não ia gostar. Seria capaz de matar nós três — explica Alice, rindo.

Ela parece brincar sobre o irmão, sem medo do que ele realmente pode fazer.

— Nem brinque com isso, sou muito nova para morrer. — Cris faz o sinal da cruz.

— Entendi — sou sucinta, pois não quero falar sobre Rocco e estragar o momento. — Vamos ver as roupas? Estou ansiosa!

— Vamos! — respondem os dois juntos, parecendo mais ansiosos do que eu.

Eles discutem sobre ideias para as fotos e projetos futuros, enquanto me encanto com tudo o que está aqui. Eu tenho certeza de que Alice fará muito sucesso.

— As roupas são lindas, eu amei! — exclamo, adorando fazer parte desse projeto.

— São mesmo, mas acho que o poderoso chefão não vai gostar de vê-la usando — alerta Cris.

— Lua, tenho que ser sincera. Eu te chamei na emoção, sem pensar no meu irmão e no que pode acontecer, mas... depois de refletir um pouco, Cris tem razão. Ele vai surtar, e não quero arrumar problemas para você — fala, cabisbaixa.

— Problema dele. — Dou de ombros. — Eu vou fazer essas fotos. Fico o dia todo dentro daquela casa sem fazer nada. Deixa que depois eu resolvo com ele, tá? Agora, não quero pensar nisso. — Sei que isso pode causar algum tipo de problema com Rocco, mas estou disposta a arriscar.

— Então, tudo bem. Você pode vir trabalhar aqui comigo, o que acha? — oferece Alice. — Se você quiser, sinta-se à vontade para vir. Sei que não é sua área, mas talvez você se encontre aqui. Esse mundo da moda é animado.

— Eu acho ótimo! Começo hoje mesmo, se quiser. Não faço nada naquela casa, e acho que seu irmão não vai se importar que eu venha trabalhar com você.

— Contratada, então, Lua! Vai ser ótimo trabalharmos juntas.

— Agora, vamos fazer as fotos. Estou ansioso para tirar fotos suas, Lua. Tenho certeza de que a câmera vai amar tanto quanto eu fazer essas fotos.

— Eu também estou animada. Qual roupa eu experimento primeiro? — pergunto a Alice.

— Esta aqui. — Ela me entrega um vestido vermelho lindo. — Vamos começar com os mais tradicionais, e depois fazemos as mais ousadas.

Concordo, e vou trocar de roupa. Nunca trabalhei como modelo, mas não custa tentar. Quem sabe dá certo, né? Claro, se meu marido não me matar antes da minha futura carreira decolar.

CAPÍTULO 12

Rocco Caccini

Estou casado com a diabinha de olhos azuis há uma semana. Eu a toquei apenas uma vez, para consumar o casamento, mas desde então não consigo parar de pensar nela e no seu corpo. Luara é muito atraente e receptiva. Foi sua primeira vez, mas estava tão entregue. Arrisco dizer que foi uma das minhas melhores transas, talvez até a melhor. Nunca tinha tirado uma virgindade antes, até porque ser carinhoso não é e nunca foi meu forte, mas gostei bastante. A sensação de saber que ela é e sempre será só minha desperta algo puro e primitivo em mim, beirando ao bárbaro.

Termino de fumar meu charuto, depois de uma rodada de sexo com Shantal, e mesmo aqui não consigo parar de pensar na Luara. Até na hora do sexo, pensei nela, *cazzo!* Meu celular toca e vejo que é Jhones, o guarda que coloquei para ficar à disposição de Luara.

— Fala.

— Senhor, acabei de deixar a senhora Luara no ateliê da sua irmã.

— O.k. — Desligo sem me aprofundar no assunto.

Jhones cuida da segurança de Luara e me atualiza sobre seus passos. Desde que nos casamos, esta é a primeira vez que ela sai. Acredito que isso vai fazer bem a ela, já que fica trancada em casa, sem amigos ou família por perto. Cheguei a pensar que não soubesse que poderia sair, mas decidi não comentar nada. Uma hora ela iria querer sair de casa; Luara é esperta.

— Vai ficar até mais tarde, querido? — Shantal aparece pelada e se senta no meu colo.

— Não, irei resolver um problema agora. — Tiro ela do meu colo e, em seguida, me levanto.

— Você volta hoje à noite?

— Não sei, acho que vou para casa.

— Para casa? Você vai ficar com sua mulher?

— Você sabe que não te devo satisfações, não é?

— Sim, senhor. — Abaixa a cabeça.

Eu gosto dela, é uma boa garota, sempre atendeu a todos os meus desejos, nunca me questionou em nada e me obedece sem hesitar.

—Vou sair para comprar algumas coisas, tudo bem?

— Claro, deixarei o dinheiro antes de sair.

A primeira vez que a vi naquele bordel, fiquei encantado. Ela não era mais virgem. Havia sido estuprada por um soldado e foi parar naquele lugar. Eu fiquei com ela no dia em que chegou. Ela é uma loira muito bonita, alta, com cabelos um pouco abaixo dos ombros, corpo volumoso e bastante chamativo. Gostei do sexo e da obediência, e a reservei só para mim. Com o tempo, a tirei de lá. Não havia motivo para deixá-la naquele local, já que ela só ficava comigo. Eu a coloquei neste apartamento, banco todas as suas vontades e, em troca, ela me obedece e faz um sexo bem-feito, sem cobranças. Nada melhor que isso.

Sei que não a amo, até porque nem sei se sou capaz de amar alguém, mas tenho carinho por ela, e por isso procuro tratá-la bem, mesmo que à minha maneira. Sou ignorante e sem paciência, mas ela nunca me deu motivos para tratá-la mal. Às vezes, chego sem paciência por conta de problemas na máfia, e acabo descontando nela.

Shantal está com ciúmes de Luara, é visível, mas, claro, ela não diz nada, pois sabe que eu não suportaria tal coisa. O que temos é apenas sexo. Já Luara é minha esposa.

Saio do apartamento e vou resolver meus problemas da máfia. Tenho alguns idiotas para torturar, e tentar descobrir onde aquele *figlio di puttana* está se escondendo.

Depois de resolver meus problemas, vou direto para casa. Encontro Luara jantando sozinha. Quando percebe minha presença, me olha com aqueles lindos olhos arregalados.

— Boa noite, querida esposa — cumprimento-a, e me sento na cadeira à sua frente.

— Boa noite! — responde com indiferença, e volta a comer.

Confesso que esse tratamento me incomoda.

— Sentiu saudades de mim? — pergunto, para provocá-la.

— Nem lembrava mais de você.

— Sempre arisca, esposa. Precisa se acalmar mais. Acho que sei do que está precisando. — Uso um tom malicioso, e ela fica vermelha de vergonha.

Ela é ainda mais bonita corada.

— Rocco, eu queria te pedir uma coisa... — ela muda rapidamente de assunto, e acho graça da sua timidez.

— Peça.

— Queria trabalhar no ateliê com Alice. Fico dentro desta casa sem fazer nada o dia inteiro e gostaria de uma ocupação para não me sentir tão sozinha.

Analiso um pouco o pedido dela. Acredito que será bom para ambas, e sendo com minha irmã, não há risco.

— Tudo bem.

— Sério? Não há problema? — Luara parece não acreditar na minha resposta.

— Sério. — Levanto-me. — Tenha uma boa noite! — Saio da sala de jantar sem tocar na comida, e vou para o meu escritório.

Não consigo ficar perto dela, sentir seu cheiro e não poder tocá-la.

Capítulo 13

Luara Sokolova

Minha vida continua uma droga.

Continuo casada, mas mal vejo meu marido. Tivemos apenas uma única noite juntos e não posso nem trair o infeliz para ter algum prazer sexual, pois arriscaria perder minha cabeça. O que me resta é lidar com o tesão acumulado.

Nunca imaginei que gozar da forma como ele me fez, na minha primeira vez, poderia ser tão bom. Tenho me tocado, mas não é a mesma coisa. Sinto uma necessidade leve de que esse monstro me possua, mas jamais admitiria isso. É doentio.

Eu sei que ele passa mais tempo com a amante do que comigo. Não é que eu esteja com ciúmes — longe disso, não me importo. Mas é horrível saber que todos sabem, embora se finjam de sonsos. Ele é o todo-poderoso, ninguém ousa se meter, e tenho que aceitar tudo em silêncio.

Estou na inauguração do ateliê de Alice e tudo está maravilhoso.

Por enquanto.

Em poucos instantes, ela distribuirá o catálogo, e se eu permanecer viva até o fim da noite, será um milagre.

— Vamos beber alguma coisa, Lua? — Cris me tira dos meus pensamentos.

— Vamos — respondo, decidida.

Não sou de beber, especialmente depois do vexame que dei na noite do meu aniversário, mas hoje preciso de todo o álcool possível. Ficamos próximos ao bar, conversando, enquanto a movimentação de pessoas só aumenta. Meu digníssimo esposo ainda não chegou. Deve estar muito ocupado com a amante loira.

— Procurando seu marido? — pergunta Cris, ao me ver observando a entrada dos convidados.

— O quê? Claro que não! Ficou doido, Cris? — Faço uma careta de nojo. — Outro *dry martini*, por favor — peço ao garçom.

— Devia pegar leve na bebida, senhorita.

Ouço uma voz desconhecida e me viro para ver quem é. Um homem lindo está parado ao meu lado.

— Sem querer ser indelicada, mas isso não é da sua conta, né? — Abro um pequeno sorriso para o homem.

Uau! Ele é lindo demais!

— Tem razão. Por isso, me acompanhe em um drinque.

Procuro por Cris e o vejo conversando com Alice.

— Se está aqui, é porque foi convidado. Sente-se! — Aponto para a cadeira ao meu lado, e ele se senta, pedindo uma dose de uísque puro.

Igual ao que o Diabo costuma beber.

Mas que inferno! Eu penso nesse homem o tempo todo? Será que bati a cabeça? Deve ser isso, estou ficando louca. Não há outra explicação.

— Ora, ora, veja se não é o todo-poderoso Rocco Caccini chegando à festa. Espera, quem é aquela loira? — questiona o homem.

É claro que ele deve saber que é a amante. Não é possível que esse infeliz a trouxe!

Rocco está elegante em seu terno preto, e a loira está um pouco mais atrás, linda em um vestido vermelho. Desvio o olhar rapidamente. É muita humilhação. Eles podem não ter chegado de mãos dadas, mas todos sabem que são amantes.

— Está triste, linda menina? — Até tinha esquecido do cara ao meu lado.

— Ah, vai se ferrar! — respondo, irritada, e ele ri.

— Calma, bela jovem, não precisa ficar nervosa comigo. É seu marido que está com outra na sua frente, não eu — fala em um tom tranquilo, bebendo um longo gole do uísque.

Sinto vontade de socar esse copo na sua goela.

— Não me importo. — Dou de ombros. — Casei obrigada mesmo. Quero que ele se dane. Aliás, quero que todos vocês se danem!

Peço outro *dry martini*.

— Acredito, querida. Deve ser difícil ser casada com um homem tão egocêntrico. É uma pena, porque você é linda, muito linda.

— Até agora não entendi muito bem qual é sua função. É me elogiar ou me irritar?

— Gostei da sua beleza, mas gostei ainda mais do seu espírito arisco.

— Sabe que se aquele cara egocêntrico souber que você está dando em cima da esposa dele, ele vai te matar, né?

— Você acha que ele realmente se importa com você? — Essa doeu! — Ele só não quer dividir o que é dele por puro capricho, mas disso você já sabe. Lua, você é uma mulher linda e muito esperta. Queria ter te conhecido antes de Rocco, pode acreditar.

Não me lembro de ter dito meu nome para ele, e sinto que ele não está falando sério. Parece que só quer provocar.

— Isso seria impossível. Estou predestinada a esse monstro desde que nasci. — Quando percebi, já havia falado. Acho que o álcool começou a fazer efeito.

— O que é uma pena. — Vejo que Rocco se aproxima. — Foi um prazer conhecê-la.

— Qual é o seu nome? — pergunto, antes que ele se afaste.

— Enzo. — Estende a mão e eu a aperto, recebendo um beijo no dorso. — Espero revê-la mais vezes — sorri, e sai.

— Querida esposa, reforçando nossas alianças com a máfia alemã? Fico feliz! — Rocco chega com um tom de deboche.

Esse homem é mais falso que nota de três euros.

— Não sei do que está falando — respondo tranquilamente, bebendo meu drinque.

— Enzo, o capo da máfia alemã. Vejo que já o conheceu e parece que se deram muito bem — sussurra no meu ouvido. — Não me desafie, Luara, pode não ser nada bom para você — ameaça, afastando-se em seguida.

Peço uma dose da bebida mais forte do bar e bebo tudo de uma vez. Meu Deus, que coisa horrível! Mas é o único jeito de me acalmar. Depois de afogar minhas mágoas no álcool, levanto-me e vou ao meu escritório. Desde que comecei a trabalhar para Alice, ganhei uma sala só minha, onde atendo as clientes, anoto os pedidos, suas preferências e tudo mais. Estou feliz trabalhando aqui. É melhor do que ficar o dia todo em casa esperando meu digníssimo marido voltar da casa da amante. Quando estou aqui, sinto que posso começar a viver novamente.

Capítulo 14

Rocco Caccini

Meu irmão e eu estamos saboreando um bom uísque e fumando um cigarro. Claro que Alice vem reclamar sobre o fumo, mas estamos em uma área aberta e temos todo o direito de satisfazer nossos vícios. Renzo não consegue ficar sem fumar, e eu o acompanho, embora eu não fume tanto quanto ele.

— Por que trouxe Shantal? — ele questiona.

— Não trouxe. Quando cheguei, ela também estava chegando. — Dou de ombros. — Ela disse que queria muito vir e permiti, desde que não causasse problemas.

— Entendo, mas acho que Luara não gostou nada disso. — Traga seu cigarro.

Uma moça passa distribuindo os catálogos. Coloco o meu na mesa ao lado, pois deixarei para ver depois. Já Renzo está folheando o que lhe foi entregue.

— Rocco — chama, com uma expressão de surpresa. — Dá uma olhada neste catálogo — pede.

Intrigado com o que lhe causou tamanha surpresa, abro o meu. Na capa, há uma foto linda da minha irmã. As primeiras páginas mostram uma modelo posando com as roupas criadas pela minha irmã, e percebo que ela tem muito talento. As peças são lindíssimas. Continuo passando as páginas e me deparo com a diaba mais linda de todas.

— Eu não acredito que essa peste fez isso! — exclamo, espumando de raiva.

Jogo o catálogo para o canto e olho em volta, vendo aquele bando de idiotas apreciando minha mulher. *Cazzo!*

— Retire todos os catálogos de circulação, coloque fogo neles, desapareça com todos! — ordeno a Renzo.

— Farei isso. — Ele se levanta. — Irmão, não faça nada de cabeça quente, beleza?

Agora é tarde para me dizer isso. Ignoro-o e saio, procurando aquela diaba. Ela vai aprender a nunca mais me desafiar.

— Rocco? — Ouço minha irmã me chamar.

Ela está acompanhada dos meus pais.

— O que você quer, Alice? — Viro-me para encará-la. — Onde está Luara? — pergunto, totalmente impaciente.

— A culpa não foi dela — explica. — Eu que insisti muito para que ela participasse das fotos. Por favor, não a machuque — suplica.

— Onde ela está? — repito a pergunta, ainda mais alterado.

Minha irmã fica quieta, me olhando por um tempo, sem dizer nada. Isso me deixa ainda mais irritado.

— Alice, diga ao seu irmão onde está a esposa dele — ordena meu pai.

— Pai... — Ela olha para minha mãe, implorando para que ela faça algo para intervir.

— A esposa é dele, filha. Diga onde ela está — pede ela.

— No escritório dela. Terceira porta no corredor à esquerda — informa, contra sua vontade, e sai pisando firme.

— Filho — chama minha mãe. — Não faça nada do qual possa se arrepender depois.

Apenas aceno e saio correndo.

Ao entrar em sua sala, eu a encontro conversando com o fotógrafo, amigo da minha irmã. Não vou me importar com isso agora. Embora eles tentem esconder, sei que ele é gay, e também porque tenho outros problemas para resolver.

— Amiga, a câmera te ama! Olha como você ficou divina! — Ouço o fotógrafo comentar.

Assim que ambos notam minha presença, me olham com olhos arregalados.

— Saia agora! — grito para o fotógrafo, que praticamente sai correndo.

Luara e eu ficamos nos encarando por um tempo, e tenho que me controlar para não destruir esta sala e todo o ateliê.

Começo a caminhar a passos lentos até onde ela está. Conforme me aproximo, Luara recua, até suas costas baterem na parede. Ela não tem para onde correr.

— Luara, Luara, o que devo fazer com você, hein? — Aproximo-me mais.

— Nada? — Sua voz demonstra certo medo.

— Por que insiste em me desafiar quando a única coisa que peço é que seja uma boa esposa?

— Boa esposa? — ri. — Ah, sim! Você quer que eu fique em casa sem fazer nada, enquanto meu digníssimo esposo enfia o pau em outra boceta a noite toda! — grita.

Mais corajosa do que nunca. Apesar de seus olhos demonstrarem medo, sua boca atrevida diz outra coisa.

— O problema é esse? O que você quer? Fale comigo! — Encosto meu corpo no dela e seguro seu pescoço, sentindo-a engolir em seco.

— Minha liberdade.

Nervoso, aperto um pouco mais. Seu rosto fica vermelho, mas ela continua me desafiando com os olhos cravados nos meus.

— Sabe quando você terá isso? Nunca! Esperei malditos 17 anos para tê-la comigo. Você é minha, está ouvindo? Toda minha! Cada maldita parte do seu corpo, mente e coração me pertence.

Solto seu pescoço e me afasto um pouco para conseguir raciocinar. Ficar perto dela acaba confundindo minha cabeça.

— Meu coração nunca te pertencerá, está ouvindo? Você nunca o terá. Eu não sou uma mercadoria, não sou de ninguém! — Passa a mão pelo pescoço.

Odeio ouvi-la dizer que não é minha. Odeio!

Aperto seu braço e a jogo no sofá ao lado, fazendo-a gritar.

— Você não sabe de nada, garota! — Dou um soco forte na mesa, fazendo um objeto de decoração cair no chão.

Ela se assusta, recuando no sofá, e seu corpo começa a tremer.

Por que vê-la sentir medo de mim me incomoda? Leva-me ao extremo da raiva.

— O que eu não sei? Você esperou todos esses anos para me ter para quê? Me fala! — grita, com a voz embargada. — Você me quer como um troféu? Não somos casados de verdade, eu nem te vejo, você nem me toca, o que você quer de mim? Me fala, porque eu não estou entendendo! — Ajeita-se no sofá e rapidamente enxuga uma lágrima que escorre pela bochecha. — Você vive com a sua amante. Por que se casou comigo e não com ela? Agora vem aqui reivindicar sentimento de posse? Por que não posso tirar umas fotos? Eu não fiz nada de mais.

Aproximo-me dela e seguro em seus cabelos, obrigando-a a ficar de pé.

— Porque você é minha, Luara, e tudo que tem aqui. — Passo a mão livre pelo seu corpo, até chegar aos seios. — É meu! Só eu posso ver e tocar. Sou o seu dono, você me pertence e tudo que tem em você também. Não quero nenhum filho da puta olhando para o corpo da minha mulher e imaginando como ela é gostosa. — Solto seus cabelos e ela cai sentada no sofá novamente.

— Seu escroto! Nojento! Eu te odeio tanto, Rocco! — profere as palavras com raiva, mas também com evidente mágoa.

— Você não seria a primeira, querida esposa. Entre na fila.

Sento-me na beira da mesa. Percebo que ao jogá-la no sofá o vestido se levantou, revelando a calcinha branca. Passo a mão pelo rosto. Estou com tanta raiva, mas o desejo surge e meu pau fica duro na mesma hora.

Não há como negar que a diabinha é muito gostosa e me atrai de uma maneira surreal.

— Está ouvindo?! — ela chama minha atenção, me tirando dos meus pensamentos.

— Não, mas também não me interessa. Se ajeite, vamos para casa — informo.

— Por que você me odeia tanto, Rocco? — Ela se aproxima, e consigo sentir o cheiro de álcool. Quando Luara bebe, ela se torna ainda mais corajosa. — O que eu fiz para você? Eu te dei tudo que queria. Nos casamos, eu te dei minha alma naquele dia em que transamos. Por que me trata dessa forma? Me humilha trazendo sua amante a um local público. Nunca estamos juntos em lugar nenhum. Daqui a pouco a mídia irá especular várias coisas, isso se não divulgar sobre sua amante. Por que faz isso comigo?

É possível ver a dor em seus olhos.

Estico o braço, inclinando-me um pouco para frente e alcanço sua cintura, puxando-a para o meio das minhas pernas. Tudo o que eu pensava em fazer quando entrei aqui foi desaparecendo assim que a vi. Ela mexe comigo de um jeito estranho, e isso é perigoso.

— O que eu quero você ainda não me deu, querida. — Roço a barba em seu pescoço e sinto seu corpo se arrepiar.

— O que mais você quer de mim?

Passo a língua levemente em seu pescoço, deixando-a ainda mais arrepiada.

— Você me disse que me entregou seu corpo e alma, mas o que eu realmente quero é o seu coração.

— Isso você jamais vai ter! — afirma, afastando o rosto e me encarando.

— Gosto de uma boa conquista. E você, sem dúvidas, acaba de se tornar a minha preferida — digo, olhando para sua boca.

Tão convidativa.

Quando foi que comecei a querer beijar uma mulher? Acho que nunca!

Seus olhos azuis estão carregados de mágoa, mas há algo mais... tesão? Não consigo resistir e aproximo nossos lábios, esmagando os dela com os meus. Pela primeira vez na minha vida, beijo uma mulher com vontade.

Seus lábios são macios e gostosos. Ela abre espaço para minha língua e o beijo começa a se tornar sensual, regado de desejo. É quente e me faz querer continuar por horas. O encaixe é perfeito, nos beijamos sem qualquer dificuldade. A sede que sentimos transforma o beijo em algo afoito, mas incrivelmente agradável.

Luara se afasta um pouco para conseguir respirar, mas eu não quero parar. Desejo mais desse beijo que me faz sentir um calor interno, uma sensação boa. Adentro os dedos na sua nuca, puxando seus cabelos, esmagando novamente seus lábios com os meus, e com a outra mão livre aperto sua bunda perfeitamente redonda. Estava ansioso para descobrir para onde esse beijo poderia nos levar.

Capítulo 15

Luara Sokolova

Rocco me beija pela primeira vez e... caramba, que beijo! Sem contar que esse também foi meu primeiro beijo. A sensação que me invadiu foi... surreal. Com certeza quero mais dele.

Tudo em Rocco é quente, exala tensão sexual. Minha calcinha está em ruínas.

Encostamos nossas testas e respiramos ofegantes.

O que estou fazendo me entregando desse jeito?, repreendo-me mentalmente, pois não posso ser fraca a esse ponto.

— Vamos para casa. — Tento me soltar, mas ele é forte e não consigo escapar do seu aperto. — Me larga, Rocco, eu não quero! — Mesmo que seja mentira e meu corpo traidor esteja gritando por ele, preciso ser forte.

— Sério que você não quer? — Desce a mão que está na minha bunda e toca minha calcinha. — Seu corpo diz outra coisa, *bambina*[11].

É, eu sei, meu corpo é um traidor. Estou queimando de tanto desejo.

— Rocco, por favor!

Estou tão envolta em desejo que não sei se estou pedindo que ele pare ou que me faça gozar logo.

— O que você quer? Diga-me — murmura ao meu ouvido, enquanto passa os dedos por cima da minha calcinha.

— Me faça gozar — confesso, irracional.

Sou uma fraca. Não consigo acreditar que estou perdendo a dignidade desse jeito. Estou consumida pelo desejo e tudo o que quero agora é um delicioso orgasmo.

— Você acha que merece? Foi uma boa esposa? Só boas esposas podem gozar. — Com um sorriso no rosto, para de me acariciar.

— Seu... seu... idiota! — Tento me soltar novamente, mas falho. — O que você quer? Me ver implorar?

Se é isso que ele quer, lamento informar que não conseguirá. Posso até perder a dignidade abrindo as pernas para ele, mas implorar, jamais. Perder a dignidade, tudo bem, mas com classe.

— Quero que me prometa que será uma boa esposa. Se fizer isso, gozará gostoso todos os dias.

— Proposta tentadora, querido marido. — Caramba, coloca tentadora nisso.

---

[11] "Bambina" é a palavra italiana para "menina" ou "garotinha."

Rocco troca nossas posições, colocando-me sentada na mesa com as pernas bem abertas, fazendo meu vestido subir até a cintura, e me olha com adoração. Mais uma vez, ele rasga minha calcinha, acaricia minha boceta, passando os dedos enormes por cada pedacinho, massageando meu clitóris com o polegar.

Quando ele se ajoelha à minha frente, tenho certeza de que irei para o paraíso após o orgasmo arrebatador.

— Você fica muito melhor nessa posição — confesso, sem conseguir ficar calada.

Rocco, ajoelhado à minha frente, me chupando é, sem dúvidas, uma das melhores visões que tenho desse homem.

— Também acho. — Abre um pequeno sorriso, e não perde tempo, voltando a me devorar com sua boca.

Bendita seja essa boca deliciosa. Ele suga meu clitóris, dando leves mordidas, arrancando de mim gemidos cada vez mais intensos. Confesso que a cada mordida uma leve dor me atinge, mas a língua de Rocco volta a trabalhar, trazendo uma sensação de alívio. Essa mistura de dor e prazer me leva à loucura e me faz alcançar o ápice com mais facilidade.

Enfio as mãos em seus cabelos, puxando-os e pressionando sua cabeça ainda mais no meio das minhas pernas. Quando ele introduz seus dedos em mim, gozo fortemente, gritando seu nome.

Após limpar todo o meu gozo com sua divina língua, Rocco me encara, seus olhos refletindo pura luxúria. Distribui mordidas pelas minhas coxas, barriga, por cima do tecido do vestido, e o abaixa, libertando meus seios. Ele deixa uma mordida em cada um, e depois pincela sua língua pelo bico rígido.

— Tão doce, minha Lua! — Por que eu gostei de ouvi-lo me chamando assim? — Vou te comer agora — anuncia, abrindo sua calça. — Quero te foder até você esquecer seu nome. Não sei se você vai conseguir sair daqui andando, isso é uma promessa! — revela, fazendo-me ansiar por isso.

Sim, eu quero que ele me foda até que eu esqueça meu nome e tenha dificuldade para caminhar. Rocco me pega no colo, tirando-me de cima da mesa, e me coloca debruçada, abrindo bem minhas pernas, e puxando meu quadril, deixando minha bunda empinada em sua direção. Sinto a cabeça robusta de seu pau pincelando minha entrada e, pouco a pouco, ele vai me preenchendo, deixando-me completamente cheia dele.

Sinto um ardor leve, principalmente quando ele bate sua pelve na minha bunda.

— Vai passar — avisa, percebendo meu desconforto.

Talvez, se ele fosse um pouco menor, eu conseguiria recebê-lo sem dor, mas se é o que temos, vamos com dor mesmo. Lentamente, vai entrando e saindo e, aos poucos, a dor vai dando lugar ao prazer.

— Quero te comer tão forte, *bambina*. Estou te desejando tanto — geme, rouco, começando a se movimentar com mais rapidez.

Suas mãos enormes seguram firme minha cintura, firmando meu corpo, e suas investidas vão ficando cada vez mais fortes. Alguns objetos da mesa começam a cair com o impacto do movimento dos nossos corpos, mas ele não se importa ou diminui suas investidas.

Grito quando Rocco desfere um tapa na minha bunda, e tento controlar meus gemidos, mas a intensidade do sexo me faz perder o controle. Só espero que ninguém ouça.

Sua mão sobe pelas minhas costas e agarra meus cabelos, repousando no meu pescoço para, logo depois, puxar meu corpo para ele, inclinando-me cada vez mais. Aproxima seu rosto do meu pescoço e suas investidas ficam mais leves.

— Você pertence a quem, Luara? — A voz dele está cada vez mais rouca e sexy. Ele deixa uma mordida nas minhas costas, e eu grito. — Fala, sua gostosa, fala quem é o seu dono. — Outra mordida, e é o suficiente para eu gozar.

— Ahhhhhh! — Desmancho-me, sentindo meu corpo ficar cada vez mais mole e minhas pernas tremerem descontroladamente.

— Quem é o seu dono, Luara? — pergunta novamente, passando a língua pelo meu pescoço e apertando mais forte. — Quem te faz gozar gostoso, hein?

— VOCÊ! — grito. — Eu sou sua!

Não vou me julgar por isso; a esta altura do campeonato, não sei nem o que estou dizendo. Mal sei meu nome. Esse homem está me levando à loucura.

— Isso, sua gostosa, você é minha! — Entra ainda mais forte.

— Eu não aguento mais, Rocco, para... — imploro, praticamente destruída.

Mas ele não para. Continua entrando e saindo com rapidez, distribuindo tapas, beijos e mordidas pelo meu corpo. Sua mão entra no meio das minhas pernas e seus dedos começam a dedilhar meu clitóris. Estou tão sensível que não demoro a gozar novamente, desta vez não conseguindo sustentar meu corpo. Ele me segura pela cintura, gozando em seguida e chamando meu nome.

Capítulo 16

Luara Sokolova

Ficamos jogados no sofá, exaustos, suados e ofegantes, sem condições de nos levantar para fazer qualquer coisa.

— Venha, vou te levar ao banheiro para que se limpe. — Ele me pega no colo e me conduz até o banheiro da sala.

Enquanto Rocco se limpa, espero sentada no vaso. Quando finaliza, fica me observando.

Espera… ele ainda está com desejo? Não é possível. Estou destruída!

— Pode esperar do lado de fora um momento? — Procuro um jeito de tirá-lo dali.

Quando estou sozinha, olho-me no espelho, e tomo um susto com a imagem refletida. Meu rosto está vermelho, meus cabelos desgrenhados, sem calcinha e o vestido todo amassado. E o pior não é isso: estou toda marcada, principalmente meu pescoço, que exibe grandes marcas vermelhas. Levanto o vestido e encontro as mesmas marcas nas minhas costas e coxa; na bunda, consigo ver o contorno dos seus dedos perfeitamente.

Meu Deus, esse homem é um animal!

Não posso dizer que não gostei; foi intenso, gostoso e insano, mas não tenho como sair daqui assim. Passo a mão pelos cabelos, tentando amenizar a bagunça, e volto para a sala.

Rocco está sentado, observando-me com uma expressão de satisfação, com certeza admirando o estrago que fez em mim. Ele não diz nada, apenas dá um sorrisinho de lado.

— Não vai falar nada? — pergunto, quebrando o silêncio.

— O que gostaria que eu dissesse?

— Por que me marcou dessa forma? Como vou sair daqui assim?

— Você não gostou? — Arqueia uma sobrancelha, avaliando-me. Minhas bochechas esquentam, e sei que estou corando. Eu gostei, mas não quero admitir isso a ele. — Engraçado como você ainda ruboriza na minha frente, é encantador. — Abre um pequeno sorriso.

Ele tem uma voz sedutora demais.

— Não me responda com outra pergunta, isso é irritante.

— Eu gosto assim… — levanta-se, chegando mais perto — …de sexo intenso, gostoso e pecaminoso. — Segura meus cabelos, aproximando nossos rostos. — Você não gostou? Achei que tivesse gostado, já que gozou várias vezes.

Não respondo. Não vou confessar a esse Diabo que gostei, embora eu tenha certeza de que ele saiba disso.

Para minha surpresa, Rocco me beija com ternura, um beijo calmo e delicioso. Novamente me entrego a ele com fervor. A atração sexual entre nós é tão intensa que não consigo controlar. Se algum dia eu julguei alguém na mesma situação que eu, já não me lembro mais.

Ele afasta nossas bocas, e eu faço uma careta desanimada. Quero mais. Confesso que gosto muito dos beijos dele.

— Gostaria de ficar aqui a noite toda mergulhado na sua boca deliciosa, mas temos que ir. Já passamos tempo demais aqui dentro. Daqui a pouco alguém vai pensar que te matei. — Afasta-se.

Sinto vontade de rir, pois quando Rocco entrou aqui foi exatamente o que imaginei que faria comigo, e é algo que as pessoas realmente acreditariam.

— Como vou sair assim? Estou toda marcada.

Ele pega o paletó e estende em minha direção.

— Use isto, vai disfarçar. Vamos embora sem nos despedir de ninguém. Amanhã você explica melhor à Alice. Você está sem calcinha e não quero você desfilando por aí desse jeito.

Penso em várias coisas para dizer, mas deixo para lá. Saímos às pressas, sem falar com ninguém.

O homem das cavernas está de volta, mas prefiro a versão do homem gostoso que me fode com força. Por falar nisso, qualquer um que me vir andando vai saber que fui fodida com intensidade. Mal consigo caminhar, pois estou muito ardida. Esse homem abala todas as minhas estruturas. Preciso centralizar minhas emoções, pois não posso me deixar envolver sentimentalmente e acabar sofrendo por alguém como ele.

A primeira coisa que lembro ao acordar é do sexo maravilhoso de ontem. Caramba, como eu quero mais disso.

Meu Deus, que tipo de pensamentos são esses? Nem me reconheço mais.

Saímos do ateliê correndo, mas não conseguimos escapar dos olhares curiosos — tanto da sua família, para quem acenei mostrando que estava tudo bem, mas, principalmente, do olhar furioso da amante de Rocco.

Adormeço no carro, e lembro quando ele me pôs na cama, tirando meu vestido e colocando uma camisola confortável. Eu estava tão cansada que não quis saber de mais nada, apenas de dormir tranquilamente.

Ainda bem que hoje o tempo está frio. Assim, posso usar uma blusa de manga longa com gola alta e uma calça, assim fica mais fácil esconder as marcas e evitar que os funcionários descubram o que aconteceu.

Ao descer para o desjejum, fico assustada ao encontrar meu digníssimo esposo sentado à mesa, tomando seu café. Ele nunca está em casa, e não faz nenhuma das refeições comigo.

— Bom dia, esposa! — cumprimenta-me com um tom estranho.

— Bom dia! — Sento-me à sua frente. — O que faz em casa?

— Estava te esperando para tomar café da manhã, querida.

Sinto que há algo de errado, pois percebo um tom sarcástico em sua voz.

— Nunca me esperou antes — retruco.

— Para tudo se tem uma primeira vez. Onde vai toda arrumada assim?

— Onde eu vou? — Estranho a pergunta, afinal, ele sabe. — Vou trabalhar, como faço todos os dias.

— Você não trabalha mais — responde de forma rude, dando um gole no café quente.

Neste momento, desejo que o café derrame sobre ele e o queime inteirinho.

— Como assim?

— Exatamente isso que você ouviu. Alice te demitiu.

— Me demitiu? — Meu tom de voz aumenta. — Você mandou ela fazer isso, não foi? — pergunto, mesmo sabendo a resposta. — Claro que foi você! Alice não tinha motivos para me demitir.

— Se você já sabe a resposta, vamos poupar tempo com assuntos desnecessários.

Como ele pode ser tão frio?

— Você não pode fazer isso; é o meu trabalho, é a única ocupação que tenho. Se eu não for trabalhar, vou ficar o dia inteiro trancada aqui dentro sem fazer nada — exclamo, furiosa.

— Não só posso, como já fiz. — Ele me encara. — Você tem que aprender que quem manda aqui sou eu. Você não pode ficar me desafiando e me desobedecendo. Quando pediu para trabalhar, eu permiti, confiei em você, e você fez aquela merda! — esbraveja. — Você desperdiçou sua chance. Agora ficará aqui e só trabalhará quando eu permitir... se eu permitir. E não quero mais ouvir suas reclamações. Invente algo para fazer aqui dentro. A escolha foi sua quando decidiu me desafiar; agora aguente as consequências. — Termina de beber seu café e se levanta.

Como eu gostaria que esse café estivesse envenenado. Sei que é pecado pensar assim, mas desde que me casei com Rocco é o que anseio quase todos os dias: a morte do meu marido.

— Seu monstro, te odeio! — berro.

— Chega! — Ele dá um soco na mesa, fazendo tudo tremer; o copo de suco que havia servido para mim cai sobre a minha roupa. — Você é sempre tão atrevida, *bambina*? Se quiser ter algo de mim, terá que dançar conforme a minha música. Quanto antes aprender isso, melhor será.

— Achei que havíamos resolvido isso ontem. — Levanto-me e vou em sua direção. — Me deixe trabalhar, por favor. Não farei mais nada que possa te desagradar, prometo. — Se fosse preciso implorar, eu faria isso sem problemas.

— Eu já disse que não, e não costumo voltar atrás nas minhas decisões. Agradeça por eu estar sendo bonzinho com você, pois não costumo agir assim.

Rocco sai, deixando-me sozinha, aos prantos.

Imagino várias formas de matá-lo, todas de uma forma lenta e dolorosa.

Que inferno de vida!

Capítulo 17

Rocco Caccini

Hoje tive que resolver problemas relacionados ao nosso carregamento que foi interceptado. Não me sai da cabeça que aquele *maledetto*[12] está por trás disso. Quando eu colocar minhas mãos nele, vai se arrepender de ter cruzado meu caminho.

— Problemas no paraíso, *fratello*? — Renzo aparece.

— Não estou com paciência para suas gracinhas hoje, Renzo.

— Fiquei sabendo que mandou Alice demitir Luara. Saiba que nossa irmã está muito brava com você — avisa, rindo e se divertindo à minha custa.

— Como se eu me importasse. Estou com problemas demais para me preocupar com essas coisas.

— Você acha que foi ele? — Refere-se ao bastardo que tem atormentado nossos negócios.

— Tenho certeza. Quem mais tentaria algo contra nós?

— O que vamos fazer?

— Eu ainda não sei, mas precisamos descobrir logo. As coisas não podem continuar assim. Precisamos pegar esse bastardo.

— Senhor — chama o chefe dos soldados. — Há uma pessoa que insiste em falar com o Don — anuncia.

— Quem?

— O Capo mexicano.

— O que ele quer comigo? — Estranho, pois não estamos em guerra e não fazemos negócios com eles.

— Disse que só falaria para o senhor. Segundo ele, tem informações importantes sobre Claus.

Agora sim estamos falando a mesma língua.

— Leve-o para o meu escritório — ordeno.

Saio do galpão, acompanhado de Renzo, e vou direto ao meu escritório.

— Don, senhor Renzo — cumprimenta o homem.

Aponto a cadeira para que se sente.

— Vamos logo ao assunto, José. É esse seu nome, certo? — confirmo.

— Sim, mas primeiro preciso de uma garantia.

Tenho vontade de rir. É muita audácia.

— Quem te disse que preciso te dar alguma garantia para descobrir o que tem para me dizer?

Renzo solta uma gargalhada com a petulância desse homem.

---

[12] "Maledetto" é uma palavra italiana que significa "maldito" ou "maldição".

— Não quero ser petulante, mas vim trazer informações valiosas em troca de uma garantia. Tenho uma doença degenerativa, não tenho muitos dias de vida, senhor. Se me torturar para tirar informações e me levar à morte, estará me fazendo um favor.

Com apenas um olhar, Tom entende que precisa verificar se a história do homem é verdadeira. Renzo serve uma bebida para nós três, enquanto aguardo Tom retornar com a informação.

Meu segurança entra e me dá um leve aceno, confirmando o que o homem acabara de contar. José também não seria burro de entrar aqui exigindo coisas sem ter uma carta na manga.

— Tudo bem, me diga o que eu quero saber e eu te darei o que quer em troca.

Renzo olha para mim com apreensão, mas ele sabe que é o certo a fazer.

— Primeiro a troca, depois direi o que você quer saber.

— Olha só, Capo. Eu já estou ficando sem tempo e paciência. Nós dois sabemos que essas duas coisas são valiosas no nosso meio, então não me teste. Fale logo.

— Dê-me sua palavra de que vai cumprir a troca, e eu falarei.

— Se sua proposta não for absurda, tem minha palavra de que você receberá a garantia que quer.

Ele me conta que Claus está comandando um cartel de drogas no México, o que está atrapalhando seus negócios. Segundo ele, Claus descobriu sua doença e está usando isso a seu favor. Pensei que o infeliz estava com a máfia americana, mas pelo visto me enganei; ele está tentando passar o Capo mexicano para trás.

José fica à disposição para nos passar todas as informações que descobrir e se alia a nós para arrumar uma emboscada para o *maledetto*.

— Suas informações são valiosas. Já sabemos onde ele está, agora precisamos encontrar uma forma de pegá-lo. — Renzo me encara, provavelmente articulando alguma coisa.

— Aí já não é comigo, senhor Renzo. Trouxe as informações e, até o meu último suspiro, trarei todas as outras que descobrir. Garanto que aproveitarei esses últimos dias de vida para tentar entregar Claus ao senhor. — O homem volta a atenção para mim. — Agora, Don, preciso que cumpra a garantia.

— E qual seria ela? Preciso saber, para dizer se poderei concordar — pergunto, curioso.

O que um homem à beira da morte poderia pedir? Uma aliança entre nossas máfias a esta altura não faria diferença, pois já está morrendo e logo outro Capo assumirá.

— Como já disse anteriormente, tenho alguns dias de vida. Tenho uma filha, o nome dela é Melanie, minha joia. Não posso partir e deixá-la sozinha neste mundo, principalmente com Claus querendo tomar o que é meu. Ele fará coisas horríveis com minha filha, e também tenho outros inimigos soltos. Preciso partir sabendo que ela estará protegida e amparada, e preciso de alguém para assumir o meu lugar.

— Entendo sua preocupação, Capo. Você quer proteção para ela?

— Não. Quero uma aliança entre nossas máfias — responde rapidamente.

— De que forma? — pergunta Renzo, curioso tanto quanto eu.

— Quero que se case com minha filha, senhor Renzo.

Renzo balança a cabeça em negativa, mas ele sabe que não posso voltar atrás na minha palavra. Um Don jamais faria isso, e precisamos das informações que esse homem pode nos trazer. Uma aliança com a máfia mexicana não será de todo ruim. Quanto mais alianças formarmos, melhor para nós.

— Você quer que Renzo se case com Melanie? — pergunto, só para confirmar.

— Isso mesmo, Don. Não posso deixar minha filha à deriva. Nada melhor que um bom casamento. Assim, ela ficará sob a proteção da sua máfia.

— Tudo bem, Capo. Temos um acordo. — Sei que Renzo está me encarando com raiva, por isso evito olhá-lo. — Melanie e Renzo se casarão após sua morte. Antes disso, ela é sua responsabilidade. Proteja-a e a mantenha viva até o dia da sua partida.

José concorda, e encerramos a conversa. Assim que ele sair, sei que terei que aguentar os chiliques de Renzo. Haja paciência.

— Você ficou maluco, porra? — esbraveja. — Eu não vou me casar! Está ouvindo? Não vou me casar! Eu nem conheço essa garota!

— Se acalme, *fratello*. Todos temos responsabilidades com a máfia. Eu cumpri a minha, agora você terá que cumprir a sua — respondo calmamente, e ele sabe que estou falando a verdade.

— Vai se ferrar, Rocco. Você não podia ter feito isso, seu bastardo, *figlio di puttana*! — xinga, todo nervoso.

Tenho vontade de rir, mas me seguro.

— Dei minha palavra, não posso voltar atrás. A partir de agora, você é um homem comprometido, então comporte-se como tal — zombo. — E sobre xingar a *mamma*, vou contar para ela. Prepare-se para apanhar, *fratello*.

Renzo sai batendo a porta e xingando todos os nomes possíveis. Eu caio na gargalhada, pensando na sua situação. Não fui o único a ter um casamento arranjado; agora estamos os dois no mesmo barco.

CAPÍTULO 18

Luara Sokolova

Há dois dias estou desempregada, sem fazer nada produtivo, trancada e vendo o tempo passar. Assisti a algumas séries, li alguns livros, conversei ao telefone com minha família e com minha amiga Char e comi algumas besteiras.

Sinto falta dos meus pais e do meu irmão, mas não posso vê-los com frequência ou viajar ao encontro deles. Não posso viajar e eles também não vêm muito aqui.

No mundo da máfia, depois que casamos, nossa família passa a ser apenas o meu marido e filhos que um dia terei. É estranho, pois não sinto como se Rocco fosse minha família. Aquele ditado que diz que o diabo te dá com uma mão e tira com a outra é a mais pura verdade. Rocco me proporcionou orgasmos intensos, mas depois tirou a única coisa produtiva que eu estava fazendo na vida. Que Deus me perdoe, mas eu amaldiçoo esse homem a cada hora do meu dia.

Tenho me julgado frequentemente. Entreguei-me demais, deixei-me levar pelo desejo e agi mais com emoção do que com razão. As marcas que ele deixou em meu corpo estão desaparecendo, mas fico pensando se ele deixará outras. Tenho vivido uma batalha intensa dentro de mim entre a razão e o desejo.

Estou torcendo para que a razão prevaleça, mas, no momento, o desejo sempre vence.

Toc-toc.

Ouço batidas na porta do meu quarto.

— Pode entrar — autorizo.

— Senhora Caccini. — Beth, nossa governanta, entra, segurando algumas flores. — O senhor Caccini pediu que eu lhe entregasse estas flores.

Estreito os olhos, fazendo uma careta, e ela ri.

— Tem certeza de que foi ele? — pergunto, incrédula.

Beth acena afirmativamente.

— Será que ele bateu a cabeça?

Nós duas rimos do meu comentário. Pego o pequeno buquê de flores e vejo um cartão.

"Querida esposa, peço desculpas por te deixar entediada. Tenho muito trabalho e, por isso, não posso dar a atenção que você merece. Aceite meu

presente como uma recompensa. Beth te levará até ele. Espero que goste! R.C."

— Que presente é esse, Beth? — pergunto, consumida pela curiosidade.

Ela dá de ombros, como se não soubesse, ou talvez apenas não queira me contar.

— Vamos lá, eu a levarei.

Descemos as escadas e seguimos pelo corredor. Esta mansão é enorme, cheia de cômodos, muitos dos quais eu nem cheguei a conhecer. Faço uma anotação mental para explorar cada canto da casa, agora que não tenho nada para fazer.

— Chegamos — avisa Beth, abrindo a porta e me deixando passar.

Com passos hesitantes, entro. Meus olhos brilham ao ver o que está diante de mim. É uma sala de dança, igual à que eu tinha na Rússia. Que nostalgia! Lembro-me da minha amiga e professora Ana e sinto uma saudade profunda.

Caminho por cada canto da sala, deslizando os dedos pelos espelhos que cobrem as paredes, passando pelo pole dance e até por um pequeno guarda-roupa com roupas adaptáveis a diferentes estilos de dança. Meus dedos tremem ao tocar tudo isso, como se precisasse sentir para acreditar que é real. Amo dançar, e a dança faz parte da minha vida desde que me entendo por gente. Até que ele acertou no presente.

— Vou deixá-la a sós para aproveitar seu novo espaço — diz Beth, e só então me dou conta de que ela ainda está aqui.

Corro para o vestuário, troco de roupa, coloco uma música e começo a dançar. Passo horas assim, completamente absorta, esquecendo do tempo. Eu estava morrendo de saudades disso, de fazer o que realmente gosto. Troco a música e ensaio os passos que estava aprendendo com Ana antes de partir. As lembranças de como minha vida era antes me invadem, e a tristeza aperta meu peito. Uma angústia toma conta, e, distraída, acabo errando os passos.

Volto a música e recomeço. Passo várias horas assim, aproveitando minha nova sala e me perdendo entre os passos, esquecendo completamente do mundo lá fora.

— Vejo que gostou do seu presente. — Essa voz rouca, que me provoca tantas sensações, se destaca acima da música, e um frio percorre minha espinha.

Atrapalho-me toda e erro a coreografia. Olho para ele através do espelho, e seus olhos permanecem fixos nos meus, e é como se eu estivesse prisioneira daqueles olhos negros que não demonstram nada além de escuridão.

Por que o Diabo mexe tanto comigo? Como ele consegue dominar meu corpo sem sequer tocar em mim?

CAPÍTULO 19

Rocco Caccini

O que tem nesses olhos azuis cor do mar que mexem tanto comigo?

— Sim, gostei bastante, obrigada! — responde Luara, desviando o olhar. — Você está aqui há muito tempo? — Ela parece um pouco envergonhada com a ideia de estar sendo observada.

— Não, mas gostaria de ter chegado antes — confesso.

Meu celular apita com uma mensagem de Shantal, perguntando se eu ia passar lá à noite. Ignoro, guardando o celular no bolso. Desde o dia em que Luara e eu tivemos aquele encontro intenso no ateliê, não a procurei mais. Só consigo pensar na minha linda e desejada esposa, que tem atormentado meus pensamentos incessantemente.

— Algum problema? — pergunta Luara, tirando-me dos devaneios.

— Não. Já que gostou tanto do presente, poderia dançar para mim? — peço, ansioso para ver uma dança só para mim, agora que tenho o privilégio exclusivo de assisti-la.

— Agora? — Seus olhos se estreitam, surpresos com o meu pedido.

— Sim. — Sento-me no sofá e tiro o paletó, ansioso para assistir ao espetáculo.

— Tudo bem. — Caminha timidamente até o som e escolhe uma música aleatória.

A melodia ecoa pela sala, e Luara começa a se mover com maestria. Essa jovem não sabe, mas me deixa louco de desejo. Estou duro como uma rocha, enquanto a observo, mas ela não percebe, envolvida pela música.

Passo a mão pela minha calça, incapaz de desviar o olhar dessa pequena feiticeira. Não consigo mais aguentar e me levanto, indo em sua direção. Seguro firmemente seus braços, fazendo-a parar de dançar. Quero apreciar sua dança por mais tempo, mas o desejo gritante não pode ser ignorado.

Seus olhos azuis intensos encontram os meus, ardendo em puro desejo.

— O que foi? — Sua voz é baixa, mas carregada de excitação.

Cazzo!

— Você me deixa louco, *bambina* — declaro, atacando seus lábios com uma fome insaciável. Enquanto exploro sua boca deliciosa, minha mão desliza pelo seu corpo voluptuoso.

Luara me leva ao limite com seus gemidos abafados contra meus lábios. Lentamente, a deito no chão, ajoelho-me e deslizo seu short e calcinha, revelando o paraíso que tanto desejo e que não sai dos meus pensamentos.

Salivo, ansioso para sentir seu gosto novamente.

— Eu estou suada, não faça isso. — Tenta se proteger, colocando a mão entre as pernas.

Retiro sua mão, abro suas pernas e, com os dedos, exploro seus grandes lábios, vendo-a completamente lubrificada. Passo a língua de baixo para cima, arrancando um grito intenso dela. Eu a devoro como um selvagem, chupando sua boceta com fome, sugando seu ponto sensível e lambendo-a por completo. Luara grita, geme, contorce-se, puxa meus cabelos, e finalmente goza deliciosamente na minha boca, dando-me o prazer de saborear seus fluidos.

Afasto o rosto, encantado ao ver suas bochechas ruborizadas e sua respiração ofegante. Ela é linda de qualquer forma, mas após um orgasmo fica incrivelmente adorável.

Passo a língua pelos meus lábios e ela ofega.

— Gostaria de fazer uma coisa, Don — diz, olhando-me com malícia.

Cazzo! Quase gozo só de ouvi-la me chamar assim.

Levantamo-nos, e ela espalma as mãos no meu peito, empurrando-me até o sofá. Sento-me, conforme suas instruções, e ela se ajoelha à minha frente. Uma visão linda e tentadoramente excitante.

Meu pau pulsa, desesperado.

Seus pequenos dedos trêmulos abrem o zíper da minha calça, e eu a deixo tomar o controle. Se ela quiser brincar, eu deixarei.

Sua mão delicada começa a me masturbar lentamente. Apesar da insegurança, seu movimento está agradável o suficiente para me fazer querer gozar, e eu me seguro para não acabar com a diversão antes de começar.

Assim que sua boca quente se aproxima e a ponta da sua língua contorna minha glande, é impossível reprimir um gemido gutural que escapa da minha garganta, encorajando-a ainda mais. Luara me abocanha pouco a pouco e, conforme sua boca se adapta ao tamanho e espessura, ela aprofunda ainda mais o boquete.

Que boquete maravilhoso! Nem as mulheres mais experientes do mundo poderiam me levar ao limite do desejo como ela faz.

É o meu fim... Luara é a minha ruína.

Seguro firme seus cabelos e empurro mais fundo em sua garganta. Estou completamente perdido, até esquecendo que é a primeira vez que ela faz isso. Meto fundo e vejo o canto dos seus olhos lacrimejar, mas ela não para e continua me abocanhando cada vez mais.

Não consigo aguentar e gozo, derramando-me na sua boca, jorrando jatos quentes e intensos no fundo da sua garganta.

Após lamber-me todo, ela se afasta, olhando-me com desejo. Passa os dedos no canto da boca, limpando os resquícios de sêmen e lambendo-os.

Maledetta!

Ela quer me matar, tenho certeza de que quer me matar de tesão.

Jogo-me em cima dela, fazendo-nos cair no chão, mas coloco os braços embaixo dela para não a machucar. Rasgo sua blusa, libertando seus seios firmes e os chupo com voracidade, sugando os mamilos e passando o dente, criando atrito.

Encaixo-me em sua entrada molhada e pincelo com o pau antes de entrar de vez, indo até o fundo, sentindo suas paredes me esmagarem.

— Roccoooo! — ela grita meu nome, alimentando ainda mais meu apetite.

Saio completamente de dentro dela e entro com força, colidindo nossas pélvis. Seus dedos se metem na minha camisa, ajudando-me a tirá-la, e suas unhas arranham minhas costas.

Distribuo mordidas, chupões e lambidas por seus lábios, pescoço e seios. Agora, nesta sala, a única música que ecoa são nossos intensos gemidos e, sinceramente, esse é o som mais agradável que poderia existir.

— Rocco! Rocco! — geme meu nome como uma adoração, e eu a sinto pulsar.

Seu orgasmo está próximo, e eu quero gozar junto com ela.

Acelero os movimentos, buscando nossos prazeres e, juntos, alcançamos o ápice de uma forma gloriosa.

Suados, com respirações ofegantes e corações acelerados, somos incapazes de levantar ou dizer qualquer coisa. Permanecemos deitados, sujos e satisfeitos.

— Vem. — Levanto-me, e ela se senta. — Vamos para o quarto tomar um banho juntos. — Enfatizo o "juntos", para que ela saiba que quero sua presença a meu lado.

Luara pega minha mão e abre um sorriso tímido. Entrego meu paletó a ela, que o veste, e caminhamos para meu quarto. Ela não questiona nenhuma das minhas decisões após nosso momento.

Encho a banheira e é inevitável não desejar tê-la novamente. Luara era como um ímã, me atraindo.

Apesar da dor, ela se entrega mais uma vez, e temos outra rodada de sexo intenso. Depois nos lavamos e, pela primeira vez, dormimos juntos.

Capítulo 20

Luara Sokolova

O sol começa a invadir o quarto e percebo que esqueci de fechar as cortinas. Remexo na cama e noto que não estou sozinha. Imediatamente, boas lembranças surgem em minha mente, mais especificamente a lembrança de um gostoso sarado com quem transei enlouquecidamente ontem à noite.

Abro os olhos para confirmar se não é um sonho, e o vejo dormindo serenamente. Ele nem parece um mafioso. Agora mesmo, eu poderia matá-lo. *Mas que merda é essa que você está pensando, Luara?* Balanço a cabeça, afastando esses pensamentos idiotas, e continuo a observá-lo, quietinha para não o acordar. Ele está tão lindo e calmo dormindo. Acho que gosto mais dele assim.

— Vai ficar me olhando até que horas, *bambina*? — ele fala, surpreendendo-me.

Pensei que ainda estivesse dormindo.

— Como sabe que estou acordada e te olhando? Você está com os olhos fechados — pergunto.

— Sua respiração entrega que você está acordada — responde, ainda sem abrir os olhos.

— Você não dorme?

— Essa noite foi a primeira vez em anos que dormi tranquilamente — confessa, abrindo os olhos. Logo, me perco na sua imensidão escura.

— Então dorme comigo todos os dias. — Quando dou por mim, já havia falado besteira.

Ele me olha por um momento e, ao contrário do que esperava, faz algo inesperado.

— Vou tentar, *principessa*[13].

Ai meu Deus, ele me chamou de princesa!

Muito bem, 1 x 0 para mim. Parece que as coisas estão melhorando entre nós. Não me julguem; sou casada com ele, não tem mais volta. Tenho que fazer o possível para que tudo dê certo. Não quero viver no inferno todos os dias. Fora que, embora isso me corroa por dentro, gostei de dormir com ele. Nosso sexo é maravilhoso, ainda mais quando ele é apenas o Rocco, e não o Diabo, chefe da máfia.

— Isso já é o suficiente — respondo, sentindo-me animada com a possibilidade de estarmos avançando na nossa relação.

---

[13] É uma palavra italiana que significa "princesa"

Sua mão aperta levemente minha nuca e me puxa para um beijo ardente. Sua ereção roça na minha barriga, e me pergunto como ele já está pronto depois do sexo intenso de ontem.

— É... eu não aguento mais — confesso, vendo-o me olhar de um jeito divertido. Rocco nunca sorri abertamente para mim. Não seria nada ruim vê-lo sorrir; com certeza ele fica ainda mais lindo quando está feliz. — Por que está com essa cara engraçada? É sério, preciso de um descanso.

— Tudo bem, vamos levantar e tomar nosso café da manhã. Depois, preciso resolver algumas coisas, mas volto na hora do jantar. — Eu o encaro um pouco surpresa com sua disposição em me dar satisfações. — Vai ficar deitada aí, preguiçosa? Levanta! — ordena, com seu jeito mandão habitual.

Dois a zero para mim, meus amigos. Dormimos na mesma cama, vamos tomar café da manhã juntos, e ele prometeu voltar antes do jantar. Posso computar mais um ponto, ficando 3 x 0 para mim? Bom, vamos esperar. Não é bom cantar vitória antes do tempo.

Na mesa do café, encontramos Renzo sentado, com uma expressão engraçada.

— O que faz aqui a esta hora? — questiona Rocco, claramente insatisfeito com a presença dele.

— Bom dia para você também, *fratello*, bom dia, cunhadinha.

Retribuo o cumprimento com um aceno, e Renzo logo continua a falar:

— Já são quase 9h, Rocco. Quando foi a última vez que você dormiu tanto? — Estreita os olhos. — Ah, lembrei! Foi quando nasceu! — Ri, e eu acabo sorrindo também. — Vejo que as coisas estão indo bem entre vocês.

— Isso não é da sua conta — corta Rocco, rudemente.

Renzo parece não se importar com as grosserias do irmão. Já deve ter se acostumado.

— Então, Lua, está sabendo do que *mio fratello* aprontou? — muda o assunto. Faço um gesto negativo. Rocco não conversa sobre muitas coisas. — Ele destruiu minha vida. Jamais o perdoarei por isso.

Ele faz uma expressão dramática, que me deixa preocupada.

— O que aconteceu? — pergunto, curiosa para saber o que Rocco havia feito de tão grave contra seu irmão.

— Esse infeliz aí, seu marido, o querido Don... — debocha — ... arrumou-me um casamento.

— Ah! — Fico surpresa com a informação, mas não é algo inesperado. Todos vamos nos casar, afinal. — Isso não é tão ruim, é? Existem coisas piores no mundo. Tente fazer esse casamento dar certo — aconselho, baseando-me na minha própria experiência.

Viver em guerra dentro de um casamento é muito desgastante.

Rocco me olha com sua expressão indecifrável e passa a mão no queixo. Com certeza, ele percebe que o que eu quis dizer serve para nós dois.

— Entendi, cunhada. Vamos ver aonde isso vai dar. Espero que ela morra junto com o pai antes do casamento.

— Credo, Renzo! Que coisa horrorosa! — exclamo, arregalando os olhos.

Como ele pode pensar assim? Meu Deus!

— Não dê ideia para esse idiota! — Rocco levanta-se. — Vamos, Renzo, levanta esse traseiro da minha cadeira. Precisamos trabalhar.

Antes de sair, Renzo deixa um beijo carinhoso no topo da minha cabeça. Para minha surpresa, Rocco se aproxima e deposita um selinho rápido nos meus lábios.

— Te vejo à noite — promete, antes de se virar para sair.

— Rocco? — chamo, fazendo-o parar na porta e me encarar.

— Sim?

Vou até ele, ficando na ponta dos pés. Lanço-me em seus braços, esmagando seus lábios com os meus, beijando-o deliciosamente. Não vou passar vontade tendo esse homem à minha frente. Afasto-me com um largo sorriso no rosto.

Agora, sim, nos despedimos adequadamente.

Capítulo 21

Rocco Caccini

Não sou um cara romântico. Na verdade, conheço pouco sobre o amor; o que sei sobre ele é o que minha família me proporcionou. Meu pai permitiu que nossa mãe nos amasse, o que é algo raro em nosso meio, onde, geralmente, as crianças — especialmente os meninos — não têm esse contato tão próximo com a figura materna.

Nosso treinamento começa cedo. Aos 12 anos, eu já havia matado mais homens do que podia imaginar, já era um sanguinário. Meu pai fez de tudo para que vivêssemos da forma mais normal possível até o início do nosso treinamento. Desde pequenos, sabíamos que nossa realidade era diferente. Nossa família não é tradicional; seguimos outros costumes. Meu irmão e eu fomos criados para liderar a maior máfia da Itália.

Mio fratello é meu braço direito. Temos apenas um ano de diferença, e quando ele começou seu treinamento, eu já havia passado por muita coisa. Foi bom poder ajudá-lo. Eu sou mais impulsivo e ajo na hora da raiva, já Renzo é centrado e calculista. Por isso, ele se tornou um matador respeitado. É conhecido como a Morte ou a Sombra da Morte. Quando precisamos eliminar alguém de forma eficiente e discreta, ele é o escolhido. Seu trabalho é sempre executado com excelência.

Estamos a caminho de mais uma reunião com o Capo mexicano e, pelo que tudo indica, ele tem a rota para pegarmos Claus. Não vejo a hora de colocar minhas mãos nesse bastardo. Claus já se escondeu por tempo demais. Está na hora de acabar com esse jogo de gato e rato.

— Então o casamento agora está às mil maravilhas? — sonda *mio fratello*, curioso.

— Apenas melhorando — respondo, desviando o assunto. — Se vamos conviver a vida toda, então que seja em paz. — Dou de ombros.

A verdade é que estou gostando de me entender com Luara. A noite de ontem e a manhã de hoje foram incrivelmente agradáveis.

— Você está falando de paz, Rocco? — Ele começa a rir, desacreditado. — Conta outra! — Continua rindo, como o idiota que é. — Você está de quatro pela Lua e nem percebeu ainda.

— Para de conversa-fiada e me dê um cigarro — peço, sem paciência para essas conversas.

— Vai continuar com a Shantal? — ele não se contenta, e continua a sondar.

Isso é outro assunto que preciso resolver, mas não vou pensar nisso agora. Tenho problemas mais importantes.

— Não sei — respondo, confuso, e sem vontade de pensar em mais nada no momento.

Trago meu cigarro e solto a fumaça pelo nariz.

— Não vou parar de ficar com a Samantha quando me casar, fique ciente disso — avisa.

Assim como eu, meu irmão também se encantou por Samantha quando ela chegou ao bordel. Ele a tirou de lá e a mantém como amante fixa. No entanto, Renzo gosta dela mais do que eu gosto de Shantal. O sexo com Shantal é bom, mas não chega a mexer comigo a ponto de me apaixonar. E acredito que Renzo esteja perdidamente apaixonado por sua amante.

— Isso é um problema seu e da sua futura esposa. Não tenho nada a ver com isso.

— Quando lembro dessa merda, tenho vontade de socar sua cara, seu bastardo! — bufa, irritado.

— Pare de chorar, Renzo. Não tem mais volta. Daqui a pouco você estará casado e fim de papo. Quanto antes aceitar, melhor.

— Beleza, não tenho outra opção mesmo. — Balança os ombros. Espero que agora entenda de uma vez por todas e pare com essa choradeira. — Vamos à boate hoje à noite?

Temos várias boates espalhadas, mas nossa preferida é a Morar. Gosto do lugar, da bebida, da música, das mulheres, embora, atualmente, só uma mulher povoa meus pensamentos.

— Vou chamar a Luara; acho que ela vai gostar de se divertir.

— Ah, porra! — Bate palmas, gargalhando alto. — Sabia que está apaixonado!

— Foda-se!

Tenho vontade de socar a cara desse bastardo.

Começamos a reunião com o Capo, que é mais longa do que imaginei. Assim que saio de lá, ligo para Luara, avisando-lhe que às 22h passarei para buscá-la. Ela fica toda animada ao saber que iremos a uma das minhas boates. É bom vê-la assim, pois sei que ela gosta de sair e dançar. Vai ser bom ela se divertir um pouco. Aliás, acho que será bom para nós dois, especialmente agora que estamos tentando selar a paz no nosso casamento.

— Chame a Alice — peço a Renzo.

Não estou conversando com minha irmã, depois do que aconteceu na inauguração.

— Vai tentar fazer as pazes, senhor malvadão? — Como sempre, não perde a oportunidade de zombar.

Minha irmã é meu amorzinho, e não gosto de estar brigado com ela, mas às vezes Alice faz de tudo para me tirar do sério. É difícil segurar essa menina sapeca.

Não retruco a implicância de Renzo. Qualquer coisa que eu disser só dará mais motivo para ele continuar. Apenas mostro o dedo do meio, e ele ri.

Capítulo 22

Luara Sokolova

Fico toda animada quando Rocco me liga avisando que iremos a uma de suas boates. Assim como eu, ele também parece estar empenhado em fazer isso funcionar. Quero muito que dê certo, que seja, pelo menos um pouco, semelhante ao casamento dos meus pais.

Escolho minha roupa e passo uma maquiagem leve. Alice liga para confirmar que também irá, e isso só me deixa mais entusiasmada. Pelo menos terei alguém com quem conversar e dançar, pois não quero passar a noite toda sentada ouvindo conversas enfadonhas de mafiosos.

Às 22h, desço, sabendo que meu marido não tolera atrasos. Não quero provocar a fera hoje. Tenho que aproveitar enquanto ele está sendo "bonzinho". Deparo-me com Rocco vestido de forma casual: uma camisa social preta e uma calça jeans escura. Ele fica incrível de terno, mas com essa roupa... meu Deus, ele está irresistível! Ele poderia facilmente ser confundido com um homem comum, nada de empresário ou mafioso.

Nossos olhares se encontram. Ele traga seu charuto, bebe um longo gole do uísque, deixando-o na mesa, e o charuto no cinzeiro. Caminha até mim com uma calma ameaçadora, observando-me como se eu fosse sua presa. Um arrepio percorre todo o meu corpo.

— Algum problema? — pergunto, inquieta com a forma como ele me encara. A maneira enigmática com que me observa me faz questionar se está tudo bem entre nós. No entanto, não consigo lembrar de ter feito algo para chateá-lo.

— Estou aqui pensando em quantos homens precisarei eliminar esta noite por cobiçar minha linda mulher.

— Ah! — Respiro fundo, sem saber exatamente o que dizer.

Apesar de estar assustada com a seriedade de suas palavras, pois sei que ele não hesitaria em matar por motivos que considera aceitáveis, confesso que também gostei da forma nada convencional com que ele me elogiou.

— Você está belíssima, borboletinha.

Fico surpresa ao ouvir o apelido que apenas meu pai e meu irmão me chamam. Livre para voar, é assim que eles me veem. Engano deles...

— Como sabe desse apelido?

— Sei tudo sobre você, *bella*.

Ele me puxa pela cintura e cola seus lábios nos meus. Dou passagem para que sua língua explore minha boca e aprofundamos o beijo. Por mais que eu tente negar, ele me atrai fortemente. Admitir isso para ele seria minha ruína, como mergulhar no abismo da sua escuridão.

Ele se afasta abruptamente, e vejo brilho em seus olhos. Algo que ainda não havia visto.

— Vamos logo. — Solta minha cintura, dando um passo para trás. — Renzo e Alice estão nos esperando. E se eu continuar aqui, não vou resistir, terei que foder você.

Arfo, preenchendo meus pulmões com o desejo que suas palavras despertam.

— Vamos! — Finalmente consigo me recuperar da sua provocação.

Posso, pacientemente, esperar até chegar em casa para que ele me foda. Gostaria de saber quando me tornei tão promíscua.

Durante o trajeto, permanecemos em silêncio. Não somos um casal comum que conversa sobre trivialidades. Chegamos à boate, um lugar elegante, que está completamente lotado.

— Vamos para uma área mais reservada — indica, notando meu desconforto.

À medida que caminhamos, um espaço pela multidão vai se abrindo, permitindo que Rocco, eu e seus seguranças passemos. Pela forma como todos o olham, parece que ele é considerado um rei. E, talvez, para eles, seja mesmo.

Ouço um segurança informando a um homem que tentava subir que aquela área é reservada para os Caccini e seus amigos. Um sorriso debochado se forma em meus lábios. E por acaso eles têm amigos?

— Lua, você chegou! — Alice se levanta e vem a meu encontro. — Está tão linda! — elogia, e eu retribuo o elogio, afinal, ela está linda.

Alice vira o rosto e ignora descaradamente o irmão, o que me faz sorrir.

— Vai ficar me ignorando até quando? Vem cá, me dê um beijo — pede Rocco, puxando-a pelo braço.

Inicialmente, ela se faz de difícil, mas logo cede.

E quem pode julgá-la? Eu a entendo muito bem. É difícil resistir aos encantos do seu irmão. Cumprimento Renzo e me sento ao lado de Alice. Percebo que ela é muito parecida com Rocco, enquanto Renzo se parece mais com o pai. Pedimos uma bebida e começamos a conversar. Rocco e Renzo falam sobre negócios.

— Vamos dançar? — chama Alice, animada. — Eu amo esta música!

— Vamos! — respondo sem hesitar.

Ser convidada para isso é como ser chamada para um parque de diversões. Como recusar? Rocco me lança um olhar e, por breves segundos, questiono se havia tomado a decisão certa. Mas como vir a uma boate e não dançar? Impossível! Ele dá um leve aceno com a cabeça, e Alice me puxa pela mão.

Eu não estava esperando por sua autorização. Apenas... bem, não é submissão, eu só não quero brigar. Dançamos três músicas e, na quarta, vejo um homem se aproximar. Acho estranho, pois ninguém aqui se atreveria a se aproximar com o Diabo sentado logo ao lado, vigiando.

— Luara? — ele me chama pelo nome, fazendo-me virar para encará-lo.

Ele é um conhecido do meu pai, que uma vez já jantou em nossa casa, embora não me lembre do seu nome. Como ele conseguiu me reconhecer com essa pouca iluminação e no meio de tanta gente?

— Ah, oi — respondo, um pouco nervosa. — Você por aqui? — Tento parecer relaxada, mas meu corpo está tenso.

— Sim, sou convidado de um amigo do Renzo — explica vagamente. — O que faz aqui?

— Estou com meu marido, Rocco — informo, já deixando bem claro que sou esposa do Diabo, pois quero evitar problemas.

— Você se casou? — Torce o nariz. — Que pena! — sorri, com uma expressão maliciosa.

Não me lembro de ter visto essa mesma malícia na noite em que jantou em nossa casa. Talvez eu não tenha percebido, ou ele só esteja agindo assim porque bebeu.

— Lua, vou ao banheiro — anuncia Alice, afastando-se sem me dar tempo de responder.

Eu me ofereceria para ir com ela, mas ela já está um pouco alterada e nem notou a presença do homem. Péssima hora para ela sair. O cara se aproxima, e eu recuo um passo.

— Sabe, sempre te achei lindíssima. É uma pena que seu pai nunca me permitiu chegar perto de você. Agora entendo o porquê. — O cheiro de álcool está forte, e é evidente o quanto ele está alterado. — Vamos marcar de nos ver algum dia, fora daqui.

— Já disse que sou casada, não há como. — Viro-me para sair, mas ele agarra meu braço e, pegando-me totalmente desprevenida, pressiona os lábios contra os meus.

Espalmo as mãos em seu tórax, empurrando-o com força. O gosto metálico na minha boca é forte, e acredito que meu lábio tenha cortado devido ao impacto. Mãos fortes me puxam, jogando-me para trás, e tenho que firmar os pés no chão para não cair.

Rocco agarra o homem pela camisa e começa a desferir socos em seu rosto. As pessoas ao redor observam, mas ninguém se envolve. Se ele continuar assim, vai acabar matando-o.

Aproximo-me de Renzo.

— Faz alguma coisa, ele vai matá-lo! — imploro, desesperada com a situação.

O homem já está quase inconsciente, com o rosto ensanguentado, e Rocco não para de bater.

— Não posso me meter, Luara. — Renzo dá de ombros, claramente desinteressado na situação.

Sem alternativa, aproximo-me de Rocco e tento segurá-lo.

— Rocco, para, por favor, você vai matá-lo na frente de todo mundo! — grito, desesperada.

Quando ele se preparava para golpear novamente, acerta meu braço e me arremessa para longe, mas sou amparada por Renzo. Isso faz Rocco parar. O homem cai no chão, inconsciente, e parece estar morto, o que me deixa ainda mais aterrorizada.

— Leve esse verme daqui — ordena a Renzo. — E o restante, todos vocês, fora! Saiam daqui agora! — grita.

Todos, aterrorizados, saem correndo, obedecendo à ordem do Diabo.

Alice reaparece, sem entender nada do que aconteceu, olhando de um lado para o outro. Um segurança a segura pelo braço e a retira junto com os outros convidados.

Quando dou por mim, estamos apenas nós três: Rocco, eu e o ódio visível em seus olhos.

CAPÍTULO 23

Luara Sokolova

Seus punhos estão cerrados e seus olhos não param de me encarar, evidenciando toda a sua fúria. À medida que ele se aproxima, minha respiração acelera e eu recuo. Sim, estou com medo, e meus olhos não conseguem esconder isso.

— É disso que você gosta, Luara? De chamar atenção? — cospe as palavras com desprezo, avançando ainda mais. — Você gostou do beijo que aquele desgraçado te deu?

Sua voz é terrivelmente horripilante, e eu estou aterrorizada.

— O quê? Claro que não! — Tento manter a voz firme, mas o nervosismo trai minha tentativa.

Bato as costas na parede, percebendo que não há mais para onde recuar. Seu corpo enorme e másculo forma uma parede diante de mim.

— Então, por que você retribuiu o beijo? Desgraçada! — grita com tanta intensidade que eu tremo.

Fecho os olhos ao ver seu punho cerrado se erguer e os abro ao ouvir o barulho ao meu lado, vendo que ele socou a parede duas vezes.

— Eu não retribuí. Pelo amor de Deus! Eu não retribuí beijo nenhum! — explico rapidamente. — Ele me pegou desprevenida. Eu estava tentando empurrá-lo quando você se aproximou.

Não vou assumir uma culpa que não é minha.

O medo do que ele possa fazer comigo é tão grande que meu estômago se embrulha e minhas pernas se tornam gelatinas. Manter-me de pé agora é uma tarefa difícil, mas não posso fraquejar. Se eu demonstrar fraqueza diante dele, ele fará o que quiser comigo.

Um sorriso nervoso e sarcástico se forma em seu rosto. Rocco passa a mão pela barba, coçando-a. Eu sei que ele está tentando se controlar.

— Sabe, Luara, o seu problema é não saber com quem se casou. Você pensa que pode me desafiar a todo momento, seja com palavras ou atitudes, mas você sabe que isso não está certo, não sabe? E que para toda ação há uma reação. — Encurrala-me na parede, pressionando seu corpo contra o meu. — O que eu vou fazer com você depois disso, hein? Seria considerado traição? — Meus olhos se arregalam. Antes de abrir a boca para responder, ele continua: — Sabe o que acontece com mulheres traidoras? Você sabe? — grita. — Claro que sabe. — Abre um pequeno sorriso no canto da boca.

Meu coração bate tão rápido que tenho medo que pare a qualquer momento.

Eu sei bem o que acontece com mulheres infiéis. Na máfia, nós não temos direito de trair, apenas de levar chifre. Se uma mulher é descoberta sendo infiel a seu companheiro, ele deve matá-la na frente de todos para manter o respeito.

— O quê?! — exclamo, aturdida. — Eu não fiz nada, eu não traí você! Todos que estavam perto viram que foi ele quem me agarrou. Você estava olhando, sabe que eu não fiz nada. — Um nó se forma na minha garganta e sinto minha vista embaçar pelas lágrimas. — Você não pode fazer nada comigo, eu não fiz nada! — Golpeio seu peito, chorando desesperadamente.

Ele não pode ser tão cruel, não pode fazer isso comigo!

— O que eu faço com você, Luara? — Seu tom de voz se torna mais brando.

Seus dedos se enterram em meus cabelos, formando um nó em sua mão, e ele dá uma leve puxada, erguendo meu rosto.

— Eu não tive culpa — soluço. — Foi ele quem me beijou — repito o que já havia dito. — Não pode me punir por algo que eu não fiz. Isso é perverso!

— Eu posso fazer o que eu quiser — diz ele. Infelizmente, eu sei disso. Ele pode fazer o que quiser comigo, e eu serei apenas mais uma a ter um fim triste. Sinto sua respiração próxima, e encaro seus olhos tão próximos dos meus. — Você me enlouquece, *bambina* — confessa. — Me faz agir irracionalmente. Não sei o que você está fazendo comigo.

Sua confissão me surpreende.

— Não me faça mal — imploro, mas o medo já não é tão intenso quanto antes. Sua expressão, antes raivosa, está mais suave, e seu tom de voz não é mais tão rude. — Eu nunca trairia você. — Toco seu rosto, e ele não recua.

— Fiquei louco ao te ver colada naquele *maledetto*[14]. Quando estivermos em um lugar assim, não saia mais de perto de mim, entendeu? — Assinto, incapaz de dizer mais alguma coisa. — Não sinta medo de mim. — Acaricia meu rosto com sua mão enorme.

— Eu sinto — admito.

— Eu sei.

— Mas não estou sentindo mais. Você não me machucaria, não é?

Ele permanece em silêncio, encarando-me com um olhar tranquilo. Palavras não são mais necessárias; Rocco não me machucaria.

— Luara, eu preciso de você.

Pisco algumas vezes, confusa com o que ele está dizendo, mas entendo quando seus lábios esmagam os meus, reivindicando minha boca com fome. Ele passa a língua no corte, lambendo o pouco de sangue que está ali. Não sei o que está acontecendo comigo, mas me perco perto desse homem. Ele percorre meu corpo com as mãos, sem parar de me beijar, levanta meu vestido, e eu me assusto.

— Rocco, tem gente lá embaixo, alguém pode entrar aqui e nos ver — alerto.

---

[14] Em italiano significa "amaldiçoado" ou "maldito."

— Ninguém vai entrar aqui, e eu preciso de você agora — retruca, voltando a atacar minha boca. — Jamais te submeteria a uma exposição — garante. — Nunca deixaria alguém ver o que é meu, só meu. — Esmaga meus lábios, adentrando sua língua e aprofundando o beijo.

Seus dedos se encaixam na minha calcinha, puxando-a para o lado, e com a outra mão abre o zíper da calça. Levanta-me com apenas uma mão, sem dificuldade. Passo as pernas ao redor da sua cintura, e ele encaixa seu pau na minha entrada, penetrando-me pouco a pouco, alargando-me com sua espessura. É uma ardência gostosa, que me faz gemer seu nome.

— Ah, Rocco! — ofego.

Seus olhos sombrios brilham em excitação.

— Gostosa — provoca, mordendo meu lábio inferior. — Você é minha, só minha, toda minha! *Cazzo!* — A cada gemido, investe mais forte em mim, levando-me à loucura com suas estocadas cada vez mais furiosas.

Minhas costas batem na parede, e sua mão enorme puxa meus cabelos, enquanto sua boca continua a devorar a minha. Sua mão desce, indo parar nos meus seios, apertando-os e causando um atrito delicioso.

Não consigo me controlar e gemo baixo, acabando por gritar seu nome, enquanto explodo em um orgasmo arrebatador. Sinto seus jatos quentes jorrarem dentro de mim, sinalizando que ele também atingiu o clímax.

É rápido, mas intenso, bruto e muito, muito gostoso.

Continuamos ali, silenciosos. Estou pendurada no seu pescoço e ele não parece se importar nem um pouco com meu peso.

— Vem, vamos ao banheiro nos limpar — quebra o silêncio.

Limpo-me como posso e tento ajeitar, da melhor maneira possível, a bagunça que ele fez em mim.

Assim que saio do banheiro, vejo que os frequentadores retornaram, e eles não parecem sequer se lembrarem do que aconteceu instantes antes. O que posso dizer? Também me esqueci disso quando estava perdida em seus braços.

Olho ao redor e o encontro sentado no sofá, fumando e bebendo junto com o irmão. Alice também está lá. O semblante tranquilo de Rocco me deixa embasbacada. Como ele pode agir como se nada tivesse acontecido? Como se não tivéssemos acabado de transar ali mesmo?

Sinto meu rosto esquentar só de pensar. Respiro fundo e caminho até eles, tentando agir normalmente, assim como ele.

— Tudo bem, Lua? — pergunta Alice, com um semblante preocupado.

Apenas dou um leve aceno de cabeça, confirmando que está tudo bem.

— Senta aí, cunhadinha. — Renzo aponta para o sofá. — Vamos curtir o restante da noite.

Antes que eu consiga me sentar, Rocco me puxa pelo braço, fazendo-me cair em seu colo. Fico sem reação com essa atitude. Suas ações contraditórias continuam a confundir minha cabeça.

Já estou me sentindo tonta, então decido parar de beber. Não quero ficar bêbada na primeira vez em que saímos juntos. Chega de emoções por hoje.

Alice desaparece na pista de dança e eu permaneço sentada no colo de Rocco, conversando com Renzo. Minha cunhada tem essa habilidade incrível de desaparecer quando os irmãos estão por perto, e eu a entendo bem. A sensação de estar constantemente vigiada é sufocante.

— O que você vai querer beber agora? — pergunta Renzo, já de pé.

— Água.

— Água? Já está bêbada? — Ele solta uma risada, surpreso. — Não acredito! — zomba levemente, e vai buscar o que pedi.

— Você está bem? — inquiriu Rocco, sua voz carregada de preocupação.

— Sim. Só quis dar uma pausa na bebida. Não quero ficar bêbada hoje — explico.

— Quer ir para casa?

— Não. Quero outra coisa — respondo, rindo de um jeito insinuante e mordendo o lábio inferior.

— O quê?

— Um beijo — peço, observando o sorriso que surge no rosto de Rocco.

Sem hesitar, ele me beija de maneira deliciosa, despertando um calor intenso no meu corpo.

— Vão transar em casa! — Ouço a voz de Renzo atrás de nós, interrompendo o momento.

Encosto a cabeça no ombro de Rocco, escondendo meu rosto, completamente envergonhada.

— *Cazzo*! — pragueja Rocco, irritado com a intromissão do irmão.

Eu rio baixinho.

— Trouxe sua água. — Renzo me entrega a garrafa, e logo atrás dele vejo uma mulher bastante atraente.

— Boa noite, senhora Caccini! — cumprimenta educadamente.

— Boa noite! — respondo com cordialidade. — Qual é o seu nome?

— Samantha.

— Ah, sim! Prazer em conhecê-la, Samantha!

A jovem sorri e se senta no colo de Renzo. Em poucos segundos, ambos estão se agarrando.

— Não ligue para isso — aconselha Rocco, dando uma tragada em seu cigarro.

— Boa noite, senhores! — Ouço uma nova voz nos cumprimentando, e reconheço imediatamente.

Olho para o lado e a vejo parada ali: a amante do meu marido. Que noite perfeita! Não poderia ficar melhor, uma noite cheia de emoções.

Ninguém fala nada, e o clima fica carregado.

— Boa noite! — Decido quebrar o silêncio, e todos me encaram.

— Samantha, vim trazer o celular que você esqueceu comigo — diz, entregando o aparelho para a jovem no colo de Renzo, virando as costas e saindo com a mesma rapidez com que chegou.

— Vou resolver um negócio e já volto. — Rocco me tira de seu colo e se levanta.

Será que ele vai atrás dela? Não posso acreditar! Ele teria coragem de fazer isso comigo? Teria? Não é possível!

Fico paralisada, observando-o ir na mesma direção que a mulher. Como eu já suspeitava, ele a puxa pelo braço e os dois desaparecem da minha vista.

Engulo em seco. É muita humilhação para uma pessoa só.

A acompanhante de Renzo me observa, e vejo um sorriso debochado em seu olhar. Esforço-me para não partir para cima dela, afinal, ninguém além do meu marido é responsável por isso.

Eu não farei o papel de tola. Pego minha bolsa e decido ir embora com a pouca dignidade que me resta.

— Para onde você vai? — Renzo segura meu braço.

— Para casa, onde mais eu poderia ir? — Rio ironicamente, lutando para não chorar.

— Ele pediu para você esperar aqui.

— Não vou ficar aqui, Renzo. Você não acha que já é humilhação suficiente? — Ele permanece em silêncio. — Para mim, esta noite já acabou. Só quero ir para casa e descansar — suspiro, bastante chateada.

— Deixe que eu te levo.

— E vai deixar a moça aqui sozinha? Não é necessário.

— Faço questão, Lua. Vamos encontrar Alice, eu te levo para casa e depois a levo também.

— Está bem.

Renzo afasta-se para falar com Samantha, que não parece muito satisfeita, e depois ele vem até mim. Procuramos por Alice, que está perdida na imensa boate. Nós a encontramos na pista de dança, completamente bêbada e dançando como se não houvesse amanhã. Renzo explica que é hora de ir, ela o xinga algumas vezes, mas acaba concordando.

Durante o trajeto, ninguém fala nada. Alice já está dormindo no banco de trás, e Renzo não comenta nada sobre o que aconteceu. E nem irá comentar, ele jamais falará algo sobre o irmão.

— Até mais, Lua — Renzo se despede, me deixando na porta de casa.

— Até mais. — Estou prestes a entrar, mas ele me chama.

Olho-o de soslaio.

— Fica bem, tá?

Apenas assinto, sem dizer nada. O choro está preso na minha garganta. Assim que fecho a porta, permito-me chorar. A dor no peito é imensa.

Quando foi que comecei a me importar tanto com aquele ser desprezível? Por que dói tanto imaginar que ele prefere outra?

Que raiva! Eu sou realmente uma idiota!

Capítulo 24

Luara Sokolova

Tomo um banho quente, enquanto choro descontroladamente no banheiro. Deveria me estapear por chorar por causa daquele homem. Agora estou aqui, deitada, refletindo sobre a loucura que minha vida se tornou. Por que estou criando sentimentos por Rocco? Sinto-me péssima porque ele foi atrás daquela mulher e me deixou de lado.

A amante dele chegou antes de mim em sua vida, e sei que, pelas regras, jamais poderiam se casar, mas nada impede que nutram sentimentos um pelo outro — afinal, ninguém pode controlar o coração. Imagine o tormento de estar casada com um homem que é apaixonado por outra mulher. É doloroso demais!

Jurei para mim mesma que jamais sofreria por um homem como Rocco, muito menos permitiria que ele entrasse no meu coração. E aqui estou, chorando e sofrendo por ele.

Quão tola eu sou?

Fiz de tudo para não gostar dele, para não o desejar, para não me sentir fraca... onde foi que eu errei?

— Luara, abra a porta! — ordena Rocco, girando a maçaneta com força.

Tranquei a porta para que ele não entrasse. Não quero olhar para sua cara, muito menos deixar que perceba o quanto isso me afetou.

— Se você não abrir a porta, eu vou arrombar! — Bate com força. — Não me faça perder a paciência com você! Abra a maldita porta! — Continua batendo e, pelo tom de voz, está nervoso. O que é quase engraçado, porque quem deveria estar irritada sou eu. Na verdade, eu estou, bastante. — Eu te dei uma chance de conversar civilizadamente, mas você não quis, então será do meu jeito.

Decido que é melhor abrir. Levanto-me rapidamente e abro antes que ele a derrube.

— Por que você foi embora? — indaga, entrando sem permissão. — Eu pedi para você esperar lá! — Sua voz é firme e próxima. Sento-me na cama, tentando aparentar calma. — Estava chorando? — Pega meu queixo, levantando meu rosto para que eu o encare.

— Acho que bebi demais — minto descaradamente, olhando em seus olhos.

A convivência com ele está começando a me afetar.

— Não minta para mim, *ragazza*. — Ajoelha-se à minha frente, encaixando seu corpo imenso entre minhas pernas, fazendo-me abri-las para acomodá-lo. — Você está assim porque fui atrás dela, não é? —

indaga, como se fosse óbvio. Eu tenho vontade de rir e depois de estapear sua cara, mas me controlo, mantendo o silêncio. — Não é nada do que você está pensando.

— O que eu estou pensando, Rocco? — Não consigo evitar o tom sarcástico.

Estou furiosa e magoada.

— Que fui atrás dela porque a prefiro, o que não é verdade. Você é minha esposa.

— Então, por que foi atrás dela?

Talvez eu não queira saber a resposta. Ouvir a verdade da boca dele com certeza vai doer ainda mais, mas é inevitável não perguntar.

— Queria saber o que ela estava fazendo ali.

— Você se importa muito com ela — sorrio, odiando-me por reconhecer o óbvio.

— Não — ele responde sem hesitar. — Eu me importo com você! — afirma com convicção e, por alguns instantes, quase acredito. — Ela sabia que não devia estar no mesmo lugar em que nós estamos e, mesmo assim, foi lá. Só quis avisá-la para que isso nunca mais aconteça. Você sabe que não tolero desobediência — justifica-se.

É tão ridículo ele se justificar sobre a amante, e ainda mais ridículo eu aceitar essa explicação.

— Será que foi só isso? Porque não foi o que me pareceu.

— Nem sempre o que parece é, você não pode tirar conclusões precipitadas.

— Justo você dizendo isso? — Rio, com a raiva fervendo em minhas veias. — Parece engraçado, não acha? Já que você também tira suas próprias conclusões.

Ele fica em silêncio, me observando por alguns segundos, levantando-se em seguida.

— Boa noite, Luara! — despede-se.

— Ela é importante para você? — Arrependo-me instantaneamente de fazer essa pergunta.

Mordo o canto da boca, esforçando-me para não chorar. Fiz uma pergunta estúpida e agora devo enfrentar as consequências da resposta.

— Você quer a verdade? — indaga, com uma linha de preocupação na testa.

— Quero.

— Ela foi importante, sim. Foi a mulher com quem eu mais gostei de estar — meu coração se contrai. Isso dói, realmente dói —, mas algo mudou. — Ele dá dois passos em minha direção. — Desde que você chegou, algo mudou. Há dias que não me encontro com Shantal, por isso ela foi até lá. Eu não sei o que você está fazendo comigo, Luara... — hesita. — Só consigo pensar em você.

Suspiro. Isso foi... um consolo.

— Então, por que ela ainda faz parte da sua vida?

— Não faz mais, *bambina.* Estou te dizendo que não estive mais com ela. — Puxa o ar com força, parecendo cansado. — Não tenho razão para mentir.

— Então você está me dizendo que será só meu? — Mordo a língua, para não sorrir de forma boba.

— É isso que você quer? — Assinto. — Então, sim, serei só seu.

— Está falando sério?

Preciso ouvir isso claramente para acreditar.

— Sim. Sabe de uma coisa? — Ele parece se lembrar de algo engraçado, e sorri. — Nunca gostei de beijar antes, você foi a primeira que despertou esse desejo em mim. Tenho sentimentos por você, Luara. Ainda confusos e desconhecidos, mas tenho — confessa.

— Não beijava?

— De tudo que falei, você só se atentou a isso? — Balanço a cabeça, confirmando, e abre um pequeno sorriso.

— Não a beijava? — pergunto, sufocada pela curiosidade.

— Não, *bambina,* só a sua boca me atrai. — Abro um largo sorriso. É ridículo, eu sei, mas não posso evitar. — Agora pare de fazer perguntas e venha me beijar!

Ele não precisa me chamar duas vezes. Sem pensar, jogo-me em seus braços e pressiono meus lábios contra os dele.

É loucura, mas não posso mais negar. É inevitável, estou gostando do Diabo.

Uma semana depois...

Minha relação com meu marido está indo bem, dentro do possível. Ainda nos desentendemos por questões pequenas; ele é um homem controlador e possessivo, sempre tentando me privar de algumas coisas. No entanto, sei que, com jeitinho, posso ir moldando-o sem que perceba. Tenho conseguido algumas concessões dele. Não posso dizer que estou vivendo 100% bem e feliz, mas já avancei bastante. Minha intenção agora é apenas continuar progredindo.

Ana, minha ex-professora de dança, tem me enviado vídeos por e-mail, e eu estou praticando novas coreografias em casa. Amo dançar. Desde jovem, sempre tive essa paixão, mas Rocco não permite que outras pessoas me vejam dançando. Só agora entendo por quê, quando ainda morava na Rússia, nunca pude participar de apresentações como as outras garotas. Sempre era ele me impedindo. Eu pensava que era apenas uma chatice, uma peculiaridade do meu pai, mas era Rocco, sempre mandando na minha vida, mesmo antes de eu saber da sua existência.

Embora nossa convivência esteja melhorando, não quero engravidar, por isso, continuo a tomar meu anticoncepcional. Sei que estou presa a ele para sempre, mas não quero trazer uma criança para esse meio. Fico pensando que se for um menino ele passará pelo mesmo treinamento, se for uma menina, terá que se casar sem amor, como eu e tantas outras. Trazer um filho ao mundo é uma responsabilidade enorme. Dentro da máfia, é pior ainda.

Alice é a única garota que conheço que ainda não se casou. Geralmente, nos casamos antes dos 20 anos, e ela ainda não está prometida a ninguém. Acredito que isso não vai durar muito tempo. Pelo que andei escutando, o conselho já está cobrando que ela se case.

Ainda sonho com a liberdade, embora saiba que ela nunca chegará. Tenho que me contentar com o que tenho agora. Esse é meu destino. Por mais que minha relutância possa parecer chata e repetitiva, tentem entender, não é fácil ser casada com um homem como meu marido.

Rocco tem vindo para casa todos os dias, acredito que não esteja mais vendo a outra, como me prometeu. No fundo, isso tem despertado um sentimento de satisfação em mim. No entanto, tenho medo de estar me apaixonando. Ainda não sei o que sinto exatamente. Talvez eu já esteja apaixonada e não queira admitir.

— Achei que você estava dançando. — Entra na minha sala de dança, interrompendo meus pensamentos.

— Estava, mas parei para descansar um pouco — explico.

— E estava pensando em quê?

Bufo. Até na minha mente ele quer entrar? Deus me livre!

— O que você faz em casa tão cedo? — devolvo a pergunta, tentando mudar o rumo da conversa.

— Vim te avisar que vamos viajar.

— Viajar? Para onde? — Começo a me animar.

— México, vamos para o noivado de Renzo.

— Já?

Pensei que demoraria mais para isso acontecer.

— O pai da garota não está muito bem, precisamos adiantar as coisas.

— Seus pais vão?

— Não, apenas nós dois e o meu irmão.

— Ah, sim! — Se os pais dele fossem, Alice também iria. — Por que Alice não vai?

— Porque só iremos nós, Luara. Vá se arrumar e pare de fazer tantas perguntas — responde, impaciente, e decido não insistir.

Meu marido, como sempre, ignorante. Já estou me acostumando com isso.

Dou-lhe uma língua e me levanto.

— Você me deu língua, sua atrevida? — Um pequeno sorriso aparece em seus lábios.

— Eu não, parece que você está imaginando coisas.

— Abusada! — Aproxima-se rapidamente, segurando minha cintura e colando nossos corpos. — Sua sorte é que estamos atrasados. — Ele enterra a cabeça no meu pescoço e me cheira.

— Estamos, é? — pergunto, manhosa, já me sentindo mole em seus braços. É péssimo, mas me sinto bem ali.

— Sim, mas quando chegarmos lá, você vai me pagar — promete, beijando-me.

Sua promessa me faz ansiar para chegarmos logo ao destino. Quando estou perto desse homem, não raciocino direito e tudo que penso é em nós dois pelados transando loucamente.

Capítulo 25

Rocco Caccini

Estou enfrentando muitos problemas com Claus. Esse maldito está interferindo cada vez mais nos meus negócios. Enquanto não colocar as mãos nele, não descansarei. Não posso permitir que esse desgraçado continue me atrapalhando. Ele vai se arrepender amargamente por cruzar o meu caminho.

Vou aproveitar a viagem até o México para obter mais informações e capturar esse desgraçado o mais rápido possível. Inicialmente, não iria levar Luara, mas ela está sempre trancada em casa, por isso acho que ela vai se divertir um pouco com essa viagem. Acho que vai ser bom. Nós nos aproximamos bastante nesses últimos dias. Ela é uma mulher linda, fogosa e encantadora, impossível não se encantar por ela.

Renzo vive dizendo que estou apaixonado, mas não acredito que seja isso. É apenas a convivência. Como estaremos ligados para sempre, precisamos nos dar bem, e estou fazendo o possível para que isso aconteça.

Shantal me liga o tempo inteiro. Embora eu a tenha dispensado, ela implora para que eu volte a vê-la, chorando e dizendo que não se importa de ser minha amante. O problema não é esse. Eu não sinto mais vontade de estar com ela. Luara me completa dentro e fora da cama. Ela é tão receptiva, e acredito que logo teremos um herdeiro. Estamos treinando bastante para isso. É o que todos esperam do Don: herdeiros para dar continuidade a meu legado. Quanto antes isso acontecer, melhor.

Mas antes de tudo isso, preciso tirar esse verme do meu caminho. Além de atrapalhar, ele representa uma grande ameaça para minha família. Não posso permitir que nada de ruim aconteça com os meus.

— Pensando em quê? — pergunta meu irmão, sentando-se ao meu lado, dentro do jato a caminho do México.

— Precisamos pegar o Claus logo.

— Concordo, esse cara já nos trouxe problemas demais.

Assinto, e decido mudar de assunto. Claus é um tópico que me irrita profundamente.

— Animado para o seu noivado? — pergunto, lançando um pequeno sorriso irônico para o meu querido irmão.

— Vai se ferrar, Rocco! — resmunga ele, claramente irritado.

— Já viu alguma foto da menina? — pergunto, interessado.

— Não, mas com a minha sorte, aposto que é horrível. — Rio do desespero dele. — A culpa dessa merda toda é sua!

— Não posso fazer nada. São compromissos com a máfia. Eu cumpri o meu sem ficar chorando como um bebê.

— O seu não foi difícil, não é, *fratello*? Lua é linda! — Encaro-o com seriedade. Apesar de não sentir ciúmes do meu irmão, meu lado possessivo detesta ouvir outro homem elogiando minha esposa. — Qual é, Rocco!? — Ele parece ofendido. — Sei que ela é sua, jamais olharia para ela dessa maneira, estou apenas elogiando.

— Então não elogie mais — respondo, levantando-me e indo para o pequeno quarto dentro do jatinho onde Luara está deitada.

— Vá para o inferno! — Ele me mostra o dedo do meio, e eu sorrio.

Entro e a encontro dormindo serenamente. Seus cabelos negros estão espalhados pelo lençol branco, e seus lábios estão entreabertos.

Luara é muito linda!

Aproximo-me com cuidado, para não a acordar, e me deito atrás dela, abraçando-a.

— Hum, que delícia! — ela murmura, ainda meio sonolenta. — Gosto de dormir assim com você — confessa, com a voz suave.

— Eu também gosto — respondo, sinceramente.

Tenho dormido todas as noites com ela, e isso tem sido maravilhoso. Conseguir descansar algumas longas horas ao seu lado é algo raro para mim.

— Então fica deitado aqui comigo — pede, sonolenta devido ao remédio que tomou antes de embarcarmos, já que ela me contou que não gosta muito de viajar de avião.

— Fico. — Abraço-a mais forte. — Agora descanse, que em breve chegaremos.

Ela se aconchega mais em meus braços, e sua respiração vai suavizando, mostrando que já voltou a dormir.

Não sei o que essa mulher tem, mas a cada dia que passa sinto mais vontade de estar perto dela. Essa garota é um perigo. Sinto-me cada vez mais envolvido pela minha própria esposa. *Cazzo!*

Capítulo 26

Luara Sokolova

Chegamos ao México e, sem tempo para mais nada, nos arrumamos rapidamente e vamos ao jantar de noivado de Renzo. Esperava algo mais simples, mas a quantidade de pessoas aqui é impressionante.

Estou exausta. Embora tenha dormido a viagem inteira por conta do remédio, ainda sinto o corpo cansado.

— Por que tanta gente? No nosso evento havia bem menos — pergunto a Rocco.

— Nossas máfias já tinham um acordo. O nosso casamento foi apenas a confirmação dessa união. Mas esse evento está se consolidando agora, e é necessário que seja grandioso, com mais membros presentes, para que todos saibam da fusão — explica ele.

— Entendi. Então todos estão aqui como testemunhas da união das duas máfias?

— Exatamente! Vamos formalizar a união perante todos os membros das máfias aliadas. Quando Renzo se casar com ela, ele passará a ser o Capo da máfia mexicana.

— Então ele vai morar aqui?

— Ele não quer, mas duvido que encontre alguém de confiança para comandar no seu lugar. Além disso, deve ser exaustivo viajar o tempo todo entre a Itália e o México.

Decido não fazer mais perguntas. Não entendo muito sobre as leis da máfia, apenas o essencial.

— Boa noite, Don. Boa noite, senhora. É um prazer inenarrável revê-la! — cumprimenta o Capo da máfia alemã, embora não lembre seu nome.

Enzo... Isso! Ele se chama Enzo.

— Boa noite! — respondo cordial.

Rocco permanece em silêncio, e um clima estranho paira no ar.

— Está ainda mais bela desde a última vez em que a vi naquele catálogo — comenta com um sorriso.

Por pouco não o ofendi, mas ele tinha que lembrar disso? Olho para meu marido, procurando algum sinal de que ele ignoraria a provocação e evitaria uma nova briga. Contudo, o semblante de Rocco está fechado... Pressinto uma tempestade.

— Enzo, grande Capo — diz Rocco, com ironia. — Sugiro que pare de cortejar minha esposa. Não estou nos meus melhores dias, e meu humor está péssimo — repreende, com frieza.

— Querido Don, não estou cortejando, apenas elogiando a beleza da sua esposa — retruca Enzo, sem demonstrar um pingo de medo.

Esse homem não tem medo de morrer, não? Alguém, por favor, cale a boca dele!

— Não a elogie mais — avisa Rocco, com a voz firme. — Está na hora de arrumar uma esposa, não acha? — menciona, e o semblante de Enzo se fecha, o sorriso debochado desaparecendo.

— Com todo respeito, Don, isso não é da sua conta — responde Enzo, com desdém.

— Talvez não — ambos trocam olhares desafiadores —, mas terei que comentar sobre isso no conselho. Acredito que você seja o único Capo solteiro — provoca Rocco. — Os membros do conselho devem concordar que está na hora de você se casar e ter filhos.

— Como sempre, você tem razão, Don. Isso me lembra da sua irmã. Ela ainda está solteira, não é? Uma mulher incrivelmente bela! — desafia Enzo.

Rocco fecha os punhos e avança para cima de Enzo, mas, felizmente, Renzo chega a tempo de contê-lo.

— Não se deixe levar pelas provocações desse sujeito, Rocco. Não estrague as coisas — aconselha Renzo, com firmeza.

— Escute seu irmão, ele sabe o que diz. — Enzo pisca, esboçando um sorriso antes de se retirar.

Solto a respiração, aliviada por ele ter saído antes que algo pior acontecesse.

— Eu queria enfiar uma bala na cabeça daquele *maledetto*! — vocifera Rocco, demonstrando toda a sua raiva. — Maldita união com a máfia alemã que *papà* fez!

Toda essa situação me deixa nervosa.

— Ele é só um idiota que herdou o trono.

Não vou falar nada, pois meu marido pode direcionar sua fúria para mim, se conheço bem o homem.

— Boa noite, senhores. Boa noite, senhora Caccini! — saúda um senhor de meia-idade. — Sou José, pai da doce Melanie — apresenta-se, com um tom carinhoso.

— Boa noite! — respondo com um sorriso.

— Cadê sua filha? Ela está atrasada, e minha paciência acabou! — A grosseria de Renzo faz o sorriso de José desaparecer.

Sinto-me um pouco envergonhada com a situação constrangedora.

— Ela já está descendo, só precisa de um tempinho.

— Qual é o problema, José? — pergunta Rocco, com um olhar preocupado.

— Coisas de adolescente. — José sorri nervosamente. — Ela está apenas assustada — explica, com semblante triste.

— Posso ir falar com ela? — pergunto, impulsivamente.

— Claro, posso te levar até o quarto dela. — O homem parece aliviado e animado com a proposta.

— O que você vai fazer lá? — Rocco segura meu braço, questionando-me.

— Apenas conversar — explico. Ele me lança um olhar desconfiado. — Já estive na mesma situação, só quero tranquilizá-la, nada mais — digo, e ele parece entender.

— Tudo bem. — Solta meu braço. — Não demore.

Assinto, e sigo com o senhor José até o quarto da menina. Ele bate duas vezes à porta e não obtém resposta.

— Filha, abra, sou eu. Trouxe alguém para falar com você — insiste.

— Não quero falar com ninguém, pai! Não vou descer! — grita ela, a voz embargada pelo choro.

— Deixa eu tentar — peço, aproximando-me da porta. — Oi, Mel — chamo-a pelo apelido que acabei de inventar. Como estudei e sei me virar no espanhol, arrisco conversar com ela. — Me chamo Luara — apresento-me. — Gostaria de conversar com você, apenas conversar. Não vou pedir que desça se não quiser, só quero bater um papo.

Após alguns segundos de silêncio absoluto, a porta se abre, revelando uma linda jovem de cabelos ruivos e olhos claros. Embora seu rosto mostre medo, ela é admiravelmente bonita. Renzo vai enlouquecer quando a conhecer.

— Vou deixá-las a sós, te espero lá embaixo, Mel. — José sorri, e se retira, parecendo aliviado.

— Posso entrar? — pergunto, apontando para o interior do quarto.

— Pode — responde com a voz suave, afastando-se para me dar passagem.

Entramos, ela fecha a porta e nos sentamos no sofá aos pés da cama.

A menina está completamente assustada. Seus olhos estão arregalados, a voz treme e seu corpo está tenso. Meu coração aperta; eu realmente sinto por ela. Sei exatamente o que está passando.

— Sei que é difícil, Melanie — começo, tentando encontrar as palavras certas. — Já passei pelo que você está passando. — Ela me olha com curiosidade. — Eu também quis desaparecer, mas, infelizmente, não há para onde fugir. — Preciso ser realista. Não há escapatória.

— Eu não quero me casar com esse homem! — começa a chorar. — Me ajuda a fugir? Por favor, me ajuda! — suplica, soluçando.

— Infelizmente, não posso fazer isso. Estaria colocando nossas vidas em risco, além da vida do seu pai, que deu sua palavra e terá que cumpri-la.

— Eu gosto de outra pessoa — confessa, enxugando as lágrimas do rosto. A revelação me pega de surpresa. — Não suporto a ideia de me casar com um homem tão velho.

Acho engraçada a preocupação dela, porque foi a mesma que eu tive.

— Ele não é velho, Mel — tento confortá-la. — Eu também fui prometida a um homem 17 anos mais velho e pensava exatamente como você. Mas meu marido não é velho, inclusive, é o irmão do seu futuro noivo. — Seguro sua mão. — Olha... Renzo, seu noivo, não é feio. Muito pelo contrário, é bonito. Eu sei que beleza não é tudo, mas ajuda um pouco, não é? — sorrio, e pisco, e ela abre um pequeno sorriso também. — Se fosse um velho barrigudo, seria terrível! — Rimos juntas. — Ele tem uma cara de bravo, mas não se assuste, ele não é tão ruim quanto parece.

— Não sei como meu pai foi capaz disso. Ele acabou com a minha vida. E o pior é que fica se justificando, dizendo que está fazendo isso porque sua partida está próxima. Eu preferia ficar sozinha no mundo — suspira, cansada do assunto.

— Com certeza, seu pai deve ter suas razões — digo, aliviada por adotar essa perspectiva. Foi o que me fez perdoar meu pai. — Se não fosse Renzo, poderia ser outro, e talvez muito pior. Vamos tentar ver pelo lado bom.

— E tem lado bom?

— Talvez — sorrio.

— Essa vida na máfia é uma merda! — resmunga.

— Penso exatamente como você.

— Está falando sério? — Ela me avalia.

— Sim.

— Mas você é casada com o Don e parece feliz.

— Mel, nem tudo o que parece é — suspiro, sentindo o cansaço em todos os sentidos. — Casamo-nos recentemente, e eu sou prometida a ele desde que nasci. Não foi uma escolha minha. Estamos no mesmo barco. Só que eu entendi que não há como lutar contra isso, então tenho que jogar com as armas que tenho.

— E quais seriam essas armas?

— Aceitar. Tento fazer o melhor papel de esposa para viver em paz. Sempre consigo? Não. Mas estou lutando.

— Isso não parece nada bom.

— Não parece — rio da careta engraçada que ela faz —, mas é o melhor que temos. Você precisa descer e oficializar logo esse noivado. Quanto mais cedo você descer, mais cedo ele vai embora. Entendeu? Se você ficar relutando, só vai deixar o Renzo mais nervoso e acabar prejudicando seu pai. Não é isso que você quer, certo?

— Você tem razão — ela respira fundo. — Não temos para onde correr.

— Exatamente!

— Obrigada por ter vindo falar comigo, Lua... aliás, posso te chamar assim?

— Claro! — sorrio, simpatizando muito com ela. — Eu te chamarei de Mel. Logo seremos da mesma família.

— Acho que essa será a única coisa boa desse relacionamento, já que não tenho amigas.

— Então seremos amigas a partir de agora — garanto. — Agora vá se arrumar para descer. Eu vou na frente e te espero lá embaixo, tá?

— Tudo bem.

Nós nos levantamos.

— Vem cá, me dá um abraço. — Eu a abraço com compreensão e carinho. — Sinto muito por você, por mim, por nós e por tantas outras que já passaram e ainda vão passar pela mesma situação.

— Eu também sinto. — Ela aperta o abraço.

— Estou te esperando. — Afasto-me sorrindo, e desço, deixando-a sozinha no quarto.

Sei que não é fácil, mas ela terá que enfrentar a realidade.

— Então? — pergunta Rocco, assim que me aproximo.

— Ela já está vindo, só está se arrumando.

— Obrigada, senhora — agradece José, aliviado.

— Não precisa agradecer.

— Ela deveria saber que é um noivado, e não um casamento para demorar tanto para se arrumar! — rosna Renzo.

— Deixa de ser chato, Renzo. Fica o tempo todo reclamando! — repreende Rocco.

— Engraçado que na sua vez eu te aturei. — Renzo lhe lembra.

— *Vaffanculo*![15]

---

[15] Significa "vá se ferrar" ou "vá para o inferno".

Capítulo 27

Melanie (capítulo bônus)

A vida nem sempre é como a gente gostaria. A verdade é essa: cruel, difícil de aceitar e esmagadora.

Estou enfrentando uma situação que eu sabia que, em algum momento, ia acontecer, mas não esperava que fosse tão rápido. Na verdade, eu tinha a esperança de que isso nunca ocorresse. Acreditava que meu pai poderia tomar alguma atitude para impedir, afinal, ele é o Capo.

Fui prometida a um homem que nunca vi e amo outra pessoa. A situação poderia ser menos dura? Sim, poderia. Meu pai, a única pessoa que tenho nesta vida, está com uma doença terminal e logo partirá. É tanto sofrimento, não sei como estou aguentando.

Tenho 17 anos, nunca conheci minha mãe, pois ela morreu ao me dar à luz. Apesar de ter um pai maravilhoso, é difícil crescer sem a presença materna. Papai é um mafioso cruel, como todos, mas sempre foi amoroso e um excelente pai para mim. Sei que isso é raro no nosso meio, mas eu tive essa sorte. José é o melhor pai que eu poderia ter no mundo, e eu o amo muito. Só de pensar em perdê-lo, sinto meu coração dilacerado.

Sobre meu noivo, nunca ouvi nada de bom a seu respeito. O que esperar desse casamento? Já estou me preparando para sofrer até o dia da minha morte. Sei que é pecado desejar isso, mas espero que não demore.

Solto meus cabelos e me preparo para participar desse circo de horrores. Não consigo entender como aquelas pessoas lá embaixo conseguem se sentir à vontade sabendo o que está acontecendo.

Quando começo a descer as escadas, vários olhares se voltam para mim. Meu pai nunca me exibiu para ninguém, e eu sempre me escondi dessa confusão. Nunca fui para a escola; estudei em casa, pois ele achava que era o melhor para mim.

Chego ao final das escadas com bastante esforço; minhas pernas tremem. Meu pai vem me receber, e noto que muitos olhares estão sobre mim, mas um em especial se destaca. O olhar que ele me lança é intenso, quase como se me queimasse.

— Filha, você desceu — comenta meu pai, aliviado. — Está deslumbrante! — elogia, envolvendo-me em um abraço.

— Jamais te decepcionaria.

E é verdade. Apesar de estar chateada e com raiva, eu jamais decepcionaria meu pai. O amo demais para fazer qualquer coisa que o magoe.

— Eu sei, minha filha. — Ele sorri, orgulhoso. — Agora venha conhecer seu noivo e o Don Rocco.

Caminhamos até eles, e eu aperto a mão do meu pai com firmeza. Vendo meu aparente desespero, ele também aperta minha mão, encorajando-me.

— Don, Subchefe, esta é minha filha, Melanie. Senhora Caccini, já a conhece — apresenta-me, com um sorriso.

Renzo Caccini continua a me fitar, e sinto minhas bochechas esquentarem com a intensidade do seu olhar. A forma como ele me observa é estranha, e sinto até um pouco de medo.

— Boa noite! — falo em um tom baixo, intimidada pelo olhar penetrante.

— Boa noite, Melanie. Fico feliz que esteja se juntando à família. Seja muito bem-vinda! — Apesar do semblante sério, o Don cumprimenta-me cordialmente.

— Obrigada, Don! — sorrio timidamente.

— Apenas Rocco. A partir de agora, você será da família.

Balanço a cabeça em sinal de concordância.

Mesmo observando meus próprios pés, sinto o olhar dele em mim, o que me leva a levantar a cabeça e encará-lo de novo. O subchefe é assustador, mas bonito. Tem algumas semelhanças com o irmão, o Don, mas são diferentes. Vejo algumas tatuagens em seu rosto, pescoço e mãos, apesar de estar usando terno. Ele é alto e forte. Perto dele, sinto-me uma formiga prestes a ser esmagada.

— Vamos logo adiantar isso, tenho que ir embora! — exclama com arrogância, desviando o olhar do meu.

— Vamos — concorda Rocco, segurando a mão de Luara, que pisca para mim, encorajando-me.

Caminhamos em direção à sala de jantar. Assim que todos chegam, a cerimônia se inicia, um ritual característico dos noivados. Nunca havia participado de um, mas já ouvi sobre isso. Rocco faz algumas declarações, e todos aplaudem. Ele pega a lâmina para cortar a palma das nossas mãos, uma tradição presente em todos os noivados. Após esse gesto, nada poderá alterar nosso destino; estaremos conectados um ao outro para sempre.

Renzo estende a mão para que Rocco a corte. Por um momento, hesito, mas sob o olhar aterrorizante do meu noivo, sigo adiante. Sinto a lâmina passar e queimar a palma da minha mão, o sangue escorrendo junto com uma lágrima tola que insiste em cair do meu rosto.

Engana-se quem pensa que o choro é pela dor física. Esse corte não se compara à dor que sinto dentro do meu peito.

— ...pelo sangue e pela honra. — Ouço o Don finalizar, unindo nossas mãos e nosso sangue.

Todos aplaudem, inclusive o homem que amo.

Capítulo 28

Renzo (capítulo bônus)

Quando aquela jovem apareceu na escada e todos os olhares se dirigiram a ela, percebi a razão pela qual o pai a manteve longe do mundo todo esse tempo. Entendi a necessidade de protegê-la da curiosidade alheia, pois assim que ela fosse notada, muitos estariam interessados em um casamento com essa linda *ragazza*. Ela fará 18 anos em quatro meses, mas nosso casamento só acontecerá quando o pai dela partir, e eu espero que isso demore muito.

Não passa despercebido o olhar dela para o soldado que faz sua segurança, algo que me intriga. Não costumo me enganar; sou hábil em analisar as pessoas. Sei quando estão mentindo e consigo identificar sentimentos apenas pelo olhar. As pessoas se comunicam muito mais com os olhos do que imaginam.

Nada sai do meu controle, e calculo tudo com precisão. Por isso, realizo os trabalhos que ninguém mais consegue. Entro nos lugares, executo o serviço e saio sem ser visto.

Sou conhecido como "Sombra da Morte" ou simplesmente "Morte". Nunca falhei em uma missão. Assim, me tornei o matador mais temido de todos os tempos.

Percebo que após a cerimônia de noivado ela desapareceu. Vou para o jardim da casa e a encontro escondida, parecendo amedrontada.

— Tentando se esconder? — pergunto, e ela se assusta ao me ver.

Percebo que está tremendo.

— Por que eu me esconderia? — Sua voz é baixa e serena, agradável de ouvir.

— Eu que devo te fazer essa pergunta. Por que se esconder?

— Não estou me escondendo, senhor Renzo, apenas vim tomar um ar fresco.

A conversa dela comigo é carregada de desprezo, o que me irrita profundamente.

— O que você tem com o soldado que faz sua segurança?

Seus lindos olhos claros se arregalam.

Ela fica visivelmente surpresa com a minha pergunta.

— O quê? Com o Giovanni? Nada, ele apenas faz minha segurança, como o senhor mencionou.

Consigo sentir todo o seu nervosismo.

— Não se faça de sonsa, garota. — Aproximo-me, e seus olhos demonstram puro medo. — Você acha que pode mentir para mim? Reparei como vocês se olham, a maneira como você olha para ele! — Seguro firmemente seus braços, forçando-a a se levantar.

— O senhor está me machucando, peço, por favor, que me solte. — Melanie continua me encarando, mesmo com medo. Percebo que ela é corajosa. — Eu já disse que não tenho nada com ele. Giovanni faz minha guarda desde que eu era pequena. Eu o conheço há muito tempo, só isso.

— Se você quer continuar mentindo, tudo bem, mas saiba que eu sei a verdade. Se vocês não têm nada é porque ainda não tiveram a oportunidade. Te aconselho a disfarçar mais quando olhar para ele.

— Senhor Renzo, está me machucando. — Alivio um pouco o aperto. — Já falei que está vendo coisas onde não há, por favor, me solte.

— Se eu descobrir que você tem algo com ele, eu matarei os dois. Entendeu? — ameaço, e ela fica em silêncio. — Perguntei se entendeu, Melanie! — Sacudo seu braço, e ela balança a cabeça diversas vezes, assentindo. — Ótimo, agora entre! — ordeno, soltando-a.

A pequena ruivinha sai correndo para dentro da casa, e sorri satisfeito. Pelo menos, tive a certeza de que nunca existiu nada entre os dois, e garanti que nunca existirá.

CAPÍTULO 29

Rocco Caccini

Estou conversando com o Capo José quando ouço um tiro. Rapidamente, saímos do seu escritório e vou atrás de Luara, assim como ele vai em busca da sua filha, ambos demonstrando preocupação.

Ao me aproximar de Luara, ela me abraça, com os olhos arregalados. Renzo se aproxima, acompanhado por Enzo, o Capo da máfia alemã.

— Que merda é essa, José? — pergunto, a voz carregada de nervosismo.

Pessoas começam a correr, apavoradas.

— Não sei, Don. Minha casa está segura — garante José. — Vou verificar com o meu chefe de segurança. — Ele pega o celular para ligar, mas um dos seus homens aparece, visivelmente assustado.

— A casa está sendo invadida, senhor — informa, ofegante. — Tínhamos alguns soldados infiltrados, temos pouco tempo até que cheguem aqui dentro.

— *Disgraziati*![16] — esbraveja Renzo, tão nervoso quanto eu. — Você tem alguma sala segura, de emergência, para esconder as mulheres que ainda estão aqui?

— Como assim as mulheres? — questiona Luara, com as mãos trêmulas. — E vocês?

Eu a encaro, sem resposta.

— Tenho. Vamos levá-las até lá.

Alguns convidados já haviam ido embora, e outros correram durante o tiroteio, deixando apenas um punhado de pessoas. Entramos novamente no escritório, e eu ajudo José a puxar a estante de livros. Ele digita uma senha em um painel digital e a porta se abre.

— Vem comigo, entra! — Luara puxa minha mão.

— Não posso, mas voltarei para buscá-la. Será rápido. — Dou um beijo na sua testa e me afasto.

Ouço Melanie implorar para o pai entrar, pois sua saúde está fragilizada. Aconselho-o a entrar também, mas ele recusa.

Fechamos a porta, e Enzo entra no escritório.

— Está preparado, Don? Porque eles já entraram — informa.

Ele havia ficado lá com outros soldados, nos dando cobertura.

— Sempre pronto. — Retiro minha arma do coldre e a engatilho.

Renzo e José fazem o mesmo, e voltamos para a sala, onde o tiroteio continua. Alguns homens estão estirados no chão, tanto os inimigos quanto

---

[16] Desgraçados.

os soldados de José. No entanto, não é difícil aniquilar os invasores, pois são fracos e alvos fáceis. Não preciso nem usar toda minha munição. Os soldados fizeram um bom trabalho.

Isso me faz ter certeza de que não foi um ataque propriamente dito, mas um aviso. Os invasores não eram bem treinados e estavam dispostos a morrer. Claus está sinalizando que está de olho em nós. Preciso pegar esse *maledetto*.

— Esse filho da puta está sempre um passo à frente, que inferno! — esbraveja Renzo, chutando um corpo morto no chão.

Os soldados de José começam a limpar a bagunça antes de liberarmos as mulheres.

— Te dei minha palavra sobre sua filha, preciso de mais respostas. Estamos no completo escuro — falo com o Capo. — Preciso de respostas concretas que me levem até aquele infeliz! Isso que aconteceu aqui hoje não pode, de jeito nenhum, voltar a acontecer! — brado.

— Senhor, o que consegui descobrir é muito pouco. Claus usa recursos excelentes. Nós precisamos de alguém que trabalhe com tecnologia de ponta — diz, olhando para Enzo.

Agora entendo por que ele está presente. Claro que havia uma explicação para sua presença.

O Capo da máfia alemã é conhecido por ter os melhores recursos tecnológicos dentro da máfia. Ele é um *hacker* excepcional e tem uma equipe excelente, capaz de descobrir alvos com facilidade.

— Não olhem para mim, não entrarei em uma guerra que não me pertence. — Enzo deixa claro que sua ajuda está fora de cogitação.

— Temos uma aliança, seu bastardo! — meu irmão o lembra, extremamente irritado.

— Exatamente, Renzo, temos uma aliança, mas isso não quer dizer que eu trabalho para vocês. Não vou me envolver em uma guerra que não é minha. — Puxa uma cadeira e se senta tranquilamente.

— Podemos oferecer algum benefício, Capo — tento negociar.

Infelizmente, essa é a minha única saída. Ele tem razão. Apesar da nossa aliança, ele não tem obrigação de comprar uma briga que não é dele.

— Agora começamos a falar a mesma língua. — Abre aquele sorriso debochado que tanto detesto.

— O que você quer para nos ajudar? — pergunto, engolindo meu orgulho e a vontade de acertar uma bala na sua testa.

— Ajudar não. Eu posso te dar a localização exata desse homem. Preciso apenas de alguns dias para trabalhar nisso, mas nada sai de graça.

— Fale logo, não tenho paciência para joguinhos.

— Quero uma garantia da nossa aliança.

— Mas já temos uma aliança há anos. — Não consigo entender o que esse idiota quer. Nossa aliança foi feita na época dos nossos pais.

— Temos uma aliança que pode ser rompida a qualquer momento. Quero mais do que isso, quero uma garantia de que ela durará para sempre. — Ri.

— Que garantia? — pergunta Renzo, tão impaciente quanto eu.

— Você mencionou que está na hora de arrumar uma noiva, e eu concordo. No entanto, não encontrei ninguém à altura, mas agora, pensando nas oportunidades, acho que encontrei a noiva certa.

Vou dar um soco na cara desse imbecil.

— E quem seria essa pessoa? E o que eu tenho a ver com isso? — Coço a barba, tentando me controlar.

— Com quantos anos as jovens costumam se casar no nosso meio? Acho que 18, não é? — Assinto, mesmo sabendo que ele já sabe disso. — Bom, sua irmã está um pouco além da idade, não acha? — Meu corpo fica rígido ao ouvi-lo mencionar minha irmã. — Vinte e um anos? É isso que ela tem? Pois bem, eu a quero. Quero me casar com sua irmã.

— Você ficou louco? — Avanço nele, e Renzo me segura. — Nunca! Minha irmã nunca! — grito.

— Até quando vocês vão tentar escondê-la deste mundo? Você pode ser o Don, o todo-poderoso, mas ainda há um conselho, e eu posso levar isso até lá. Vamos ver se todos concordam com a atitude do Don.

— Desgraçado, *figlio di puttana*! — Meu irmão começa a disparar xingamentos.

— Por que estão tão nervosos? Sabiam que esse dia chegaria, só adiaram. É assim com todos na máfia. Você, como Don, sabe muito bem que não pode isentar sua irmã das obrigações apenas por causa de laços sanguíneos.

Odeio admitir, mas ele tem razão.

— Podemos conversar sobre isso depois? — barganho, tentando ganhar tempo.

— Não. Eu ajudo vocês e, em troca, me caso com sua irmã. É pegar ou largar.

— Tudo bem. Está feito! — afirmo, com dor no coração, mas sabendo que é inevitável.

— Você enlouqueceu, Rocco? — questiona Renzo.

— É o que tem que ser feito. A máfia vem em primeiro lugar. — O encaro, para que entenda que não posso fazer mais nada.

— Você está certo — diz Renzo, com desgosto.

— Temos um acordo, então? — pergunta Enzo, sorrindo, e tudo o que quero é esmagá-lo.

— Temos um acordo. — Aperto sua mão, a contragosto.

Que Alice me perdoe, mas já evitei o inevitável por tempo demais. Não posso fazer mais nada.

CAPÍTULO 30

Luara Sokolova

Giovanni, o segurança de Melanie, abre a porta e anuncia que podemos deixar o local. Sinto um alívio ao saber que tudo está bem. Caminhamos juntas até onde estão os rapazes, e ver que estão bem é reconfortante. No entanto, percebo que todos, exceto Enzo, estão com uma expressão estranha. Ele, por outro lado, está sorridente.

— Oi, tudo bem? — pergunto, ao me aproximar do meu marido.

— Não, mas agora não é o momento para conversarmos. — Sua voz, carregada de irritação, indica que ele está extremamente agitado, por isso prefiro ficar em silêncio.

— Eu vou indo, conversamos nos próximos dias — Enzo se despede de Rocco, que apenas faz um leve aceno com a cabeça, o semblante claramente insatisfeito.

— O acordo só será feito após capturarmos o Claus — avisa Renzo.

— Exatamente, não fecharei mais acordos sem antes pegar esse sujeito — concorda Rocco, lançando um olhar penetrante para José, que encolhe os ombros.

Que acordo? Melanie e eu trocamos olhares confusos, tentando entender a situação.

— O noivado deve ser realizado em uma semana, o casamento pode ser oficializado depois — o Capo alemão deixa claro suas exigências.

— Noivado de quem? — não consigo me conter e pergunto, movida pela curiosidade.

Sei que não devo me meter, especialmente na frente de todos.

— Depois conversamos sobre isso, Luara! — meu marido me repreende, com um olhar severo. Seu olhar me deixa tão assustada que solto a respiração que estava contida. — Tudo bem, será feito da forma que você achar melhor.

Os acontecimentos seguintes são um borrão. Enzo está saindo quando alguém começa a atirar, acertando seu braço. Em um impulso de sobrevivência, ele se joga no chão e saca sua arma.

Rocco me puxa para trás com uma mão, usando seu corpo para me proteger. Giovanni faz o mesmo com Melanie, e todos os presentes sacam suas armas. Outros dois homens entram atirando, e Enzo grita.

Os disparos são intensos. Coloco as mãos nos ouvidos, tentando abafar o som, e meu corpo inteiro treme. Fecho os olhos para não testemunhar o que está acontecendo e, de repente, o barulho cessa.

Minha paralisia lentamente dá lugar à curiosidade. Abro os olhos com cautela, verificando meu corpo para me certificar de que não fui atingida.

— Está tudo bem, Luara, já acabou. — Rocco acaricia meu cabelo e rosto, tentando me acalmar. — Vamos embora. — Segura minha mão com firmeza, transmitindo segurança.

— Já verifiquei lá fora, está limpo, todos podem sair — informa Giovanni. Ele se vira para José e diz: — O senhor e a Mel precisam sair também, não é seguro aqui.

— Para você é senhorita Melanie, Giovanni. Não a chame pelo apelido novamente — corrigi-o Renzo, deixando todos surpresos, e o ambiente ainda mais tenso.

— Tudo bem, peço desculpas, senhor.

Melanie lança um olhar irritado para Renzo. Em outra situação, eu teria rido e imaginado que ele está com ciúmes, mas naquele momento não consigo achar graça.

— Pai, você está bem? — Melanie corre para verificar o estado do pai, que está debilitado pela doença.

— Eu também estou bem, o.k? — Enzo parece chateado por ninguém se importar com seu ferimento, que ele tenta estancar com a gravata amarrada no braço.

— Era melhor se tivesse morrido — retruca Renzo.

— Vamos embora logo — decide Rocco, visivelmente impaciente.

Sem aviso, ouço um novo disparo. Rocco saca a arma novamente e acerta o homem, que estava no chão e havia disparado. Melanie grita e corre até o pai caído no chão, como uma poça de sangue se formando ao seu redor.

Meus olhos se arregalam ao ver que José, o Capo mexicano, havia levado um tiro certeiro na cabeça.

— Socorro! Alguém me ajude! — grita Melanie, desesperada, sacudindo o corpo sem vida do pai. — Pai, fale comigo, por favor... — implora, soluçando.

Eu estou paralisada, aterrorizada e completamente em choque. Nunca vi ninguém morrer na minha frente.

— Luara, Luara! — Ouço a voz de Rocco ao longe, suas mãos me sacodem, sinalizando que está perto, mas minha mente está em pânico. — Precisamos sair agora! — Ele me puxa pelos braços, arrastando-me para fora do local, e vejo Renzo fazer o mesmo com Melanie.

Ao descer do carro e entrar no hotel, minha atenção se volta completamente para Melanie, que ainda grita desesperada, clamando pelo pai, enquanto Renzo tenta acalmá-la.

Não consigo mensurar a dor que ela deve estar sentindo, pois nunca passei por algo assim, mas sinto seu desespero de forma visceral.

Quero abraçá-la, oferecer algum conforto e palavras que possam aliviá-la um pouco, mas me sinto completamente paralisada. Forço minhas pernas a caminharem até ela e, ao me aproximar, os olhos dela, cheios de lágrimas e vermelhos, encontram os meus com uma tristeza tão profunda que me faz chorar. Abaixo-me, ajoelhando-me no chão a seu lado, e a abraço com todas as minhas forças.

— Eu estou sozinha neste mundo — sussurra. — Meu pai me deixou, eu estou sozinha! — Soluça mais alto, e meu coração se parte.

— Você não está sozinha, eu estou aqui. Vou cuidar de você, estarei sempre a seu lado, eu prometo — garanto, chorando junto com ela.

Quem olhasse para Melanie nesse estado, ao ver a dor em seus olhos, também choraria. Olho para Rocco e Renzo ao nosso lado, ambos sem qualquer reação, e começo a reconsiderar minha opinião. Qualquer pessoa com um mínimo de humanidade choraria junto. Ficamos abraçadas por um bom tempo, e Melanie não para de chorar um instante sequer. Passo a mão por seus cabelos e costas, sabendo que nada, absolutamente nada do que eu diga agora poderá confortá-la ou amenizar sua dor.

— Luara, vamos tomar um banho, você está toda suja — comenta Rocco, fazendo-me olhar para minhas mãos manchadas de sangue. Melanie, ao abraçar o pai, havia se sujado. — Melanie também precisa de um banho e de descanso.

Giovanni chega sem que eu perceba, mas agora o vejo ao lado de Renzo. Encaro os três e não entendo como conseguem manter-se tão impassíveis. Como podem ser tão frios? É como se nada estivesse acontecendo, como se aquele homem não tivesse morrido bem na nossa frente e, pior ainda, como se a menina não estivesse em completo desespero diante deles.

— Pode ir, Lua — diz Rocco, vendo que eu estou relutante em deixá-la.

— Eu vou, mas volto logo, tá bom? Prometo que estarei por perto. Estou no quarto ao lado, se precisar de alguma coisa, me chame, por favor.

— Obrigada. — Melanie esboça um pequeno sorriso.

Levantamo-nos e cada um vai para o seu quarto. Ouço Renzo dispensar Giovanni e me preocupo, pois ele é a única pessoa mais próxima de Melanie neste momento.

— Seu irmão não vai fazer mal para ela, né? — pergunto, assim que Renzo fecha a porta do quarto.

— Luara, Melanie agora é responsabilidade de Renzo, não podemos nos intrometer — responde despreocupadamente.

Nem mesmo uma situação como esta parece ser capaz de afetar esse homem.

— Como você pode ser tão frio? — Estreito os olhos, repugnando sua frieza. — A menina acabou de ver o pai morrer na frente de todos nós, e você me diz que não podemos nos intrometer? Ela só tem 17 anos! — esbravejo, inconformada, andando de um lado para o outro.

— O que eu posso dizer? Que sinto muito?

— Não! Porque você não sente. — Aponto o dedo na sua direção, exasperada. — Você sente alguma coisa aí dentro do peito? Há algo batendo aí dentro, Rocco? Porque me parece que não. — Meus olhos começam a se encher de lágrimas novamente.

Saio de perto dele, indo em direção ao banheiro, pois já não estou mais em condições de discutir. Todos os acontecimentos do dia foram o suficiente.

— Olha, eu realmente não sinto nada, não sinto pela morte do pai dela, nem por ela — confessa, paralisando-me no meio do caminho.

Giro nos calcanhares, encarando-o com incredulidade. Procuro algo em seus olhos que indique que ele apenas está tentando parecer duro, mas o que vejo é sinceridade.

— Você é um monstro, um monstro! — Perco a cabeça, avançando nele e desferindo socos em seu peito firme. — Poderia ser eu naquela situação, poderia ser qualquer pessoa, mas você não tem um pingo de empatia, seu monstro!

Ele segura meus braços com força, impedindo-me de continuar a agressão, mas não o suficiente para machucar.

— Você está certa, eu sou um monstro, fui criado para ser um monstro. A morte é algo comum para mim; no nosso meio, isso acontece constantemente, mas você errou ao dizer que se fosse você eu não me importaria. Eu jamais deixaria qualquer coisa acontecer com você! — Seus olhos profundos encontram os meus, e meu coração acelera. — Eu me importo com você, Luara! *Cazzo,* eu me importo — murmura, tão baixo que quase não consigo ouvir.

— Você se importa comigo? — questiono, já chorando, e ele confirma com um gesto afirmativo. — Desculpe, eu estou nervosa; na verdade, apavorada. Nunca presenciei uma cena daquelas, é assustador.

A grande palma de sua mão acaricia meu rosto, passando o polegar por cada detalhe, como se estivesse desenhando. É um carinho reconfortante.

— Está tudo bem, esse pânico é normal. — Ele me dá um rápido selinho, surpreendendo-me. — Agora vem, vou te dar um banho.

Caminhamos juntos até o banheiro, e enquanto me dispo, ele enche a banheira. Em seguida, tira sua própria roupa, ficando apenas de cueca boxer branca. Não há como negar: o Diabo é incrivelmente atraente. Entramos na banheira, e ele se acomoda atrás de mim, derramando a água quente nas minhas costas com as mãos.

— Você está se sentindo melhor?

— Sim, obrigada! — Viro o pescoço para trás, alcançando sua boca e, desta vez, sou eu quem o surpreende com um selinho.

— Vamos terminar o banho e ir para a cama, você precisa descansar.

Ele se levanta, e posso ver o volume marcando perfeitamente na sua cueca; ele está duro, mas não me toca com segundas intenções, respeitando meu momento. Ele me entrega um roupão e, enquanto termina seu banho, visto uma camisola confortável e me deito para esperá-lo.

— Será que ela está bem? — pergunto, assim que ele se deita ao meu lado.

— Mandei uma mensagem para Renzo, e ele me disse que ela já está descansando. Fique tranquila, tudo vai ficar bem. Melanie estará segura com a gente.

— Obrigada por hoje — agradeço, me aconchegando nos braços dele.

Minhas pálpebras estão pesadas. Eu estou cansada. O dia havia sido uma confusão. Na verdade, não só hoje, desde que me casei, minha vida tem sido um turbilhão.

CAPÍTULO 31

Luara Sokolova

Ao abrir os olhos, percebo que estou sozinha na cama. Estou tão exausta que acabei dormindo demais. Quando me sento, noto que nossas malas estão organizadas no canto do quarto. Rocco aparece pouco depois.

— Bom dia! — saúda-me de maneira vaga, enquanto mexe em seu celular.

— Bom dia! Vamos embora?

— Vamos viajar. — Guarda o celular no bolso e se senta ao meu lado na cama. — Trouxe biquíni nesta viagem?

Franzo o cenho, surpresa com a pergunta.

— Não, achei que não seria necessário, pensei que seria uma viagem rápida.

— Vamos para Tulum[17]. Não tivemos lua de mel, e acho que o melhor momento para dar um tempo é agora. — Quando eu ia concordar, lembro de Melanie, e Rocco parece ler meus pensamentos. — Fique tranquila, a garota ficará bem.

Assinto.

— Tulum? Já ouvi dizer que é lindo, mas nunca fui. — Começo a me animar com a ideia.

— Espero que goste.

— Dá tempo de sair e comprar uns biquínis antes?

— Sim.

— Posso ver a Mel?

— Pode, eles vão embarcar daqui a pouco — informa, deixando-me curiosa.

— Para onde? Ela vai ficar com o Renzo?

— Não, já decidi o que farei até o casamento.

— O quê? — pergunto, preocupada com ela.

Ele explica, e eu me sinto mais tranquila, embora não saiba se ele está apenas tentando me acalmar. Caminhamos até o quarto onde estão Melanie e Renzo. Batemos à porta, e Renzo a atende. Logo atrás dele está Melanie, com um semblante triste, mas visivelmente melhor do que no dia anterior.

— Mel! — Corro para abraçá-la, ignorando completamente meu cunhado. — Você conseguiu descansar?

---

[17] Tulum é uma cidade no estado de Quintana Roo, no México, conhecida por suas praias de areia branca, águas cristalinas e ruínas maias à beira-mar.

— Oi, Lua — sorri, de forma tímida. — Na medida do possível.

Sua voz está tão carregada de tristeza que me sinto mal por deixá-la e partir para a viagem.

— Vai ficar tudo bem, tá?

Ela assente.

— Melanie, você vai para a Itália hoje com Renzo — informa Rocco, e eu vejo os olhos dela se arregalarem.

— Não poderei enterrar meu pai?

— Poderá, sim. Mandarei o corpo dele para lá e faremos um enterro digno. Aqui não é seguro no momento, precisamos de um tempo até encontrarmos quem fez isso.

— Obrigada! — é tudo o que ela diz, demonstrando uma compreensão que supera nossas expectativas.

— Mel, eu não poderei estar com você porque vou viajar com o Rocco, mas vou ligar para a Alice. Ela vai te acolher muito bem, tenho certeza disso. — Eu não podia recusar a viagem. — Eu queria muito estar com você, desculpe-me — murmuro, apenas para ela ouvir.

— Tudo bem — sorri carinhosamente.

— Renzo, Melanie ficará na casa da mamãe até o casamento — afirma meu marido, e o semblante do irmão dele indica descontentamento.

Renzo fecha a cara imediatamente.

— O quê? Por que isso? Ela é minha noiva, ficará comigo!

— Ela é sua noiva, não sua esposa. Isso não está em discussão. Ela ficará com a mamãe até completar 18 anos e se casar com você. Enquanto isso, Melanie, você é minha responsabilidade, o.k.? — A ruiva anui, parecendo satisfeita com a decisão, e meu coração fica mais tranquilo. — Após o casamento, você assume seu papel.

— Se você deseja assim, Don — responde Renzo, com um tom sarcástico.

— Sim, será exatamente assim. Vou viajar e volto em alguns dias, fique no comando das coisas até eu retornar — ordena, não demonstrando preocupação com a raiva do irmão.

— O.k.

— Vamos, Luara.

— Tchau, Mel, eu volto logo.

— Tchau, Lua, fique bem. Obrigada por tudo! — abraça-me forte, e sussurra no meu ouvido.

— Façam uma boa viagem. Até mais, cunhada. Até mais, *fratello*.

Nos despedimos e, assim que saímos, comento:

— Acho que ele não ficou muito feliz.

— Ele vai superar.

— Obrigada por isso, Rocco.

— Sabia que você ia ficar mais tranquila — confirma. Como havia imaginado, ele fez isso pensando em mim. Abro um enorme sorriso. — Vamos aproveitar um pouco essa viagem.

— Vamos!

Entrelaço meus dedos nos seus e ele para por um instante, olhando para nossas mãos unidas. Pensei que ele fosse reclamar, mas ele simplesmente abre um pequeno sorriso e continuamos a andar.

Chegamos a Tulum e eu não consigo acreditar como este lugar é mágico, tudo aqui é lindo demais, um verdadeiro paraíso.

Estamos em um bangalô que fica de frente para a praia e ainda tem uma piscina natural de água quente, uma vista fantástica. Eu poderia me sentar aqui na frente e ficar observando-a por horas.

— Eu vou terminar de resolver os negócios da hospedagem, já volto — informa.

— Tudo bem, ficaremos aqui por quanto tempo?

— Menos de uma semana, temos que voltar para o noivado de Alice.

— Noivado de Alice? — praticamente grito, extremamente surpresa.

Ontem foram tantos acontecimentos que não me recordo disso.

— Depois conversamos sobre esse assunto.

Fico aqui pensando sobre o que ele diz, tentando entender em que momento minha cunhada ficou noiva... coitada da Alice. Arrumo as roupas e olho para a piscina morna, que parece me convidar. Decido colocar o biquíni branco que comprei e entrar nela. Assim que entro, confirmo que a água está deliciosa, bem quentinha.
Nado por um tempo, até sentir alguém me puxar.

— Ai que susto! — Puxo o ar com força, acalmando-me ao ver que é ele.

— Nem me esperou. — Suas mãos firmes seguram minha cintura, aproximando nossos corpos.

— A água estava convidativa. — Dou de ombros.

— Imagino que sim, quando cheguei aqui e te vi nadando, pensei a mesma coisa.

Puxa-me para mais perto, colando nossos corpos, e posso sentir sua ereção. Como a água é clara, consigo ver que está só de cueca... gostoso!

— Pensou, foi? — Mordo o lábio inferior, sentindo meu corpo arder de desejo.

— Sim. — Enfia a cabeça no meu pescoço, cheirando-me como se eu fosse sua presa. — Estou louco para estar dentro de você — confessa com a voz rouca.

— Então, por que está demorando tanto? — provoco, com um sorriso malicioso no rosto.

— Garota, garota, não brinca comigo...

— E se eu quiser brincar, Don?

Nossos olhos se encontram.

— Você vai acabar se queimando. — Beija meu pescoço, deixando-me toda arrepiada.

— Eu quero me queimar. — Encaro seus olhos faiscantes.

Estou desejando tanto esse homem que sinto meu corpo aquecer com cada gesto seu. Rocco se afasta, surpreendendo-me, e me puxa pelo braço, saindo da piscina e me conduzindo até o quarto. Ele para na minha frente, seus olhos percorrem meu corpo de forma intensa, e posso sentir a adoração em seu olhar. Com delicadeza, ele desfaz os nós do biquíni, deixando as peças caírem aos meus pés, e faz o mesmo com sua roupa, libertando seu membro. Vagarosamente, coloca-me deitada, e puxa minhas pernas, colocando-me na beirada da cama.

— Hoje sou só eu e você, sem ninguém por perto, quero tudo de você — declara, fazendo-me ansiar por querer dar tudo a ele, sem nenhuma objeção.

Meu marido se ajoelha e abre bem as minhas pernas, lambe-me desde os meus pés até chegar na minha boceta, que lateja, o desejando. Sua língua brinca com minha carne molhada e seus lábios me devoram, chupando-me fortemente.

Sou levada ao céu com a habilidade de sua língua. Gemo alto e repito seu nome diversas vezes, enquanto sua língua me invade, simulando uma gostosa e sensual penetração.

Quando meu clitóris é sugado, não consigo resistir. Agarro os lençóis da cama com força e grito, gozando fortemente na sua boca. Suas mãos apertam minhas nádegas, segurando-me firmemente, e ele continua a me devorar sem piedade. Um turbilhão de sensações me atinge e fico sensível, tremendo e sentindo-me completamente arrebatada por esse orgasmo incrível.

— Deliciosa, o seu gosto é viciante! — Passa a língua pelos lábios, querendo aproveitar até a última gota dos meus fluidos.

Eu o quero... caramba, como eu o quero!

Puxo seu braço e, mesmo que não tenha forças alguma para movê-lo, ele entende o que eu quero e se senta na beirada da cama. Desta vez, sou eu quem estou ajoelhada diante da sua figura majestosa.

Quero ser sensual e agradá-lo da mesma maneira que faz comigo.

— Você me ajuda a fazer do jeito que você gosta? — peço, sentindo as bochechas esquentarem de vergonha. — Sei que já fiz antes, mas gostaria que me ensinasse melhor, quero agradá-lo.

Chupar Rocco é uma das coisas mais deliciosas que eu já fiz, todavia, quero fazer com mais experiência.

— *Cazzo, bambina*! — Acaricia meu rosto. — Sabe o que faz comigo quando me olha desse jeito inocente? Pedindo-me para ensiná-la a me chupar? — Balanço a cabeça em sinal negativo. — Deixa-me louco! — Aproxima seu rosto do meu e me beija, mordendo forte meu lábio inferior, e depois o chupando.

— Eu quero muito, mas quero fazer direito — sussurro contra seus lábios.

— Vai ser um prazer ensiná-la. — Pega minha mão e a leva até seu fabuloso pau.

Não tenho nada para comparar, mas é tão lindo... No começo, pensei que não fosse aguentar, mas agora eu amo seu tamanho e espessura.

Masturbo-o, conforme ele vai me ensinando, e quando vou ficando mais segura começo a abocanhá-lo. Rocco pede apenas para que eu tome cuidado com os dentes. Chupo bem devagar. Ainda não consigo engoli-lo por inteiro, mas coloco o máximo que consigo na boca. Deixo-o bem babado e, com isso, tenho facilidade para subir e descer, aumentando o ritmo da chupada.

— Porra! — geme. — Vou querer foder essa boquinha sempre... que boquinha gostosa! — Segura meus cabelos, formando um nó em volta dos seus dedos, e soca fundo na minha garganta.

Sinto uma ânsia forte e, por um momento, pensei que fosse vomitar, mas ele rapidamente recua, permitindo que eu faça à minha maneira. Mesmo sem experiência, acredito que estou conseguindo agradá-lo. É tão excitante ouvir seus gemidos.

— Vem, não quero gozar na sua boca. — Puxa meus cabelos, fazendo-me parar e, sem delicadeza nenhuma, joga-me na cama, colocando seu corpo sobre o meu e me invadindo forte e fundo.

— Roccoooo! — grito seu nome, arfando com sua invasão rápida.

A ardência passa e vai dando lugar ao puro prazer. A cada estocada bruta que ele dá, um gemido manhoso escapa da minha garganta.

Minhas unhas passeiam por suas costas, arranhando-o.

Nunca pensei que pudesse gostar de sexo bruto, mas a cada transa que tenho com ele, sinto ainda mais tesão.

— Mais... eu quero mais — peço, ensandecida, perto de chegar a outro incrível orgasmo.

— Quer mais, é? — Ele suga o bico do meu peito, e eu assinto, incapaz de falar. — Eu sou louco por essa boceta, caralho!

Sai todo de dentro de mim e entra de uma vez só. Grito. Ele repete esse processo várias e várias vezes. Protesto quando ele sai de dentro de mim, mas é apenas para virar meu corpo, colocando-me de quatro e entrando novamente, fodendo-me com brutalidade.

Perco as contas de quantas vezes já gozei. Foram minutos intensos e delirantes até que ele encontre o próprio prazer, derramando seus jatos quentes dentro de mim.

No banheiro, ao me olhar no espelho, vejo marcas por todo meu corpo. Seus dedos estão perfeitamente desenhados no meu pescoço e bunda. Há marcas roxas em meus seios, e até minha cabeça está dolorida pelos puxões. Estou inchada, dolorida e marcada, mas, acima de tudo, satisfeitíssima!

Eu gosto do meu marido assim, intenso, quente e desejoso por mim.

Capítulo 32

Luara Sokolova

Após um sexo selvagem e satisfatório, descansamos, e decidimos permanecer no bangalô. Jantamos ali mesmo, transamos novamente e fomos dormir.

Agora, estamos nos preparando para ir à praia.

— Você não acha que esse biquíni está um pouco curto? — questiona Rocco pela milésima vez.

Reviro os olhos sem que ele veja, e me viro, forçando um sorriso doce.

— Não. — Ele passa a mão na barba e arqueia a sobrancelha, visivelmente irritado. — É praia, todo mundo vai estar de biquíni, ninguém vai reparar em mim.

— Eu espero, Luara.

— Quem vai reparar em mim com você ao meu lado com essa cara de bravo?

Ninguém, né? Afinal, quem seria louco? Esse homem olha para as pessoas com um olhar de matar.

— Melhor não olharem mesmo. Não quero ter que matar ninguém aqui. Estou de férias.

— Ciúmes? — Caminho até ele e me sento no seu colo, um sorriso bobo brincando em meus lábios.

Quão absurdo é eu estar feliz com sua possessividade?

— Você é minha. — Ele morde meu lábio inferior. — Só minha.

— Eu sou sua. — Rebolo no seu colo. — Somente sua. — Devolvo a mordida.

— *Cazzo,* Luara! Não fique brincando comigo. Daqui a pouco não vamos à merda de praia nenhuma, vou te trancar aqui dentro e te comer até você não aguentar mais.

— Ah, não! — Levanto-me rapidamente. — Eu quero ir à praia. Não viemos aqui para ficar trancados no quarto.

— Do jeito que estamos, logo haverá um herdeiro aí na sua barriga — ele comenta, rindo, e meu coração dispara.

— O quê? — Fico bastante nervosa, mas tento disfarçar meu espanto para que ele não perceba que algo está errado.

— Um bebê. Não vai demorar e teremos um bebê. — Ele se levanta e agarra minha cintura, colando nossos corpos.

— Claro, um bebê. — Minha voz está cheia de desânimo. — Se continuarmos assim, não vai demorar mesmo — sorrio sem graça —, mas agora vamos parar de falar disso e vamos à praia? — peço, tentando encerrar o assunto.

Que assunto chato! Eu não quero ter filhos e quero gritar isso no seu ouvido, mas como não posso, sigo quietinha tomando meu contraceptivo.

— Vamos! — Rocco parece perceber meu desconforto, mas não comenta nada, e eu agradeço mentalmente por isso.

Caminhamos até a praia, que está bem movimentada. Há vários casais aqui, provavelmente em lua de mel, de mãos dadas, sorrisos leves e se beijando constantemente. Sinto uma pitada de inveja desses relacionamentos normais, onde as coisas são mais leves.

— Aqui é tudo tão lindo, não é, amor?

Meu marido arqueia as sobrancelhas, daquele jeito único que só ele sabe fazer. Só então me dou conta de que o chamei de "amor".

— Amor, é? — ele pergunta, rindo.

— Desculpe, foi sem pensar.

— Tudo bem, pode me chamar assim. — Ele me dá um selinho rápido. — Gostei de ouvir isso.

Um enorme sorriso se forma em meus lábios. Eu também gostei de chamá-lo dessa maneira, e fiquei ainda mais feliz em saber que ele também gostou.

— Vem, quero tomar sol. — Puxo sua mão e vamos até uma espreguiçadeira.

— Você não vai se deitar aí com a bunda para cima! — Ele desaprova antes mesmo que eu me deite.

— Por que não, Rocco? — Cruzo os braços. Que chatice! — Aqui é uma praia, as pessoas fazem isso, é normal — argumento. — E outra, você está bem ao meu lado.

— Luara, vou dar uma surra no primeiro imbecil que olhar para você!

— Para com isso. — Acaricio seu rosto, tentando acalmar a fera. — Relaxa, estamos de férias. — Beijo seus lábios carinhosamente. — Vamos nos divertir — imploro, exasperada com seu jeito controlador. — Você pode esquecer um pouco que é um mafioso? — pergunto em voz baixa, olhando para os lados, com receio de alguém ter me ouvido.

Ele ri, um sorriso pequeno, mas um sorriso. E, caramba, eu suspiro... tão lindo!

— Certo. Vou pegar algo para beber no quiosque. O que você quer?

— Um mojito.

Assim que Rocco sai, jogo-me na espreguiçadeira, aliviada. Como é difícil entender o que se passa na cabeça desse homem! Está sempre com essa cara de bravo, como se fosse matar alguém a qualquer momento.

Sinto até uma dor de cabeça ao mencionar o assunto de termos um filho em breve. Eu gosto de crianças e, claro, já sonhei em ter uma um dia, mas não quero trazer uma criança ao mundo para que ela sofra. Se for menino, terá que começar a preparação cedo para assumir o posto do pai, o que não será nada fácil. Se for menina, terá que se casar com alguém que nem conhece.

Não, definitivamente, eu não terei um bebê!

— Se olhar novamente para ela, certamente você não sairá desta praia vivo.

Saio dos meus pensamentos ao ouvir Rocco. Ao olhar para o lado, vejo um homem me encarando e sorrindo.

— Me desculpe, eu não sabia que ela era comprometida — ele se explica, gaguejando.

— Vaza daqui, moleque! — Rocco rosna com fúria, e o jovem, que deve ter a minha idade, sai correndo.

— Precisava disso tudo? É só um menino! — repreendo-o, pegando meu drinque da mão dele.

— Um menino que é da sua idade. — Ele se senta ao meu lado.

— Eu nem percebi que ele estava olhando.

— Distraída pensando em quê? — pergunta, olhando-me com curiosidade.

Tenho certeza de que ele quer ler meus pensamentos agora. Até meus pensamentos, esse homem quer controlar. Que absurdo!

— Em como estou feliz por estar aqui com você — minto descaradamente, sem sentir um pingo de remorso.

A convivência está começando a me afetar. Na verdade, não é totalmente mentira, já que estou, sim, feliz por estar aqui com ele. Mas sobre um bebê? Não vai acontecer, pois estou tomando meu remédio direitinho. Que meu queridíssimo marido nem desconfie disso, caso contrário, estou ferrada.

Capítulo 33

Rocco Caccini

Ficamos em Tulum por quatro dias, mas agora é hora de voltar. Preciso oficializar o noivado da minha irmã com o Capo Enzo e resolver o quanto antes o assunto pendente chamado Claus. Enzo está trabalhando nisso, mas ainda não teve sucesso em rastreá-lo. O *figlio di puttana* é bom em se esconder, mas acredito que Enzo seja ainda melhor em encontrá-lo, e é somente por esse motivo que permiti esse noivado. Se eu não encontrar aquele maldito, minha família e meus negócios correm sérios perigos, pois a cada dia ele se aproxima mais, e eu não posso permitir que machuque um dos meus.

— Vou na recepção acertar as coisas para nossa partida — aviso Luara, que está arrumando suas coisas.

— Tudo bem.

Ela larga a roupa que está colocando na mala em cima da cama, caminha até onde estou, fica na ponta dos pés e me dá um beijo calmo e gostoso.

Esses dias com ela fizeram muito bem para o nosso casamento. Estamos vivendo maravilhas e espero que possamos continuar assim quando voltarmos para casa. Nesses dias, transamos feito dois loucos. Ela é quente e receptiva na cama, e isso me fascina demais. Não consigo ficar muito tempo sem tocá-la e desejar estar dentro dela.

Afasto-me de Luara antes que as coisas esquentem e vou para a recepção fazer o check-out. No meio do caminho, percebi que havia esquecido minha arma e meu celular, então volto para buscar. Assim que entro, a vejo tirar um remédio da cartela e engolir com um gole d'água.

— Que remédio é esse?

Ela se assusta, deixa o corpo cair no chão e se vira para mim com os olhos arregalados, escondendo o remédio atrás de si.

— R-remédio? — gaguejo.

— Sim, Luara, esse remédio que você está segurando e acabou de tomar.

— Ah, esse? — ri, bastante nervosa. — Não é nada de mais.

— Então me deixe ver o que é — peço.

— Para quê, Rocco? É só um remédio! — exalta-se. — Caramba, para de tentar controlar tudo! Que saco!

— Luara, me entregue a cartela, quero saber o que está tomando. — Preocupo-me com sua saúde. Será que ela está doente? Mas Luara não me entrega a cartela e fica parada, me encarando com os olhos marejados, o que me deixa ainda mais curioso. — Eu vou pedir só mais uma vez, me entregue o remédio, agora! — vocifero, sem paciência.

Luara joga a cartela em mim, que bate no meu peito e cai no chão. Abaixo-me para pegar e sou surpreendido.

— Que merda é essa? — Balanço a cartela de anticoncepcional.

— Eu posso explicar — sussurra com a voz embargada.

— Explicar? — Estreito os olhos. — O que você pode explicar? Que estava me fazendo de idiota? Que está mentindo para mim? — brado, sentindo-me enganado.

— Eu não menti! — defende-se. — Não fiz nada de mais, Rocco, eu só não quero ter um bebê.

Por que estou me sentindo tão chateado ao ouvir isso da sua boca?

— Você sabe que o conselho vai começar a cobrar isso de nós dois, não sabe? Se você não for fértil o suficiente, eu posso me separar ou ter que arrumar outra mulher para me dar herdeiros, você sabe disso? Você sabe o que aconteceria com você, Luara? Se eu me separar, acha que vai voltar para a casa dos seus pais? — questiono, e ela fica em silêncio, mordendo o próprio lábio inferior com força. — Responde o que eu pergunto, porra! — grito.

— Eu sei disso tudo! Mas eu não quero ter um bebê... não agora — murmura a última parte e, estranhamente, sinto uma pontada de alívio no peito.

— Por que não me contou? Por que preferiu esconder? Se você não puder me dar filhos, você vai para um prostíbulo. É isso que acontece com mulheres inférteis no nosso meio, era essa a sua intenção?

— Não! — grita, já chorando. — Nunca foi essa a minha intenção. Eu estava com raiva, chateada por ter que me casar com você, e eu não quero um filho agora. Criar um filho no nosso mundo já é ruim. Em um casamento conturbado, é pior ainda. Eu só quero um tempo para ajeitar as coisas, só isso.

— Como posso confiar em você, Luara? Eu te dou um voto de confiança, faço de tudo para ficarmos bem, e você continua me enganando. Durante esta viagem, falei sobre ter filhos, e você concordou, fingindo.

— Rocco... — Tenta se aproximar, e eu me afasto. — Não vamos estragar nossa viagem por causa disso. Olha, eu vou parar de tomar, e também esqueci de tomar durante esta viagem, só lembrei hoje — tenta amenizar a situação.

— O problema não é o remédio, e sim a mentira, Luara, é querer esconder as coisas de mim.

— Amor... — Pego meu celular e minha arma para sair daqui. — Aonde você vai?

— Termine de arrumar suas roupas. Acertarei as coisas para irmos embora, e eu não quero mais ouvir falar nesse assunto.

Saio de lá, deixando-a sozinha, e vou caminhando devagar para a recepção, refletindo sobre o que acabou de acontecer. Não sei por que me importo tanto, talvez tenha sido a mentira, o fato de ela ter escondido aquilo de mim. O conselho vai cobrar um herdeiro da minha parte e, no nosso meio, mulheres inférteis não têm valor. Elas acabam em prostíbulos, e não é isso que quero para ela. Mesmo sabendo das consequências, Luara prefere isso a viver ao meu lado. E eu achando que estávamos nos entendendo. Acho que é isso o que mais me magoa.

Meu celular toca, e vejo que é Enzo.

— Fala! — Não estou com paciência para nada nem ninguém.

— Tenho a última localização de Claus.

— Onde?

— Ele foi visto em Tulum, a cerca de 30 minutos, perto de um bangalô...

— Paro de ouvir nesse ponto. — Rocco? — chama — Ainda está aí?

— Luara... — Saio correndo em direção ao bangalô onde estávamos.

CAPÍTULO 34

Luara Sokolova

Merda, merda, merda! Só isso passa pela minha cabeça. Estava tudo tão perfeito que parecia mentira. Agora, não sei como será, mas tenho certeza de que vamos voltar ao mesmo inferno de antes. Ele não vai aceitar o que fiz; na cabeça dele, eu o enganei, menti... Cometi um erro ao esconder isso, mas sei que, se eu dissesse que não quero ter filhos agora, ele não aceitaria.

Quando comecei a tomar anticoncepcional, nem o conhecia. Tudo que eu sabia era que estava prometida a um monstro. Já estava sendo obrigada a me casar, eu não queria engravidar também. Poxa vida, minha vontade também não conta?!

Fui inconsequente ao não pensar nas consequências disso. Nós mulheres não temos direito sobre nosso próprio corpo, nem de decidir se queremos ter um filho ou não. Isso deveria ser o mínimo, eles respeitarem minha decisão. Por que insistem tanto em manter a procriação nesse meio horrível? Seria muito mais fácil acabar com todo esse sofrimento sem trazer mais crianças inocentes para essa podridão.

Solto um suspiro pesado. Tudo está indo tão bem no nosso casamento; em alguns momentos, até penso que somos um casal normal, daqueles que se conhecem, saem para alguns encontros, se apaixonam perdidamente e depois decidem dividir a vida juntos. Não quero que nossa viagem termine assim. Conheci uma versão do Rocco que me encantou profundamente e tenho medo de não ver mais esse Rocco apaixonante.

O pior é que descobri que o que eu mais temia está acontecendo: estou começando a me apaixonar pelo meu marido. Não entendo o que está acontecendo comigo. Há uma confusão assustadora no meu peito. Sinto-me bem em seus braços, mas logo me sinto ridícula por estar atraída por um homem como ele.

Seria tão errado assim se apaixonar por um mafioso cruel e frio?

Olho para a cartela de remédios no chão, pego-a e aperto-a com força, sentindo raiva de mim mesma por ser tão estúpida às vezes. Vou até o banheiro, jogo-a na lixeira e volto para o quarto para arrumar minhas coisas. Escuto um barulho e, a princípio, penso que é meu marido, mas logo me lembro de que Rocco é extremamente silencioso.

Um arrepio estranho percorre minha espinha, e uma sensação ruim invade meu peito. Corro para trancar a porta do quarto. Afasto-me da porta ao perceber que alguém está mexendo na maçaneta, tentando abri-la.

Meu coração bate tão forte que posso jurar que a pessoa do outro lado da porta pode ouvi-lo. Minha respiração está acelerada e descontrolada. Dou passos para trás, sentindo minhas pernas trêmulas. Puxo o ar com força. Não posso me desesperar, não agora.

O que vou fazer agora, meu Deus? Cadê o Rocco? Preciso dele!

Penso em correr para a janela e gritar por socorro, mas logo percebo que ninguém me ouviria, pois cada bangalô é afastado para manter a privacidade e a paz. Antes que eu consiga montar uma rota de fuga, ouço um estrondo na porta, e fortes mãos seguraram meus braços.

— Me solta! — começo a gritar e a me debater. — Me larga, você pegou a pessoa errada, me larga! — imploro, enquanto ele me arrasta, puxando-me pelos pés.

— Peguei a pessoa certa, a esposa do grande Don Caccini — debocha, parando de me arrastar e me encarando.

Seus olhos são aterrorizantes... tudo em mim grita em completo desespero. Se Rocco não vier me salvar, eu morrerei nas mãos desse homem. Posso ver claramente em seus olhos.

— Socorro! Socorro! — continuo gritando, tentando me soltar do seu aperto.

Sinto um tapa forte no rosto, seguido por outro e mais um logo em seguida. O gosto metálico do sangue toma conta da minha boca, enquanto o líquido escorre pelo meu nariz. Tento continuar gritando, mas, a cada tapa, minha voz e visão vão enfraquecendo.

— Grita, sua cadela, grita mais! — ordena, rindo, e desferindo mais um tapa forte.

Suas mãos agarram meu cabelo, puxando-me para cima, tentando me levantar, e choramingo de tanta dor.

— Eu queria muito me divertir com você... — analisa-me com aquele olhar nojento de estuprador. — Você é linda! — Passa a mão no meu peito, e eu reúno todas as minhas forças para cuspir no seu rosto. — Sua vadia, você gosta de apanhar? É isso que você gosta? — Segura firme nos meus cabelos e acerta minha cabeça na parede.

Já não consigo controlar minha mente e corpo. Minhas forças estão acabando, e tudo que passo a ver é a escuridão.

Não apague agora, Luara... Vamos, você é forte, não apague agora, repito mentalmente, tentando me manter acordada.

— Acorda, sua vagabunda. Acorda que ainda não acabou. Eu quero você bem acordada para ver o que vou fazer.

— Para... por favor... — sussurro, extremamente fraca. Mal consigo abrir os olhos de tão pesados e inchados que estão.

— Eu vou parar, vou parar porque foi só um aviso. Na próxima, você não ficará aqui para contar história. Mas, antes de te matar, vou pedir ao chefe que me deixe brincar com você. Vou comer cada buraquinho seu até você não aguentar mais.

Sinto sua língua asquerosa passar pelo meu pescoço, e a ânsia de vômito vem forte, embrulhando meu estômago.

Ele acerta mais alguns tapas e me joga no chão ao ouvir o telefone tocar. Mesmo não estando 100% lúcida, consigo ouvi-lo falar com alguém do outro lado da linha, alguém que parece dar ordens, pois ele responde a cada uma com: "Sim, senhor".

Aproveito sua distração para tentar me arrastar e sair dali, mas uma coronhada forte acerta minha cabeça e eu apago. Meu último pensamento é nele. Só peço que Rocco me encontre antes que esse monstro me mate ou faça algo pior comigo.

Preciso de você, Rocco...

Capítulo 35

Rocco Caccini

Corro desesperadamente até o bangalô. Estou ofegante, com o coração batendo a mil.

— Luara... Luara! — grito, chamando seu nome, mas não obtenho resposta, o que só aumenta meu desespero.

Através da porta do quarto, avisto sangue por todo lado, e olho ao redor, procurando por ela, mas não a encontro. Vou matar aquele *maledetto!* Farei picadinho dele... Vou desmembrá-lo!

Ouço um telefone tocar. Olho para cima e vejo um celular desconhecido sobre a cama... Só pode ser dele.

— Fico feliz que tenha atendido, velho amigo — a voz do bastardo soa do outro lado da linha.

— Quando eu colocar minhas mãos em você, seu *disgraziato*, você vai se arrepender do dia em que nasceu — brado, tentando manter o controle, mas falhando miseravelmente.

— Calma, por que tanto ódio de mim? — gargalha, se divertindo com meu desespero.

— Onde está ela? O que você fez com a minha mulher?

Quero manter a calma, mas estou tão desesperado. Tudo que eu desejo é me teletransportar através deste aparelho para onde esse infeliz está e desfigurar sua cara com tanta porrada.

Miserável! Estou de mãos atadas, e ele sabe disso, por isso está brincando comigo.

— Sua mulher? Eu não sei da sua mulher — ri.

— Seu *maledetto*... — Paro para respirar, tentando ser racional. — Não tenho tempo para gracinhas. Espero que você encontre um buraco para se esconder, porque eu vou até o inferno atrás de você!

— Isso se eu não te encontrar antes, não é? Estou sempre um passo à sua frente, não se esqueça disso. Para provar como eu gosto de você e sou um bom homem, mandei que deixassem sua mulher aí. Procure por ela, mas acho melhor se apressar... tique-taque. O tempo não está a seu favor, Don Caccini.

Jogo o celular contra a parede e corro para procurá-la. Piso numa poça de água, proveniente de algum vazamento de dentro do banheiro. A porta está trancada, mas, com um chute, eu a arrombo, encontrando o corpo de Luara submerso na banheira.

Desesperado, puxo-a com urgência. Respiro aliviado ao sentir batimentos cardíacos, fracos, mas presentes. Com cuidado, pego-a no colo, e corro, gritando por ajuda e implorando para que alguém apareça para nos socorrer.

Eu não posso perdê-la… eu não posso perdê-la.

Na recepção, colocam-na na ambulância que está ali à disposição dos hóspedes e a encaminham para o hospital. Vou a seu lado, sem soltar sua mão um segundo sequer, nem quando ela recebe os primeiros socorros.

Tenho que me afastar, com muita relutância, quando ela entra na sala para ser examinada. Caminho de um lado para o outro, quase formando um buraco no chão, enquanto espero ansiosamente por notícias. Cada minuto parece uma eternidade, e meu desespero só aumenta.

Ligo para o meu irmão, deixando-o a par da situação, e peço que avise aos pais dela. Juro, por tudo que é mais sagrado, que Claus pagará caro por isso.

Depois de longos minutos sem resposta, o médico que a atendeu se aproxima.

— O senhor é o parente que trouxe a paciente Luara? — confirma, antes de fornecer qualquer informação.

— Sim, sou o marido. Como ela está?

— Ela teve muita sorte de ainda estar viva. Ela sofreu um traumatismo craniano e aspirou muito líquido para os pulmões.

— O que isso quer dizer, doutor? Pode ser mais claro? A situação dela é grave? — pergunto, impaciente.

Não quero ouvir termos médicos, quero saber claramente se minha esposa está bem.

— No momento, não posso afirmar nada. Ela permanecerá na UTI e vamos acompanhar sua evolução.

— Está me dizendo que minha esposa está em coma?

— A pancada na cabeça foi forte e…

— Por quanto tempo? — interrompo, irritado.

— Não posso afirmar por quanto tempo ela ficará assim. Precisamos observá-la. Já estamos fazendo tudo que está ao nosso alcance, agora dependemos dela para reagir. O senhor poderia me informar o que aconteceu para ela estar neste estado? — questiona, com desconfiança.

Esse infeliz pensa que eu seria capaz de fazer isso com minha esposa? Porra!

— Estamos de férias, nosso bangalô foi assaltado e, infelizmente, ela estava sozinha — minto em parte, não querendo me aprofundar no assunto.

— Procure a polícia o quanto antes. O caso dessa moça é sério, ela podia ter morrido.

Só de pensar em perdê-la, meu coração fica apertado. O médico parece acreditar na minha história, e respira aliviado. Pelo menos esse problema está resolvido.

— Farei isso. Posso vê-la agora?

— Hoje não, mas amanhã a visita estará liberada.

Bato o pé, exigindo ver minha esposa, mas o médico se recusa, ameaçando até chamar a polícia se eu invadir. Seguro-o pelo jaleco, e rapidamente uma confusão se forma, com os seguranças me puxando para longe dele.

Aos poucos, a tensão vai diminuindo, e o médico parece entender meu desespero. Explica-me calmamente sobre o tratamento que Luara receberá e me informa sobre uma possível transferência para a Itália.

Apesar de não poder vê-la, não saio do hospital. Continuo aqui sentado por horas, aguardando a chegada da minha família e da dela. É hora de enfrentar a fúria do seu pai. E ele estará com toda a razão. Eu falhei, deveria protegê-la de tudo e todos, mas falhei.

— Seu desgraçado! O que você fez com minha irmã? — Victor, irmão de Luara, se prepara para avançar em mim, mas Renzo o detém.

Não tenho forças para fazer mais nada, além de escutar em silêncio.

— Lembre-se de quem ele é, Victor, não vamos arrumar mais problemas, por favor — o pai de Luara intercede, mais calmo do que eu esperava.

Nunca pensei que pudesse me sentir tão mal desta maneira. Não consigo explicar a escuridão que toma conta do meu peito. A dor, a amargura, a culpa, o ódio... tantos sentimentos me consumindo por completo.

— Rocco, o que aconteceu? — Meu pai se aproxima, preocupado.

Mesmo não querendo reviver o ocorrido, como se fosse possível esquecer, já que tudo está vívido na minha memória, decido contar a eles, pois merecem saber.

— Aquele *figlio di puttana* quis deixar um aviso — comenta Renzo, nervoso. — Se ele quisesse matá-la, teria feito, mas não, ele só quis assustar.

— Concordo, *figlio*[18]. Ele está tentando nos desestabilizar. Se ficarmos fragilizados, nos tornaremos alvos fáceis.

— O que você vai fazer a respeito? — pergunta Victor.

— Não sei, não estive em condições de pensar em nada no momento. — Pela primeira vez desde que chegaram, levanto a cabeça e olho para meu irmão. — Liga para o Enzo e diz que quero uma reunião com ele o quanto antes.

— Estamos à disposição, Don. Essa guerra é nossa também — informa o pai de Luara.

Apenas aceno levemente com a cabeça, em concordância.

Os pais e o irmão de Luara vão procurar o médico que a examinou para conversar, e eu fico com minha família.

— *Figlio*, vamos tomar um café? — *mamma* me chama, mas eu recuso. — Você não pode ficar sentado nessa cadeira para sempre. Venha comigo, ela vai ficar bem, ela é forte.

— *Mamma*, eu quero ficar sozinho — quase imploro.

---

[18] Filho.

— Vamos deixar ele sozinho, *sposa* [19]. — Meu *papà* parece entender que é o melhor no momento.

— Tudo bem, *figlio*. Qualquer coisa é só chamar a *mamma*. — Deposita um beijo carinhoso na minha bochecha, e sai com meu pai.

— Não foi culpa sua, *fratello*. — Renzo senta-se ao meu lado, colocando a mão no meu ombro.

— Foi, sim, eu deveria a ter protegido. Falhei como marido, e estou falhando como Don.

— Pare com essa paranoia. Você sempre dá o seu melhor para a máfia. O que aconteceu com Luara poderia ter acontecido com qualquer um de nós. Infelizmente, esse bastardo foi mais esperto, mas isso não é culpa sua.

— Eu disse que quero ficar sozinho — resmungo.

Não quero continuar tocando nesse assunto. Estou sendo consumido por dentro, e falar sobre isso só piora a situação.

— Eu nunca vou te deixar sozinho. Você é *mio fratello*. Eu por você e você por mim. Sempre! Mesmo que não queira, estarei ao seu lado.

— *Grazie*[20]!

Sempre fomos muito unidos. Já fiz muita coisa por ele, e ele por mim. Nossa parceria é fiel. Amo meu irmão, apesar de não demonstrar de maneira convencional devido ao mundo em que vivemos.

Passamos o restante da noite aqui, sem trocarmos mais palavras, apenas esperando por uma resposta que parece não vir nunca. Pergunto ao médico sobre Luara a cada 30 minutos, e sempre recebo a mesma resposta. Preciso vê-la, necessito sentir sua respiração. Só assim poderei ter um pouco de alívio.

— Vai descansar. Eu fico aqui — sugere meu irmão, ao ver que o dia está clareando.

— Eu vou ficar.

— Rocco, você precisa descansar. Precisa ficar bem. Luara precisa de você, a máfia precisa de você. Não vai conseguir pegar Claus se estiver mal. Agora não é o momento para se desesperar. Você precisa centralizar suas emoções.

Ele tem razão. Não posso me deixar abater. Preciso pegar aquele infeliz e fazê-lo pagar por tudo isso.

— Tudo bem. Qualquer coisa, avise-me.

— Vá tranquilo. Ficarei aqui, e logo os pais dela estarão de volta.

Durante a noite, todos vão descansar, e só restam eu e Renzo no hospital. Agora vou tomar um banho, comer algo e voltar. Não consigo ficar longe dela. Confio no meu irmão e sei que ele jamais permitirá que algo de ruim aconteça, mas, mesmo assim, preciso estar perto dela.

---

[19] Esposa.

[20] Obrigado.

Quatro malditos dias desde que Luara está inconsciente. Ontem à noite, o médico fez a extubação, e agora estamos apenas esperando que ela acorde. Espero que não demore muito. Sinto até falta do atrevimento daquela diabinha. Nunca imaginei que a saudade fosse me consumir tanto assim.

Quatro dias desesperadores, ansiando por respostas e implorando a toda e qualquer força divina pela vida dela. Eu faria qualquer coisa para vê-la sorrir novamente.

— Desculpem o atraso. — Enzo entra na sala do apartamento onde estou hospedado.

Estávamos aguardando sua chegada para mais uma reunião.

— Espero que traga boas notícias.

— Rocco, o sujeito é extremamente astuto, mas consegui rastrear os locais onde ele passou a maior parte dos últimos dias. Não deve demorar até obtermos a localização exata dele.

— E por que ainda não conseguiu? — indaga Renzo, com uma ponta de frustração.

— Claus não permanece mais de 12 horas no mesmo local, para evitar ser rastreado. Ele sabe com quem está lidando e está com medo.

— Então como vai descobrir? — meu irmão conduz a conversa, e eu apenas escuto.

— Há três locais que ele frequenta com regularidade. Um deles é, com certeza, onde passa mais tempo, provavelmente a casa dele. Só preciso de mais alguns dias para confirmar qual deles é o correto. Se formos ao lugar errado, corremos o risco de perder sua localização.

— Tome o tempo que precisar para encontrar a localização exata. Não quero suposições. Já estou cansado dessa situação. O noivado com minha irmã só será oficializado quando esse serviço estiver concluído. Quando eu tiver a cabeça de Claus em uma bandeja, você poderá realizar o noivado e marcar a data do casamento.

— O combinado não foi esse! — explode o Capo.

— Acabei de mudar o combinado. — Levanto-me com firmeza. — Você terá o que deseja quando eu conseguir o que quero. — Encaro-o com intensidade. — O que foi? Não confia no seu trabalho?

— Claro que confio, eu vou encontrá-lo — responde Enzo, com determinação.

— Então temos um novo acordo. Passe bem.

Ajusto o paletó do meu terno e me dirijo para a saída, pronto para ver Luara.

— Pensou que as coisas seriam tão fáceis assim, mané? — Ouço Renzo provocando. — Se quer entrar para a família, vai ter que provar que é capaz e merecedor.

— Não quero entrar para sua família, Renzo. Quero me casar com sua irmã. Quando eu me casar com ela, ela deixará de ser sua família para entrar na minha — explica Enzo, e decido esperar um pouco mais, temendo que a discussão entre eles termine em briga.

— Cuidado com minha irmã. Se você fizer mal a ela, eu te mato!

— Isso não será um problema seu. A partir do momento em que me casar com Alice, ela será minha responsabilidade. — Apesar de não gostar de nada disso, Enzo tem razão. — Você deveria se preocupar com sua noiva e sua amante.

Meu irmão tenta avançar sobre ele, mas eu me aproximo rapidamente e o seguro.

— Chega dessa brincadeira entre vocês dois! — ordeno, furioso com as constantes brigas. — Sempre que nos encontramos é isso: uma eterna disputa.

Meu celular toca, e ao atender reconheço a voz do médico. Ele me deu a melhor notícia dos últimos dias... minha esposa havia acordado.

Não me lembro da última vez que senti tanto alívio e felicidade.

— Que cara é essa? — pergunta meu irmão, curioso.

— Ela acordou! Estou indo para o hospital — respondo, radiante. — Não se matem.

— Vá lá, *fratello.* — Renzo sabe o quanto eu esperei por este momento, e sorri, tão feliz quanto eu.

— Manda um beijo para ela — provoca Enzo.

Esse cara adora encher o saco.

— Vá se foder! — retruco, sem olhar para trás.

Não há tempo a perder, mas ainda ouço seu riso.

Vou correndo ao encontro da minha diabinha. Estou chegando, *ragazza,* estou chegando cheio de saudades.

Capítulo 36

Luara Sokolova

Acordo um pouco tonta, mas lembro-me perfeitamente de tudo o que aconteceu, dos momentos horríveis que passei nas mãos daquele homem, e do quanto esperei que Rocco aparecesse para me salvar... Será que ele apareceu? Olho ao redor, um pouco confusa sobre onde estou, e vejo minha mãe.

— Filha? Filha? Está me ouvindo? — pergunta minha mãe, com a voz parecendo um pouco distante, apesar de conseguir ouvi-la e vê-la claramente.

— S-sim — gaguejo, sentindo dificuldade para falar.

Minha garganta está seca. Preciso de água. Tento pedir, mas a dor na garganta dificulta a fala.

— Graças a Deus! — Minha mãe me abraça apertado, mas logo se afasta, eufórica. — Calma, vou chamar o médico.

Ela corre para fora do quarto e, poucos segundos depois, volta com um médico. Sou examinada, e ele faz algumas perguntas, que respondo com dificuldade devido ao ressecamento na garganta. Ele pede para que eu não me esforce demais e explica o que aconteceu. Fico surpresa e angustiada ao saber que fiquei quatro dias desacordada. É estranho e confuso, parece que só dormi algumas horas.

— Filha, vou ligar para o seu pai e seu irmão, avisando que você acordou — diz, abrindo um pequeno sorriso.

Sinto-me feliz ao ver toda a sua felicidade.

Minha mente viaja para o meu marido. Sei que foi ele quem me salvou. Apesar de toda a loucura do nosso casamento, sinto-me segura a seu lado e, estranhamente, meu coração sabe que ele sempre me salvará. Mas o que me questiono é se ele esteve aqui todos esses dias, se me visitou, se ficou ao meu lado. O que deve ter conversado comigo? Ou será que ainda está bravo por causa do remédio e nem sequer veio me ver? Tantas coisas passam pela minha cabeça neste momento.

— Que carinha é essa, hein? Está pensando no seu marido? — pergunta mamãe, assim que volta para o quarto e me vê mergulhada em meus pensamentos. — Pois saiba que ele esteve aqui todos os dias. Só saiu de perto de você porque insistimos muito, mas durante todas as noites ele ficou aqui, não permitiu mais ninguém. A todo momento queria estar ao seu lado.

Ela sana minha dúvida, parecendo ler meus pensamentos.

— Sério? — pergunto, com o coração dando piruetas no peito.

Tornei-me uma boba apaixonada.

A enfermeira traz água e um canudo, e sinto minha garganta bem melhor.

— Sim, meu amor. — Minha mãe acaricia carinhosamente meu rosto. Suspiro. Carinho de mãe é tão gostoso! — Sei que casamento na máfia é difícil, mas não é impossível de dar certo, filha. Pelo visto, o seu está dando. Eu vi como seu marido ficou preocupado, seu pai também notou a mesma coisa.

— Não sei não, mãe. Antes disso tudo acontecer, nós brigamos feio, e acho que ele está bem chateado comigo — comento baixinho.

— Filha, todo casamento tem brigas. Você precisa ser esperta e saber contornar a situação. Seu marido está caidinho por você, ele só não percebeu ainda.

— Você acha? — pergunto, esperançosa. Quero mais do que nunca que isso seja verdade, afinal, eu estou caidinha por ele.

— Certeza! Tenho experiência nisso, filha, seu pai já foi assim um dia.

— Espero ser feliz no meu casamento, assim como vocês são. — Não os invejo, mas almejo ter um relacionamento como o deles.

— Vai ser, filha, vai ser até mais. Apenas tenha paciência e saiba contornar as situações difíceis. Você precisa ser esperta. Nós, mulheres, jogamos com as armas que temos. — Lança-me uma piscadela complacente, arrancando-me um grande sorriso. — Agora, vamos tomar um banho, escovar esses dentes e se ajeitar, porque seu marido vai chegar a qualquer momento.

Mamãe chama a enfermeira e, com a ajuda dela, sou colocada na cadeira de rodas para ir ao banheiro tomar um banho, pois ainda estou com dificuldade para firmar os pés no chão. Como quando eu era criança, minha mãe me dá banho, me ajuda a escovar os dentes e me veste com um vestido fresquinho. Agora, estou sentada na cama, enquanto ela penteia os meus cabelos.

Confesso que estava com saudades de ser filha, de ter um colo afetuoso e de me sentir mimada desta maneira. A nostalgia me atinge e a saudade de casa grita, consumindo meu peito, fazendo-me respirar fundo para não derramar uma lágrima.

Ouço a porta do quarto ser aberta, mas não olho para ver quem é..., pois eu sei que é ele. Mesmo sem olhar, sei que Rocco está aqui. Eu reconheceria esse cheiro marcante, agora tão familiar, a quilômetros de distância.

Puxo o ar com força, enchendo os pulmões e criando coragem para encará-lo. Lentamente, ergo o olhar e o encontro parado, encarando-me com um brilho incrível em seus imensos olhos escuros.

Meu coração dispara e a palma da minha mão começa a suar.

É uma merda, uma grande merda, eu sei, mas estou completamente apaixonada por esse homem. Rendida, apaixonada e morta de saudades.

Eu já sabia que estava me encantando por ele há um tempo, mas não podia imaginar que fosse tanto assim.

Ele se aproxima, e minha mãe sai do quarto, deixando-nos a sós.

— Luara, como você está se sentindo? — pergunta, e antes que eu possa responder, fecho os olhos, apreciando o tom agradável da sua voz. Já havia se tornado tão familiar.

— Bem, e você? — abro os olhos, finalmente respondendo.

— Estou melhor agora que vejo você bem. — Minha respiração fica curta, e meu coração dá piruetas. — Me desculpe por ter deixado você sozinha, isso não vai acontecer de novo. — Suas desculpas são sinceras, e é evidente a culpa que ele sente.

— Não foi culpa sua — asseguro, olhando diretamente para seus olhos, sem desviar o olhar nem por um segundo. Quero que ele saiba que eu não o culpo, de forma alguma.

Olhando-o dessa forma, parece que faz anos que não nos vemos. Mesmo tendo ficado desacordada por quatro dias, sem noção do tempo até poucos segundos atrás, meu coração sabe que foi tempo demais sem tocá-lo. A saudade é sufocante.

— Posso? — Ele aponta para a beirada da cama e, assim que autorizo, senta-se ao meu lado. Perto o suficiente para me embriagar com seu cheiro. — Tive medo de perdê-la — confessa, pegando-me de surpresa e encostando nossas testas, misturando nossas respirações.

Pisco várias vezes, tentando processar sua confissão. A intensidade da sua revelação me deixa tonta. Fecho os olhos, repetindo em mente suas palavras, várias e várias vezes. É necessário para que eu realmente acredite na sua declaração.

Sorrio, com o coração transbordando de sentimentos bons.

— Eu também tive medo de ficar sem você — respondo, com sinceridade.

Ele segura meu rosto e, cuidadosamente, cola seus lábios nos meus, beijando-me com carinho. O beijo começa terno e logo se torna quente, à medida que a paixão toma conta dos nossos corpos. Ele se afasta antes que avancemos para algo no qual meu corpo ainda não está pronto.

— Ainda está bravo comigo? — aproveito o momento propício e pergunto, observando que ele não parece tão irritado.

— Não. Apenas não esconda nada de mim, nunca mais. Se você não quer ter filhos agora, tudo bem, vou respeitar sua decisão, mas quero que seja verdadeira comigo.

Pode até parecer bobeira, mas ouvir isso dele me deixa aliviada e feliz, muito feliz.

— Desculpa por ter escondido isso de você.

— Já passou. O importante agora é que você está bem — sorrio, apreciando ver esse Rocco preocupado e carinhoso. — Agora eu preciso que você me conte tudo o que aconteceu. Sei que é desconfortável relembrar esse episódio doloroso, mas é necessário. — Assinto. — Vou te mostrar uma foto e você me diz se foi esse homem que você viu, tudo bem?

— Sim.

Eu conto tudo o que me lembro. Rocco fica extremamente nervoso ao ouvir que aquele homem nojento havia me tocado e dito aquelas coisas repugnantes. Ele se levanta, dá um soco na cadeira, profere vários xingamentos, me pede insistentemente desculpas, acreditando ser o responsável pela situação. Mesmo que eu tente convencê-lo de que ele não tem culpa, não consigo.

Nego ao ver a foto: não é ele. Mas me lembro de que o homem no bangalô recebia ordens de outra pessoa, e do momento em que o telefone dele tocou. Ele só não me estuprou porque quem estava do outro lado da linha não permitiu.

— Provavelmente, Claus mandou outra pessoa para fazer o serviço, mas eu vou descobrir quem fez isso. Prometo que ninguém mais vai encostar em você. Confia em mim, Luara? Eu falhei, mas isso não acontecerá mais, nunca mais. — Balanço a cabeça, concordando veementemente. — Vai ficar tudo bem. Essas pessoas vão pagar caro por ter te tocado. Me desculpe por deixar isso acontecer, eu falhei como marido, e sinto muito por isso.

— Está tudo bem, não foi culpa sua — mais uma vez tento tranquilizá-lo. — Obrigada por ter ficado aqui todas as noites. — Meu marido arqueou as sobrancelhas. — Minha mãe me contou.

— É o mínimo que eu poderia fazer.

— Você vai ficar aqui hoje? — pergunto, torcendo para que a resposta seja positiva.

Eu quero muito que ele fique, pois me sinto segura a seu lado.

— Hoje e todos os dias. — Deita-se a meu lado, puxando-me para me aconchegar em seus braços. — Você nunca mais ficará sozinha, essa é uma promessa.

E eu tenho certeza de que ele a cumprirá. É com esse alívio e a tranquilidade de ouvir cada batida do seu coração que me permito fechar os olhos e adormecer.

Não tenho dúvidas de que todas as suas promessas serão cumpridas.

Capítulo 37

Luara Sokolova

Sou transferida para a Itália e passo três dias em observação no hospital daqui. Durante esse período, meu esposo, nossas famílias e Melanie se revezam em visitas, garantindo que eu não fique sozinha nem por um instante.

Rocco tem sido um marido exemplar, e espero que ao voltar para casa ele continue assim. Ele dorme a meu lado todas as noites e satisfaz todos os meus desejos, trazendo comida e sobremesas da minha escolha. Esse é o jeito dele de demonstrar que se importa e está cuidando de mim. Sei que ele não é muito hábil com as palavras, mas isso não me incomoda. Estou satisfeita com essa forma de carinho, por enquanto está perfeito.

Esses dias têm sido um tormento, estar tão perto dele e não poder fazer nada, mal tocá-lo... Só seu cheiro me faz sentir um desejo intenso, mas ele se recusa a me tocar de maneira mais intensa, alegando que ainda não estou completamente recuperada e que preciso repousar. Às vezes, fico frustrada, faço bico e deixo de falar com ele, mas nada altera sua decisão. Pelo contrário, ele ri das minhas birras e não se abala.

Quando a paranoia me domina, começo a me perguntar se ele também está abstêmio ou se está procurando a amante. É absurdo me torturar com esses pensamentos, mas não consigo evitar, é mais forte do que eu.

Não tenho coragem de perguntar, mas do fundo do meu coração espero que ele não esteja se encontrando com ela. Não sei se conseguiria suportar isso agora. Antes, eu não me importava, não gostava dele, mas agora é diferente. Gosto muito de Rocco, e saber que ele está com outra me magoaria profundamente.

Afasto esses pensamentos ao sair do banheiro, me preparando para finalmente voltar para casa. Um enorme sorriso surge em meu rosto quando o vejo parado no quarto, segurando um buquê de rosas.

— Pronta para voltar para nossa casa?

Nossa casa... uau! É tão bom ouvi-lo dizer "nossa".

— Mais do que pronta! — respondo, animada. — São para mim? — Aponto para as flores.

— Sim, são para você. — Estende-me o buquê.

Ele está envergonhado ou é impressão minha? O Diabo está realmente sem jeito? Isso, sim, é uma novidade. Não consigo conter uma risada ao perceber sua vergonha.

— Está rindo de quê? — Coça a barba.

— Você está com vergonha?

— Vergonha não, só fiquei um pouco sem graça. Nunca fiz essas coisas antes, nem sei se você gosta de rosas, mas quis te agradar — despacha tudo de uma vez.

É... ele está realmente envergonhado.

— Eu amei, são lindas. — Atiro-me em seus braços. — Muito obrigada! — Prenso seus lábios com um beijo apaixonado.

Após um beijo incrivelmente bom, com nossos lábios inchados, nos afastamos, ofegantes.

— Vamos para casa — convida, segurando firmemente minha mão.

— Vamos para nossa casa — concordo, radiante por finalmente sentir que aquele lugar também é o meu lar.

A primeira coisa que faço ao chegar em casa é deitar na minha cama e descansar. Estava com saudades do conforto do meu colchão e da maciez dos meus lençóis.

Após uma semana de alta, pouco mudou, exceto que agora Rocco passa mais tempo fora de casa durante o dia. Mas é compreensível, afinal, ele é o Don de uma grande organização poderosa e precisa resolver questões relacionadas à máfia, sem contar as empresas de fachada que sua família possui, que não são poucas. Fora isso, continuamos a dormir juntos, e estou cada vez mais apegada.

Apesar do seu jeito frio, ele tem tentado ser mais carinhoso. Percebo isso nos pequenos detalhes: às vezes chega em casa com um doce, que diz ter comprado despretensiosamente ao passar por uma doceria e se lembrar de mim. Ou então pede à cozinheira para preparar os pratos que sabe que eu gosto.

É... ele está tentando, do seu jeito, mas está.

Há apenas um ponto negativo nesta história: desde que recebi alta, ele não tocou em mim. Essa abstinência tem me deixado à flor da pele. Sinto-me subir pelas paredes, ansiando, desejando, implorando por seu toque.

A gente se beija e as coisas esquentam, mas logo ele se afasta, jogando um balde de água fria.

Confiro as horas no relógio e percebo que já passam das 22h. Meu marido chegou cedo, mas logo foi ao escritório, alegando que precisa resolver algumas coisas.

Decido ser ousada. Corro para o banheiro e tomo um banho caprichado. Escolho uma *lingerie* sexy, visto um robe por cima, solto os cabelos e vou em direção ao escritório.

Se meu marido não vem até mim, então vou até ele.

— Posso entrar? — pergunto, batendo duas vezes e colocando a cabeça para dentro, pedindo sua permissão.

— Claro — responde, sem tirar os olhos do trabalho. Entro e fecho a porta. — O que faz acordada até tarde? Perdeu o sono?

— Você não foi se deitar... — Aproximo-me com passos vacilantes.

— Estava resolvendo alguns problemas. Precisa de alguma coisa?

— Sim! — Empurro a cadeira, colocando-me à sua frente. — Preciso de algo que só você consegue me dar. — Minha voz sai manhosa.

— E o que seria? — Seu olhar devorador encontra o meu quando eu abro o robe, deixando-o cair sobre meus pés e ficando apenas de *lingerie* preta de renda. — *Cazzo*, Luara! — Seus olhos me devoram. — Não brinca comigo desse jeito. — Levanta-se e segura minha cintura com firmeza, colando nossos corpos. — Você é linda demais!

— Senta aí na cadeira — peço, e ele parece não gostar da ideia. — Senta aí, quero dançar para você hoje — explico, sabendo que ele adora me ver dançando.

Pretendo fazer um show mais particular e sensual.

— Você se sente bem? — pergunta, preocupado.

Eu acharia fofo em outra ocasião, mas agora não quero que ele pense que ainda estou doente.

— Não! — Fico na ponta dos pés para alcançar seu ouvido. — Vou me sentir bem quando você me fizer gozar gostoso — sussurro, e Rocco puxa meus cabelos, inclinando levemente minha cabeça para trás, enquanto ele toma meus lábios em um beijo selvagem.

Sua mão explora meu corpo, até ele finalmente aceitar a ideia da dança e se sentar. Peço para ele ligar o som e escolher uma música animada. A melodia começa a encher o ambiente e eu movo os quadris no ritmo da música.

Inexplicável como estou me sentindo desejada sob o olhar devorador dele.

Inclino o corpo para frente, ainda dançando, e passo a língua pelos seus lábios. Ele entra em completa euforia, gemendo deliciosamente. Sua mão vai para a calça, onde massageia o pau duro por cima do tecido.

— Não aguento mais — declara, assim que a música termina e começa outra. Levanta-se e me puxa. — Você é gostosa demais para ficar só olhando, preciso te sentir. — Sem dificuldade, eleva meu corpo, colocando-me em cima da mesa. Abre bem minhas pernas e rasga minha calcinha. Ele aperta um botão no controle da mesa e desliga a melodia. — O único som que quero ouvir agora são os seus gemidos.

Choramingo, consumida pela luxúria.

Ele puxa a cadeira, senta-se e massageia meu clitóris com o dedo, depois o introduz dentro de mim. Arfo, inclinando a cabeça para trás e gemendo.

— Rocco! — grito ao sentir sua língua quente e incrivelmente molhada me lamber por inteira.

Caramba, eu estava morrendo de saudades disso!

Sua boca habilidosa me leva ao paraíso, lambendo, mordendo e chupando-me. Os espasmos começam a me atingir e me deixo levar por um orgasmo arrebatador quando sinto sua língua se concentrar no meu clitóris e dois dedos me invadirem.

Lambe-me, limpando todos os resquícios dos meus fluidos, e levanta-se, tirando apressadamente a própria roupa.

— Preciso estar dentro de você agora. — Rocco está tão apressado quanto eu.

Posiciona-se na minha entrada e, sem delicadeza, entra. Arfo com a invasão bruta e deliciosa. Ele estoca forte, rápido e profundo. Rasga a parte superior da minha *lingerie*, expondo meus seios e chupando-os, mordiscando os mamilos e passando a língua ao redor, contornando o mamilo enrijecido, já levemente ardido.

— Minha... Só minha! — declara, saindo completamente de dentro de mim e entrando de uma vez, indo até o fundo, chocando nossas pélvis.

Ele puxa meus cabelos, inclinando minha cabeça para trás, e abandona meus mamilos para devorar meu pescoço, deixando mordidas e um rastro molhado com a língua. Sua boca toma a minha e ele saboreia meus gemidos. Rebolo, buscando mais atrito, sentindo que estou cada vez mais perto de alcançar o segundo orgasmo. Espalmo as mãos em seu peito e peço que se sente na cadeira. Rocco faz exatamente o que peço e começo a cavalgar.

Minhas pernas estão trêmulas, mas eu não paro. O sexo está incrivelmente delicioso e essa sensação de poder por dar prazer a ele me enlouquece. Cavalgo o mais rápido que posso e mordo forte seu lábio inferior, gemendo seu nome.

— Ah... que delícia! Ahhh! — gemo, gozando intensamente.

— Você é incrível, Luara! — exclama, ofegante, atingindo o clímax junto comigo.

— Amo você, Rocco!

Quando percebo, já havia me declarado. Não foi planejado, mas o momento me deixou confortável para confessar.

Ele segura meus ombros, afastando-me para olhar nos meus olhos.

— O quê? — pergunta, confuso.

— Amo você! — repito, sem vergonha ou medo de confessar meus sentimentos.

Não me importo com o que ele fará com essa informação. Estou aliviada por ter falado em voz alta... nossa, muito aliviada!

O silêncio toma conta, e tudo que fazemos é nos afogar na imensidão do olhar um do outro. Meu marido parece precisar de um tempo para processar o que acabei de dizer. Só espero que ele não se afaste de mim por causa disso.

Ele me puxa para um abraço apertado, cobrindo meu rosto de beijos.

— Você é perfeita para mim!

Tudo bem que ele não retribuiu o "eu te amo". Não me importo com isso. Estou apenas sendo verdadeira com meus sentimentos. Não tenho pressa para ouvir o mesmo dele. As coisas devem acontecer no seu tempo, sem pressão.

CAPÍTULO 38

Rocco Caccini

Luara está adormecida tranquilamente após várias e várias rodadas de sexo intenso e prazeroso. Sei que sinto algo por ela de uma forma distinta, quase arriscaria dizer que estou apaixonado. Mas... amor? Não tenho certeza. Então opto por não mencionar isso no calor do momento. O que eu sei com certeza é que estou completamente viciado nela.

Ela é uma mulher incrível: forte, corajosa, ousada, educada, carinhosa e extremamente atraente, entre outros adjetivos que eu poderia passar horas elencando. O início do nosso casamento foi complicado para ambos. Sei que minha natureza rude acabou despertando o lado defensivo dela, mas, aos poucos, ela conquistou seu espaço na minha vida, e hoje ocupa um lugar que nem eu sabia que existia, que nunca havia sido habitado.

Não tenho mais notícias de Shantal. Ela ainda me envia algumas mensagens, mas decidi não responder. Continua morando no apartamento e desfrutando das suas regalias, mas acho que está na hora de levá-la de volta ao bordel. Shantal não faz mais parte da minha vida.

Luara me completa em todos os aspectos. Ela é um furacão dentro e fora da cama.

Meu telefone toca, e é estranho alguém me ligar a esta hora. Olho no visor e o nome de Enzo pisca incessantemente. Levanto-me da cama devagar, para não acordar Luara, e me afasto para atender.

— Fala — atendo com um tom de impaciência.

— Quero um novo acordo.

— O que te faz pensar que eu vou aceitar isso agora? *Cazzo!* Olha a hora em que você está me ligando. Pare de me encher.

Estou prestes a desligar, mas ele insiste.

— Não sou burro, Don. Sei muito bem que você pode cancelar o acordo. Entretanto, se eu ficar noivo da sua irmã, isso não poderá ser mudado.

Claro que pensei em anular esse maldito acordo, mas parece que ele é mais astuto do que eu imaginei. *Cazzo!*

— E qual seria o novo acordo?

— Eu te dou algo que você deseja muito, e o noivado será marcado para depois de amanhã.

— Você sabe onde Claus está? — pergunto, impaciente, pois é a única coisa que realmente quero.

— Não. Ainda não, mas continuarei procurando.

— Então, nada feito. Só me ligue quando encontrá-lo. Não há nada que eu queira mais além disso.

— Consegui capturar o homem que invadiu o bangalô e encostou na sua mulher.

— O quê? Você tem ele? — Sinto o sangue ferver só de pensar naquele *maledetto* que tocou na minha mulher.

— Invadi todas as câmeras de segurança de Tulum e foi fácil encontrá-lo. Sou bom no que faço, Rocco. Devia ter mais fé em mim.

— Entregue-me ele e o noivado será marcado para a data que você quiser, mas o casamento só acontecerá depois que você encontrar Claus.

— Por mim, está ótimo! Tenha uma boa noite, cunhadinho.

— *Stronzo.*[21]

Ele desliga com aquela risada debochada que só ele consegue fazer, uma que me irrita profundamente. Que cara irritante. Coitada da minha irmã!

Minha intenção era anular este acordo e adiar o noivado, mas não houve jeito. Uma vez selado, não há volta. Alice terá que assumir suas responsabilidades na máfia.

Volto para o quarto e Luara desperta.

— O que foi? — pergunta, sonolenta.

— Nada, era só um idiota no telefone. Volte a dormir — digo, deitando-me a seu lado.

Ela se aconchega em meus braços.

Tento dormir também, mas estou ansioso para lidar com aquele *maledetto*. Tenho certeza de que ele se arrependerá amargamente de ter encostado nela.

Olho para minha esposa repousando em meus braços e penso que, pela primeira vez na minha vida, fui agraciado. Ela é, sem dúvidas, um presente divino.

---

[21] É uma expressão italiana que significa "idiota" ou "cretino".

Capítulo 39

Luara Sokolova

Hoje é o dia do noivado de Alice, e não sei como ela vai reagir. Percebo que Rocco está preocupado e até chateado. Ele ama profundamente a irmã e fez o possível para protegê-la. Não consigo entender totalmente a decisão que tomou, mas certamente foi devido a algo muito sério e importante.

Sinto pena de Alice. Infelizmente, esse dia chega para todas nós. Sei que é um processo doloroso e desafiador, mas acredito que ela conseguirá superar, é uma mulher forte.

Entramos na casa dos pais de Rocco e notamos que Enzo ainda não chegou. Apenas a família está presente, e todos estão com o semblante triste. Parece até que estou em um velório, em vez de um noivado.

— Seremos só nós? — pergunto.

— Sim, e alguns membros importantes da máfia para serem testemunhas. Eles devem chegar junto com o Enzo.

— É bom que seja algo mais reservado, assim ela se sentirá menos exposta.

— Pelo menos nisso aquele *stronzo* pensou.

— Olá! — Giovana aparece para nos receber. — Que bom te ver bem, Lua — cumprimenta-me com gentileza.

Apesar do sorriso, a tristeza em seus olhos é visível.

— Oi, como você está?

— Vivendo um dia de cada vez. — Ela respira fundo, e eu seguro sua mão, oferecendo um carinho reconfortante.

— A Mel está por aí? — pergunto, sentindo saudades da minha nova amiga.

— Está escondida em algum canto da casa com Renzo, mas já deve aparecer. — Ela olha para Rocco com seriedade. — Você pode dar um jeito no seu irmão? Não aguento mais essa briga de gato e rato entre ele e Mel.

— Ele já nasceu sem jeito, *mamma*.

— Sua mãe quer proibi-lo de entrar aqui em casa — revela o pai dele, provocando risos em todos nós.

— Acho uma ótima ideia! — concorda Rocco.

— Olha só, garota, não abuse da minha boa vontade. — Ouço Renzo gritar com Melanie, e viramos a cabeça para o topo da escada.

Melanie desce as escadas correndo e vem em nossa direção.

— Oi, Lua, como você está? Olá, Rocco — Melanie nos cumprimenta, ignorando o noivo, que vem bufando atrás dela.

— Oi! — Nos abraçamos. — Estou bem, e você? — Ela sussurra um "também estou bem".

— Olá, Melanie! — Rocco a cumprimenta, mas seus olhos estão fixos no irmão, furiosos.

— O que foi, Rocco? Acha que essa garota é santa só porque tem essa cara de sonsa? Essa menina é uma peste! — resmunga Renzo, e sai da sala.

Tenho que me segurar para não rir, mas assim que meu marido e os pais dele se afastam, Melanie e eu começamos a rir.

— Esse cara é doido! — Ela revira os olhos com desdém.

— O que está acontecendo com vocês?

— Quis que Giovani continuasse fazendo a minha segurança, e Rocco concordou, pois ele é de confiança e é o mais próximo que tenho de uma família. Agora, Renzo está dando esse show todo.

— Ciúmes? — Ela balança a cabeça em negativa. — Acho que ele está, sim! — Ri da situação entre os dois.

— Nada disso, amiga. Ele gosta mesmo é de implicar. Sei que depois que me casar, minha vida vai ser um inferno.

— Sinto muito, Mel, mas talvez não seja tão ruim quanto você imagina.

— Tudo bem, não há nada que possamos fazer. — Dá de ombros.

Concordo com o pensamento dela.

— Tem notícias da Alice? — pergunto, preocupada.

— Quando os pais foram falar com ela, ouvi apenas gritos. Depois, não a vi mais. Também estou preocupada.

— Sinto muito por ela e por você também.

— Eu também, amiga. Sinto muito por todas nós.

Nós mulheres sofremos tanto. Não posso reclamar muito, pois as coisas têm melhorado bastante no meu casamento, e espero que Alice e Melanie tenham a mesma sorte que estou tendo.

Alice aparece com o rosto inchado de tanto chorar. Meu coração se aperta ao vê-la naquela situação, conheço bem o desespero que está sentindo.

— Renzo! — Ela corre na direção do irmão. — Faça alguma coisa, por favor, não me deixe casar com esse homem — implora.

— Não posso fazer nada, irmã, infelizmente — responde com tristeza, realmente sem poder oferecer ajuda.

— Mãe, pai, vocês não podem permitir que isso aconteça, por favor. — Alice começa a chorar, implorando para que suas palavras sejam ouvidas.

Sinto meus olhos se encherem de lágrimas diante da cena.

— Filha, é necessário, você sabe, essas coisas precisam acontecer — explica Vincent.

— Necessário? É necessário vocês me entregarem a um monstro em troca de algo? — grita, encarando todos com fúria. — Lua... — Aproxima-se de mim com um olhar desesperado. — Por favor, me ajude, faça algo, eu não posso me casar com ele, fale com meu irmão, me ajude.

Ela está completamente desesperada e confusa. Embora o desespero seja compreensível, a intensidade da sua reação me surpreende.

— Se eu pudesse, faria algo por você, Alice. — Puxo-a para um abraço. — Mas, infelizmente, não posso.

Assim que se afasta, dirige-se ao irmão mais velho.

— Irmão, por favor, não deixe isso acontecer. Eu sei que você pode cancelar esse noivado, você pode fazer isso — suplica.

— Alice, não posso cancelar, já dei minha palavra — responde com firmeza, fechando qualquer possibilidade de esperança.

— Você é um monstro! — berra. — Aliás, tirando as meninas que também foram forçadas a toda essa palhaçada, todos vocês são! — continua despejando sua ira. — Vocês estão me entregando de bandeja para esse monstro, ele vai fazer coisas horríveis comigo... Odeio todos vocês!

— Alice, por que todo esse desespero? Você nem o conhece — observa Vincent.

— Quem disse que não conheço? Acham que ele ia me querer como noiva sem motivos? Vocês são mais burros do que eu imaginava — ri com ironia.

Todos ficamos surpresos com a revelação.

— Alice, de onde você conhece o Enzo? — inquiriu Rocco, com um vinco de irritação se formando na testa, e temo pelo pior.

— Deixa que eu mesmo conte essa linda história, querida noiva. — Enzo entra na sala, e todos os olhares se voltam para ele.

— Seu *maledetto*! — grita Alice, tentando avançar em Enzo, mas Melanie a segura a tempo.

— Quantos elogios eu tenho recebido de vocês ultimamente — zomba Enzo, sem demonstrar um pingo de preocupação com o desespero da futura noiva. — Parece que a família Caccini me ama muito.

— Vamos, Enzo, comece a falar, não tenho todo o tempo do mundo — ordena meu marido, impaciente.

— Claro, Don. — Enzo sorri. Eu posso estar errada, mas o Capo parece estar se divertindo com a situação, e o medo nos olhos de Alice parece agradá-lo. — Conheci sua irmã em Milão, nos encontramos enquanto ela estudava e eu estava em uma missão... — Rocco assente. — Sua irmã me deu um sobrenome diferente, que usava para não ser associada à máfia e viver uma vida normal. Eu não imaginava que ela era Alice Caccini.

— Cala a boca, cala a maldita boca, seu *maledetto*! — berra Alice, implorando para que ele fique em silêncio.

— Silencie-se, Alice, deixe-o terminar — intervém Vincent. — Prossiga, Enzo.

Todos estão ansiosos por mais revelações.

— Claro. — Enzo ajeita o paletó despreocupadamente antes de continuar. — Nos relacionamos na época. Alice era mais jovem, tinha apenas 18 anos, não é isso, querida? — pergunta, com um tom provocador. Alice chora silenciosamente, com um olhar apavorado. — Eu também não contei a ela que era um mafioso. Vivemos juntos quase dois anos. Quando ela foi para a Alemanha nas férias, a intenção era ficar comigo. Alice inventou inúmeras mentiras sobre seus pais e sua família e, como o único interesse que eu tinha era estar com ela, acabei acreditando e não investiguei sua vida pessoal. — Seu tom de voz demonstra uma profunda mágoa.

— Você também mentiu ao não contar que era um mafioso, seu infeliz!

— Ah, claro, eu iria chegar para uma pessoa fora da máfia e dizer: olá, sou um mafioso. — Ele ri. — Enfim, ficamos juntos esse tempo e depois ela desapareceu. Não consegui manter contato. Quando fui até Milão, descobri que ela não estava mais estudando lá.

— Foi na época em que ela pediu para ir embora — lembra Renzo.

— O que aconteceu, Alice? — pergunta Giovana, desejando ouvir a versão da filha.

— Descobri que ele era um mafioso, então fui embora. Pensei que nunca mais nos veríamos, pois naquela época eu não sabia que as máfias haviam feito um acordo. Mas ele me encontrou, descobriu quem eu era e apareceu na inauguração do meu ateliê — responde, cabisbaixa e envergonhada diante de toda a situação exposta.

— Exatamente, eu fui atrás dela, na tentativa de uma conversa amigável, mas ela me disse que nunca se casaria comigo. E aqui estamos, no dia do nosso noivado. A vida tem suas ironias, não é?

Enzo é insuportavelmente debochado! Como ele consegue agir dessa forma em uma situação tão grave?

— O que aconteceu entre vocês? — indaga Rocco, buscando mais informações.

— Enzo, não! — Alice implora por silêncio.

— Tudo o que acontece entre um homem e uma mulher. Eu não sabia que ela pertencia à máfia. Fui o primeiro homem dela, e agora estou aqui para reivindicar o que é meu por direito.

Uma tensão toma conta da sala. Todos estão em choque. Noto que Rocco está tenso, seu corpo completamente rígido. Decido segurar a mão dele. O ar parece ter se esvaído dos pulmões de todos, e eu posso jurar ouvir as batidas aceleradas dos corações presentes.

— Seu desgraçado! — Renzo avança em direção ao Capo, mas para ao ouvir a ordem firme de seu pai.

— Não, Renzo! — exclama Vincent. — A irresponsável foi sua irmã. Ela não pensou nas consequências dos seus atos, no que isso poderia causar. — Virou seu olhar decepcionado para a filha. — Alice, você realmente pensou que ao se casar com outro homem ele não perceberia a sua desvirtude? Você estaria morta!

— Pai, eu estava apaixonada — tenta se defender. — Ele mentiu, não disse que era desse meio. Só descobri porque acordei durante a noite e o vi matando um rapaz que tinha me importunado. Eu não podia imaginar, ele parecia tão diferente.

— Você também mentiu, Alice. Pior, ainda fugiu! Você sabia que seu destino estava irrevogavelmente ligado a mim, e mesmo assim foi embora! — Enzo expressa uma profunda decepção. Cada palavra carrega uma imensidão de mágoa.

— Então, como tudo já está esclarecido, vamos oficializar esse noivado logo — declara Rocco, com sua expressão inabalável de sempre.

— Vocês ainda vão fazer isso? Ele quer vingança porque eu fui embora!

— São as consequências dos seus atos impensados, Alice. Você pertence a ele antes mesmo de oficializar o noivado. Ele está fazendo muito em se casar com você. Se fosse qualquer outro, teria deixado você morrer ou a enviado para um prostíbulo.

Alice assente para o irmão mais velho, reconhecendo que não há mais o que fazer.

— Mesmo sem precisar do acordo, saiba que ele ainda está de pé — afirma o Capo.

— Você mentiu, fingiu precisar daquele acordo. Por quê? — Meu marido quer entender.

— Porque eu quis ajudar. — Dá de ombros.

— *Grazie*!

Não sei exatamente que acordo é esse, mas Enzo não precisava fazer nenhum esforço para ficar com Alice. Bastava contar sobre o relacionamento deles e ela seria dele sem contestação.

— Vamos nos reunir com os outros membros e oficializar. Enzo, posso contar com sua discrição? — Rocco estende a mão para ele.

— Com certeza, Don Caccini. — Enzo aperta a mão, selando o acordo.

Vamos todos para a sala de jantar. Neste momento, Alice já havia parado de chorar e age como se nada tivesse acontecido, tentando exibir uma máscara de indiferença. Mas, apesar de seu esforço para parecer forte, seus olhos traem a aflição e o medo do que o futuro lhe reserva.

Capítulo 40

Rocco Caccini

ALERTA DE GATILHO

Este capítulo contém cenas de tortura. Caso seja sensível a esse tipo de conteúdo, sugiro que não leia. Preserve sempre sua saúde mental.

Hoje foi um dia tenso, repleto de descobertas e um turbilhão de sentimentos estranhos. A decepção me atinge com força. Como sempre, ela vem de onde menos esperamos. Mas, finalmente, o noivado foi oficializado. Depois de todas as revelações recentes, o casamento de Alice e Enzo precisa ser realizado antes da cerimônia de Melanie e Renzo. Tenho uma urgência em unir os dois. Preciso que esse casamento aconteça o quanto antes, para evitar que essa história caia em ouvidos errados.

Não consigo compreender o que passou pela cabeça da minha irmã. Ela sabe que sempre tentamos protegê-la desse mundo, mas chega um momento em que isso se torna impossível, e ela terá deveres a cumprir. Ela agiu por emoção e agora terá que pagar o preço. Alice foi extremamente irresponsável! O casamento é insignificante comparado ao que poderia ter acontecido com ela se o noivo fosse outra pessoa que não Enzo. Não gosto nem de imaginar essas possibilidades e onde ela poderia acabar.

Enzo não precisava fazer acordo nenhum comigo. Minha irmã se tornou dele a partir do momento em que se entregou. Ele poderia ter revelado isso a todos e até mesmo enviado Alice para um prostíbulo, mas ele optou por tomá-la como esposa. Alice deve agradecer por isso. Eu também serei eternamente grato pela discrição que ele teve nesse caso. Ele preservou ela e minha família, e isso deve ser reconhecido.

— Nosso acordo ainda está de pé, Rocco. Mandei deixar seu presente no galpão. Faça bom uso dele — informa o Capo alemão, encerrando a conversa e enchendo-me de alegria.

Esse cara é insuportável e debochado, mas confesso que tem conquistado minha confiança. Estou até começando a simpatizar com ele, embora jamais admita isso, pois ele é exibicionista demais.

— Vamos para casa também? Estou me sentindo um pouco cansada, o dia foi exaustivo. — Luara se aproxima, tocando meu braço.

— Está se sentindo mal? — pergunto, ao notar que ela não parece muito bem.

— Apenas um pouco cansada. Hoje foi um dia de fortes emoções.

— Tenho um problema para resolver, mas mandarei Melanie para te fazer companhia. Pode ser?

Luara assente, sem fazer mais perguntas, e eu agradeço por isso.

Despeço-me com um beijo rápido, me preparando para o que está por vir. Melanie e Luara vão para casa, e eu vou para o galpão, junto com Renzo. Sinto-me mais tranquilo sabendo que Luara tem companhia.

Entramos no galpão e encontramos o homem sentado na cadeira, com o rosto machucado.

— Pelo visto, Enzo já te fez um carinho — comento, observando o homem levantar o olhar assustado. — Está com medo? — sorrio, sentindo um prazer perverso.

— Foi o Claus, foi o Claus que me mandou fazer isso — repete, tentando se defender.

— E você obedeceu. Hoje você está diante de mim, mas logo será ele, e posso garantir que o tratamento será pior que o seu. Sinta-se feliz por isso.

Renzo se aproxima, trazendo a maleta de tortura.

— Vou me sentar e assistir tudo de camarote — ri, divertindo-se tanto quanto eu.

— Fico irritado com choros e gritos, então acho melhor você ficar quieto — aviso, pegando o alicate. — Sabe o que vou fazer com isso? Vou cortar cada dedinho seu que tocou na minha mulher. — Começo a cortar dedo por dedo, e o homem grita, desesperado. — Eu falei o que sobre gritar?

Começo a socar seu rosto, até que o sangue jorra de todos os poros.

Peço aos meus guardas que o amarrem em pé, com os braços abertos.

— Agora eu vou tirar essas mãos imundas que tocaram nela. — Com um pequeno machado, corto suas duas mãos, e ele desmaia de dor. — Acordem-no — ordeno aos soldados presentes.

— Você está sendo até bonzinho. Vamos animar essa coisa, *fratello* — pede Renzo, bebericando seu uísque.

— Estou sem tempo, Luara não estava bem quando nos despedimos.

Apesar de afirmar que era só o cansaço pelas emoções, não consegui me convencer. Ela parecia realmente estar mal.

— Vejo que acordou — comento, ao ouvir nosso convidado murmurar. À medida que me aproximo, ele implora por sua vida. — Agora você pede por favor? Quando estava diante de uma mulher indefesa, você não se lembrou disso, não é? Abaixem as calças desse imundo!

Corto seu órgão genital e o enfio na sua boca. Desejo fazer isso desde que Luara me contou sobre a ameaça de estuprá-la. Fiz pouco diante de tudo que esse lixo merece.

— Podem deixá-lo para morrer sozinho! Quero que o que aconteceu aqui hoje sirva de lição para qualquer pessoa que se atreva a tocar no que é meu. Ninguém toca na minha mulher ou na minha família e sai impune. Ninguém!

Saio satisfeito. Agora, o próximo passo é pegar Claus e fazer com ele algo ainda pior.

Capítulo 41

Luara Sokolova

Acordo em um sobressalto, como tem sido desde aquele evento. Pesadelos me atormentam e não consigo dormir direito. Olho para o lado e percebo que Rocco ainda não havia chegado, o que é estranho, pois ele costuma chegar cedo todos os dias. Levanto-me e procuro por ele, mas não o encontro. Volto para o quarto com um aperto no peito... Será que ele está com a amante? Talvez ele tenha reatado com ela, ou pior, nunca a deixou de fato.

Meu Deus, como é horrível viver nessa insegurança!

— O que faz acordada a esta hora? — Sua voz preenche o quarto, interrompendo meus pensamentos tumultuados.

— Tive um pesadelo, e você não estava na cama.

— Desculpe, precisei resolver alguns assuntos.

— Sobre a máfia?

— Claro, o que mais seria? — Rocco parece incomodado com minha pergunta, talvez percebendo a quem eu me referia. — Vou tomar um banho rápido e já volto para me deitar com você. — Dá-me um rápido selinho e dirige-se ao banheiro.

Deito-me, esperando por ele. Ridiculamente, meu coração se alivia ao saber que ele não está com a amante, embora minha mente ainda pregue peças.

Rocco não demora a aparecer. Puxo o ar com força, enchendo os pulmões ao vê-lo sair do banho vestindo apenas uma calça de moletom, com os cabelos molhados e bagunçados. Alguns pingos d'água escorrem pelo peitoral.

Passo a língua pelos lábios, desavergonhadamente, babando por ele, sem pudor algum.

— Vem, deita aqui. — Puxa-me para se aconchegar em seus braços. — Os mesmos pesadelos de sempre?

Suspiro... ele me conhece tão bem. É até assustador; Rocco parece até decifrar meus pensamentos.

— Sim. Tenho medo de encontrar aquele homem novamente — confesso.

Todas as vezes sonho com como aquele dia poderia ter terminado se Rocco não tivesse me encontrado a tempo. Estaria morta, e essa possibilidade me aterroriza profundamente.

— Você nunca mais vai encontrá-lo — afirma com tanta convicção que me sinto reconfortada.

— Você falou com tanta certeza — sorrio, e levanto a cabeça para olhá-lo. Seus olhos brilham de forma diferente, e um pequeno sorriso perverso forma-se no canto dos seus lábios. — Você o matou?

É exatamente isso que eu vejo em seus olhos: a felicidade de uma vingança concluída.

— Sim — responde com uma frieza inquietante.

Estranhamente, isso me traz alívio. Sei que ele fez justiça de forma errada, mas me sinto mais tranquila agora, sem o medo constante.

— Era isso que estava fazendo na rua hoje?

— Também, mas não quero falar sobre isso.

— Tudo bem — concordo, embora contrariada.

Quero conversar mais sobre o seu dia a dia, mas aceito que ele prefira manter o silêncio. Meu marido é mais reservado.

Aproximo-me e beijo seus lábios macios. Rocco toca meu rosto carinhosamente e retribui o beijo de uma maneira deliciosa.

— Se você quer dormir, não fique me tentando, diabinha — alerta, e eu gargalho alto ao ouvir esse apelido.

— Diabinha, é?

Confesso que gostei.

— Sim, muito diabinha. — Aperta minha bunda e distribuo beijos por seu rosto.

— E se eu te disser que não quero dormir? — provoco, maliciosa.

— Eu ia gostar bastante. — Saio dos seus braços e me sento em seu colo, rebolando.

— Você é perfeita, Luara! — elogia-me com um olhar tão penetrante que meu corpo todo estremece.

— E você é gostoso! — retribuo o elogio, e ele ri.

Sim, ele ri. Uma risada baixa e contida, mas uma risada. E caramba... ele é perfeito sorrindo!

— Você também é muito gostosa, minha diabinha.

— Sua! — confirmo com toda a certeza que há em mim, tomando seus lábios em um beijo quente.

Inegavelmente, eu sou dele, e sim, eu quero ser dele!

— Aonde você vai tão cedo? — pergunto, quando Rocco se levanta da cama.

— Tenho que ir trabalhar. — Me beija. — Volte a dormir.

Aquiesço, virando-me para o lado e tentando voltar a dormir. Quase não conseguimos descansar noite passada. Ele é insaciável e fizemos amor por horas até eu ficar exausta.

O toque do celular me acorda.

— Oi — atendo, sonolenta, sem nem olhar para o visor. — Quem está falando?

— Alice. — Ouço sua risada. — Você estava dormindo?

— Sim.

— Preguiçosa! Já é hora do almoço, pensei em te convidar para almoçarmos fora.

Hora do almoço? Tirei o celular da orelha para conferir a hora, e tomo um susto. Dormi demais!

— Acho uma ótima ideia! — Meu estômago concorda, emitindo um som. — Me passe o endereço e eu te encontro lá em uma hora, mais ou menos.

— Vou te enviar por mensagem, beijos. — Encerro a ligação e me levanto para começar a me preparar para o dia.

Em seguida, ligo para Rocco, para avisar que sairei para almoçar com Alice. Meu marido me informa que um segurança me acompanhará, mas ficará à distância, sem nos incomodar.

— Achei que ia demorar mais, Bela Adormecida — brinca Alice, quando me aproximo da mesa onde ela está me aguardando.

Ela se levanta e me dá um abraço carinhoso.

— Não demorei — retruco.

— Não mesmo, estou só brincando.

Sentamos e começamos a fazer nossos pedidos.

— Como é ser casada com um mafioso? — pergunta de repente, o que me faz soltar uma risada.

— Difícil, mas adaptável.

— Hum, entendi. — Bebe um gole de vinho.

— Vai dar tudo certo. — Repouso minha mão sobre a dela e a acaricio.

— Não tenho tanta certeza, Lua.

Alice está triste e o convite para o almoço parece ter sido um motivo para ela desabafar. Tudo bem, eu estou aqui para ouvi-la e aconselhá-la da melhor forma possível. Tenho um carinho enorme por ela. Alice se tornou uma irmã para mim.

— Você gosta dele? — pergunto, mais para ouvi-la do que por dúvida real.

— É... mais ou menos — sorri, envergonhada, com as bochechas coradas.

— Sei que não é da minha conta, e tudo bem se você não quiser responder, mas posso perguntar por que você foi embora?

— É uma longa história — suspira.

— Tenho tempo — sorrio, e ela também.

— Certo, tentarei resumir. Quando conheci o Enzo, eu o achei o homem mais lindo do mundo. Tinha acabado de fazer 18 anos e aquela era a minha chance de viver uma vida normal. Fiquei encantada com seu jeito brincalhão e leve de encarar a vida. Lua, eu nem gostava de moda, acredita? — Essa informação me pega de surpresa, e uma ruga se forma na minha testa. —

Pois é, mas como tive a oportunidade de estudar e minha mãe dizia que eu tinha talento, aproveitei. Tudo entre mim e Enzo aconteceu muito rápido. Eu não fazia ideia de que ele era um mafioso. Ele nem tem a aparência de um — ela ri. — Enzo sempre foi carinhoso comigo, um pouco possessivo e ciumento, mas achei que era porque me amava muito, e eu era mais jovem. — Alice abre um sorriso bonito, como se estivesse revivendo aqueles momentos.

Diante do seu sorriso e do brilho em seus olhos, não tenho dúvidas de que foram momentos que ela sempre lembrará com muito carinho.

— E o que estragou tudo isso?

— Eu queria fugir com ele, pensei que pudéssemos desaparecer e viver longe de toda essa merda. Pedi aos meus pais para passar as férias na Alemanha, dizendo que iria estudar mais um pouco, e levei a maior parte das minhas coisas, além de algumas joias... — Ela faz uma pausa, dando um gole na sua bebida. — Ia contar toda a verdade para ele, acreditando que, como estávamos muito apaixonados, ele aceitaria tranquilamente fugir comigo para ficarmos juntos. Eu não podia me casar com outro homem da máfia, já que me entreguei a ele.

— Você não ficou com medo? Não pensou que poderiam descobrir?

Nega com a cabeça.

— Quando estamos apaixonadas, pensamos em algo além do amor? Eu só queria viver ao lado dele. Foram dias maravilhosos na Alemanha, até que, numa noite, um dos seguranças dele mexeu comigo. Percebi que ele repreendeu o homem severamente apenas com o olhar, mas para mim aquilo parecia só uma demissão. No meio da noite, acordei e não o encontrei na cama. Fui procurá-lo e não achei, até que ouvi um grito vindo de um lugar que parecia ser um porão. Quando entrei, ele estava torturando aquele homem. Ele não parecia mais o Enzo que conheci, mas um monstro. O mesmo tipo de monstro que vejo em meus irmãos e meu pai quando o assunto é a máfia. Então comecei a associar todas as suas ações e percebi que ele não era apenas controlador e ciumento, ele era um mafioso.

— E como você voltou?

— Na mesma noite, comprei uma passagem. Quando ele voltou para o quarto, fingi que estava dormindo e, na manhã seguinte, tentei agir normalmente. Mentindo, disse que tinha que resolver uns assuntos sobre meus estudos, coloquei algumas roupas em uma bolsa, algumas joias e fui embora, deixando o resto para trás.

— Não passou pela sua cabeça que ele poderia te encontrar?

— Não. Eu não imaginava que eles eram aliados. Não fico por dentro desses assuntos.

— Mas tenho certeza de que vocês vão se resolver. Ele superará essa mágoa e você também.

— A questão não é só essa — comenta, visivelmente apreensiva.

Meu Deus! Ainda tem mais?

— O que é?

Alice hesita, como se ponderasse se deveria me contar, o que me faz pensar que é algo grave.

— Fui embora grávida — sussurra, olhando ao redor para verificar se alguém está nos ouvindo.

— Grávida? — Estou completamente chocada. Isso é... gravíssimo!

— Sim, eu tinha acabado de descobrir.

— E o bebê?

— Eu perdi — fala com tamanha tristeza que meu coração se despedaça. — Duas semanas depois de ir embora, tive um sangramento e perdi o bebê, mas ele acha que eu o tirei.

— Por que Enzo pensaria isso? Você não seria capaz disso, não é?

— Claro que não, Lua! Que tipo de pessoa ele acha que eu sou? Eu jamais tiraria meu filho.

— Sinto muito, Alice, não tive a intenção de ofendê-la. Desculpe. — Ela sussurra um "tudo bem". — É que essa história é muito... uau! Intensa. Sinto muito por você ter carregado essa dor sozinha.

— Eu também sinto, Lua... sinto tanto. — Seus olhos se enchem de lágrimas.

Levanto-me, dou a volta na mesa e a abraço.

Agora eu entendo o maior medo dela. Enzo acredita que ela foi capaz de abortar o filho deles. Ele está cego de ódio e temo pelo que minha cunhada possa enfrentar.

Capítulo 42

Luara Sokolova

Alice precisa sair rapidamente para lidar com um assunto do ateliê, e eu opto por ficar, pois ainda quero saborear uma sobremesa. Confesso que sinto uma grande pena dela e de toda a situação, que, com certeza, não está sendo nada fácil para ela.

Termino de comer e deixo o restaurante, ansiosa para voltar para casa e descansar um pouco.

— A senhorita não pode se aproximar. — Ouço o segurança dizer, e olho para trás.

— Está tudo bem, pode deixar — respondo, percebendo que a pessoa em questão é a ex ou atual amante do meu marido, não tenho certeza.

— O senhor Rocco não permite que ela se aproxime de você — alerta o segurança.

— O senhor Rocco não está aqui, e eu estou pedindo para que você permita, depois me acertarei com ele.

— Sim, senhora, mas preciso informar a ele.

— Sem problemas, deixe-nos a sós.

O homem hesita, avaliando se deve ou não obedecer. Diante do meu olhar firme, ele se afasta, permitindo que a mulher se aproxime.

— Achei que você não ia querer falar comigo, primeira-dama — ela sorri com desdém.

— Qual é mesmo o seu nome? — pergunto, tentando manter a calma frente ao tom provocador.

— Shantal, não se lembra, querida?

— Ah, sim, a ex-amante do meu marido. Desculpe minha falta de memória. Só costumo lembrar das pessoas importantes.

Ridículo, eu sei. Brigar por causa de um homem é tão... infantil. Mas estou apaixonada e meus pensamentos não estão totalmente claros.

— Ex-amante? — Shantal solta uma gargalhada. — Engraçado, ontem ele ainda estava na minha cama.

Não estava esperando por essa revelação, mas me recuso a mostrar que estou abalada.

— Aproveitou bem?

— Sempre aproveito. Aquele homem é quente como o inferno.

— Não foi para discutir sua vida sexual com meu marido que você me parou aqui, foi?

Meu interior ferve de raiva. Não posso acreditar que aquele desgraçado ainda está com ela!

— Você tem razão. Só vim te avisar mais uma vez para não se iludir. Você pensa que está sendo a esposa perfeita, que seu marido vai parar de ficar comigo, mas está enganada. Você nunca será o suficiente para ele. Veja sua idade, acabou de sair das fraldas.

— Sinceramente, não sei porque estou perdendo meu tempo com você, mas vamos lá... Se eu não representasse uma ameaça, você não estaria aqui, não é? Está tão desesperada para provar que eu não sou suficiente, que talvez você esteja esquecendo de ser suficiente para ele.

— Eu sou o suficiente para ele! — Shantal se exalta, e o segurança dá alguns passos à frente, mas levanto a mão para que ele permaneça onde está.

— Se fosse, ele não teria feito sexo de maneira tão intensa comigo ontem à noite. Parece que você está em baixa, não?

— Você acha que uma pirralha vai satisfazê-lo? Você nem deve saber o que é um bom sexo, garota!

A raiva quase me consome. Não quero descer ao nível dela, mas seus insultos não passarão em branco. Se ela quer jogar sujo, vou acompanhar.

— Talvez eu não saiba satisfazê-lo tanto quanto você, já que você tem mais experiência, afinal, trabalhava em um bordel. Mas acho que consigo agradá-lo bem... bom, ele nunca reclamou.

O rosto de Shantal assume um tom avermelhado de raiva.

— Sua pirralha! — Ela dá um passo à frente, mas logo recua. — Você está se iludindo. Acha que ele te ama e quer ficar com você, mas ele só está se divertindo com sua novidade.

— Shantal, eu até poderia continuar esta conversa, mas você só sabe usar palavras de baixo calão, e não estou acostumada com isso. Desculpe por não poder te responder à altura, não conheço tantos palavrões. Mas se quiser conversar como duas pessoas adultas, estarei à disposição. — Viro-me para encerrar a discussão, mas ela agarra meu braço.

— Saia do meu caminho, sua infeliz!

— Está me ameaçando?

— Você é uma pirralha, uma cadela barata que no momento está satisfazendo todos os desejos do meu homem. A única coisa que ele quer é brincar com você. Quando deixar de ser novidade, Rocco correrá para minha cama e vamos rir da sua tentativa falha de conquistá-lo. Vou zombar de você, sua boba, vou rir de você junto com o homem por quem você está apaixonada. Acha que me engana? Eu sei que você caiu na conversa dele. Você é realmente uma idiota!

Quero ignorar tudo que ela acabou de dizer, mas não consigo. Perco a razão e dou um tapa na sua cara, fazendo-a soltar meu braço e cambalear para trás. O tapa foi tão forte que a palma da minha mão está ardendo, mas, juro, me sinto mais aliviada depois disso.

— Posso ser tudo isso que você falou, mas não sou uma boba iludida como você. Ele pode até não gostar de mim, mas você acha que ele vai gostar de você? Acha que algum dia terá algum reconhecimento? A única ridícula e iludida aqui é você! Não adianta me ofender, porque só me importo com a opinião de quem é importante para mim, e você não é nada.

Ela avança, mas reajo rápido e consigo empurrá-la antes que seu tapa me atinja. Parto para cima dela novamente, desferindo vários tapas em seu rosto. Puxo seus cabelos e ela se desequilibra, caindo no chão. Subo sobre seu corpo, prendendo seus braços com meus joelhos e continuo a bater, enquanto ela grita. Só paro quando braços fortes me puxam, afastando-me dela.

— Pare com isso, Luara, pare com isso. — Ela ainda se debate, mas me aquieto ao ouvir a voz de Rocco.

— Olha — bato palmas, rindo e falando alto, como se estivesse fora de mim. — Agora o circo está armado: a esposa, a amante e o canalha.

— Luara, pare de chamar a atenção de todos aqui. Vamos para casa conversar.

— Rocco, olha o que ela fez comigo! — a cadela choraminga, enquanto é socorrida pelo segurança.

— Com você, eu me acertarei depois. — Ele a encarou seriamente.

— Se acerta com ela agora, Rocco. Vá consolar a sua amante — grito, batendo em seus braços e peito.

— Para com isso! — Ele segura meus braços, visivelmente nervoso.

— Me larga, me larga! — berro, e ele me solta. — Me deixe em paz, me deixe quieta! — Saio andando, e ele ameaça vir atrás de mim, mas me viro rapidamente, bloqueando seu caminho. — Não! Fica aí, me deixa em paz pelo menos uma vez na vida!

Preciso de espaço. Eu só quero paz e tranquilidade. Estou me sentindo sufocada e extremamente magoada. Tantos sentimentos ruins assombram meu peito. Rocco parece entender meu apelo e permanece parado, enquanto eu ando sem rumo. Não sei por quanto tempo estou caminhando. O vento fresco toca meu rosto e seca as lágrimas que continuam a escorrer.

Paro em frente a uma igreja e decido entrar. Acho que estou mesmo precisando falar com Deus. Ele é o único que pode me entender. Que ironia, a mulher do Diabo precisando do consolo de Deus.

— Boa noite, minha jovem! — cumprimenta-me o padre, assim que entro. — O que a traz à casa do Senhor?

— Paz, padre, eu procuro por paz. — Sento-me no banco, e ele se aproxima, sentando-se a meu lado.

A igreja está vazia e a sensação de plenitude é enorme.

— Então veio ao lugar certo — sorri. — Gostaria de conversar?

— Minha vida não tem mais jeito, padre, estou condenada a viver no inferno para sempre.

— Que é isso, minha jovem! Não pense assim — repreendeu-me. — Para Deus, todos têm salvação.

— Mesmo aqueles que entregam sua vida ao Diabo?

— Por que você fez isso, menina?

— Eu não tive escolha, entregaram-me de bandeja nas mãos dele. — Volto a chorar, pensando em tudo que tem acontecido na minha vida nos últimos dias.

— Não chore, minha jovem, para todo problema há uma solução, até para os que parecem ser mais difíceis. Lembre-se de que para Deus nada é impossível.

— Acho que meu problema não tem solução.

Ouvimos um barulho na entrada da igreja e, ao olhar para trás, vejo Renzo com mais dois soldados. O padre me olha, assustado.

— Luara, que bom que te encontrei! — Meu cunhado se aproxima. — Boa noite! — ele cumprimenta o padre que, apesar do receio, responde com muita educação.

— Era melhor se não tivesse me encontrado — resmungo.

— Cunhada, Rocco está espalhando o caos na cidade, ele está louco atrás de você.

— Grande coisa.

— Vamos, vou te levar para casa.

— Não vou agora.

— Sabe que eu gosto muito de você, não é? Mas também sabe que eu recebo ordens. Preciso te levar para casa, por bem ou por mal, e eu apreciaria muito se fosse por bem.

— Minha querida, vá para casa — intervém o padre. — Confie no Senhor e tudo dará certo.

— Tudo bem — concordo, para não causar mais escândalo e problemas na casa do Senhor.

Entro no carro em silêncio, e permaneço assim durante todo o trajeto.

— Boa sorte aí, cunhada, ele está uma fera. — Renzo estaciona em frente à minha casa e sai para abrir a porta para mim.

— Você não vai entrar? — pergunto, um pouco receosa.

— Tenho ordens para te deixar até aqui.

— Tudo bem. Obrigada pela carona — agradeço com um sorriso fraco, e nos despedimos.

Entro em casa com as pernas trêmulas, temerosa pelo que me aguarda.

Rocco está sentado na sala, bebendo uísque e fumando charuto. Olho-o rapidamente e decido que é melhor ignorá-lo. Passo direto e já estou no primeiro degrau da escada quando sua voz rouca me para.

— Aonde você pensa que vai?

— Para o quarto. — Viro-me para encará-lo.

— Venha até aqui, temos que conversar. — Seu tom de voz parece mais calmo do que eu esperava.

— O que eu teria para conversar com você? — Desço o degrau e dou dois passos à frente, ficando diante dele.

— Onde você estava?

— Na igreja.

— Fazendo o quê?

— O que se faz na igreja?

Ele dá de ombros.

— Não costumo frequentar igrejas.

— Estava pedindo a Deus para me livrar do Diabo — alfineto.

— Felizmente, esse pedido Ele não poderá realizar.

— Infelizmente — corrijo sua fala.

— Por que você arrumou aquela cena? — Seu olhar não se desvia do meu nem por um segundo.

— Ah, agora eu que fiz cena? — rio, mas tudo dentro de mim é tristeza. — Não foi sua amante, não?

— Ela tinha ordens para não se aproximar de você. Por que deixou que ela se aproximasse?

— Por que ela não podia se aproximar? Estava com medo de que ela me contasse que você continua indo vê-la?

— O quê? Ela te disse isso? — Ele ri alto.

— Faz diferença, Rocco?

— Claro que faz. Eu não tenho mais nada com ela!

— Sério? E eu acredito em Papai Noel.

Faço careta. Estou sendo infantil? Sim. Estou me importando com isso? Não.

— Não tenho motivo para mentir. Não tenho mais nada com ela, apenas deixei que ela continuasse morando no apartamento, e ainda a sustentava porque não sabia o que fazer com ela.

— Tadinha dela, né? Você teve que continuar a ampará-la — ironizo, espumando de raiva.

— Tem como você parar com o deboche e conversar como uma pessoa adulta?

— Adulta? Que merda de adulta é essa! Você continuou sustentando aquela mulher, e agora vem me dizer que não tem nada com ela? Vai se ferrar!

— Luara, é melhor você se acalmar. Cuidado com o que você diz para mim.

— Senão o quê, Don Caccini? Vai me matar? Então que me mate! — grito. — Já não suporto mais viver a seu lado!

Ele avança e segura minha cintura com força, colando nossos corpos.

— Não é o que parece quando estamos transando loucamente. — Roça a barba no meu pescoço, e me arrepio.

— Para! — Tento ser firme, mas não consigo. — Tudo para você é sexo. É só para isso que você me quer! — Eu o empurro, lembrando-me do que aquela mulher falou, e sinto uma tontura ao me esforçar para mover seu corpo musculoso para longe do meu.

— Claro que não, Luara. Eu gosto de estar com você. — Rocco estreita os olhos ao me observar e perceber que não estou bem. — O que foi? Luara? — É a última coisa que ouço antes de desmaiar.

Capítulo 43

Luara Sokolova

Abro os olhos, percebendo que estou no meu quarto. Tudo parece girar. O que aconteceu? Lembro-me de ter brigado com Rocco e, em seguida, tudo se apagou. Eu desmaiei? Oh, meu Deus! Sim, eu desmaiei! Esses últimos tempos têm sido tão estressantes que não consigo lidar com todas essas emoções.

— Senhora Caccini? Está se sentindo melhor? — pergunta um homem a meu lado.

— Quem é você? — indago, piscando várias vezes, tentando me sentar.

— Sou o doutor Fontana — responde, aproximando-se. — Como está se sentindo?

— Bem, apesar de tudo.

Ele coloca alguns travesseiros nas minhas costas e me ajuda a sentar.

— Vou lhe fazer algumas perguntas, tudo bem? — pergunta, e assinto. — Desde quando você tem sentido essas tonturas?

— Senti algumas vezes antes, mas foi bem leve.

— Já desmaiou alguma outra vez?

— Não.

— Entendi. Sente enjoo?

— Não.

— Está se sentindo sonolenta?

— Um pouco, às vezes.

— E sua menstruação? Está regular?

— O quê? — Finalmente percebo aonde ele quer chegar. — Sim... quer dizer, não. — Respiro fundo, confusa com tudo que está passando pela minha mente. — É que eu acabei esquecendo de tomar o remédio algumas vezes, e ela desregulou um pouco — explico.

— Ok. Eu tenho três testes aqui comigo. Vou orientá-la a ir ao banheiro e fazer.

— Teste? Você está falando de gravidez?

— Sim.

O ar parece desaparecer dos meus pulmões e meu coração acelera descompassado ao ouvir as palavras do médico.

— Tudo bem. — Pego a sacola da sua mão com os dedos trêmulos.

Levanto-me com calma e vou ao banheiro. Tranco a porta e fico me olhando no espelho por alguns segundos... talvez, eu realmente esteja grávida. É isso que passa pela minha cabeça, enquanto encaro meu reflexo cansado.

Faço xixi nos palitinhos e aguardo os três minutos, como o médico explicou, tremendo e ansiosa para que o resultado saia logo.

Abro a porta e aviso que já havia feito conforme ele pediu.

— Posso ver seus testes? — solicita o médico, educadamente. — Parabéns, senhora Caccini, a senhora está grávida! — anuncia, sorrindo.

Eu já havia visto os testes, mas precisava ouvir isso da boca dele para ter certeza de que é realmente um positivo.

Ouço-o explicar que marcaria a consulta para o dia seguinte e que eu faria um exame de sangue chamado beta-hCG, para confirmar a gravidez e prosseguir com todas as recomendações e cuidados necessários, mas não consigo raciocinar direito. Sinto tudo girar novamente.

Isso não pode estar acontecendo, não agora.

— Senhora? Está bem?

— Sim, tudo bem. — Caminho até a cama e me sento.

— Vou recomendar uma excelente obstetra, e é importante que comece o pré-natal o quanto antes... — Ele começa a falar uma série de recomendações, mas não consigo prestar atenção. — Vou me retirar agora, qualquer coisa, é só me ligar.

— Não conte nada ao meu marido.

— Senhora, assim que sair por essa porta, terei que contar.

— Deixe que eu mesma conte, tudo bem?

— Então irei chamá-lo, mas você precisa informar a ele, ou terei que fazê-lo eu mesmo.

— Tudo bem.

O médico chamou Rocco. Sinto-me cada vez mais perdida. Sei que é um serzinho indefeso, e esse bebê não tem culpa deste mundo louco em que vai nascer.

— Oi. — Rocco aparece, com um semblante preocupado. — Você está se sentindo melhor? — Aproxima-se e para à minha frente.

— Sim.

— O que ela tinha? — pergunta, olhando diretamente para o médico.

— Nos deixe a sós, por favor — peço, mas o médico permanece parado.

— Pode ir! — Rocco dispensa o médico. — Então, o que você tem? Por que todo esse suspense?

— Estou grávida — revelo sem rodeios.

É assim que eu descubro, de maneira direta, e é dessa forma que vou compartilhar a notícia.

— O quê? Você está grávida? — pergunta, visivelmente surpreso.

— Sim, grávida — afirmo, em voz alta.

— Isso é maravilhoso, diabinha, vamos ter um bebê! — Rocco parece finalmente entender, pega-me no colo e me rodopia.

— Me larga! — exijo, ainda nervosa.

— Amor, pare com isso. Eu não tenho nada com aquela mulher há tempos. Até a mandei de volta para o bordel. — Olho para ele, sem acreditar. Mas... Ele me chamou de amor? Argh! Ainda não acredito nele. — Confie em mim. Ontem, quando fui até ela, foi apenas para informar que a mandaria de volta para o bordel. Apenas isso. Não fizemos nada. Renzo foi comigo, pode perguntar a ele. Não demorei nem trinta minutos.

— Não sei se acredito. — Faço biquinho.

Embora Renzo provavelmente o acobertaria, Rocco não falaria para eu perguntar se não fosse verdade.

— Você é linda, diabinha, mas fica ainda mais bonita quando faz esse biquinho. — Beija-me. — E agora vai ficar ainda mais linda carregando nosso bebê.

Quero ser um pouco mais dura, mas, diante da sua felicidade com a notícia da gravidez, não consigo. Acabo deixando essa história de lado para viver o momento.

Os olhos do meu marido brilham com pura satisfação e felicidade. Ele ri à toa e fica tão lindo desse jeito... é apaixonante. Tornou-se uma missão impossível odiá-lo.

Não quero filhos agora, mas não estou triste em saber que estou grávida. Filho é uma bênção. Que esse serzinho seja muito bem-vindo.

Após alguns dias da descoberta da gravidez, faço minha primeira ultrassonografia. Meu bebê ainda é um grãozinho tão pequenino. Fico muito emocionada ao vê-lo e sinto um amor tão grande que nem consigo explicar.

Rocco vai comigo e, embora não tenha demonstrado, consigo perceber pelo seu olhar que ele também está emocionado. Desde que descobri a gravidez, estamos bem. Ele passa mais tempo em casa comigo do que na rua resolvendo as questões da máfia. Só sai para tratar de assuntos que não podem ser adiados. Ainda bem que tem sido assim, porque nos últimos dias estou passando muito mal, com enjoo, tontura e dores de cabeça intensas. Como hoje estou um pouco melhor, ele aproveitou para sair.

Rocco liga avisando que não chegará a tempo para o jantar, mas que, mais tarde, poderemos assistir a um filme juntos. Acho essa atitude fofa e, é claro, vou esperar. Adoro esses momentos de "casal normal" que temos juntos.

Quando contamos à nossa família sobre a gravidez, foi uma alegria imensa. Todos vibraram e demonstraram estar muito felizes. Minha mãe ficou emocionada, e eu chorei de felicidade e saudades.

Sinto muita falta da minha família. Sei que estou construindo a minha própria, e que meu lugar agora é aqui, ao lado do meu marido e do nosso filho que em breve chegará ao mundo. Mas, mesmo assim, sinto falta do aconchego da minha mãe, do carinho do meu pai e das brincadeiras do meu irmão. Também sinto falta do clima do meu país, mas não vou ficar reclamando. As coisas por aqui melhoraram bastante e até já me acostumei a morar na Itália.

Passo a mão na minha barriga, que ainda está pequena e não tem nenhum sinal visível do bebê, mas já me sinto tão completa. Só saberemos o sexo no dia em que o bebê nascer. Não foi uma escolha minha, é tradição na família do meu marido. Para mim, é difícil aceitar, já que sou muito ansiosa, mas não há jeito. Isso nem é aberto à discussão com Rocco. Segundo ele, toda a família faz uma aposta com um valor muito alto para ver quem acerta o sexo do bebê.

— Acordada? — Rocco entra no nosso quarto.

Está lindo, como sempre.

— Te esperando — respondo, com um sorriso carinhoso, e sou recompensada com um beijo bem gostoso.

— Vou tomar um banho rápido e volto para assistirmos ao filme.

— Vou fazer pipoca — aviso, já me levantando.

— Acho uma ótima ideia. — Ele tira a camisa, fazendo-me parar para admirá-lo. Passo a língua pelos lábios, umedecendo-os. — Deixa de ser safada, mulher, vai logo fazer essa pipoca — ri, indo para o banheiro.

Desço as escadas, rindo de mim mesma. Realmente, nesses últimos dias estou mais fogosa do que nunca.

Rapidamente preparo a pipoca, voltando para o quarto com a vasilha nas mãos. Aqui na mansão há uma sala de cinema, mas prefiro o aconchego da nossa cama. Depois, é só desligar a televisão e ir dormir.

— Nada de filme de romance — avisa Rocco, mal entro no quarto.

— Por que não? Eu gosto! — protesto, sentando-me a seu lado na cama.

— Você sempre chora, Luara — resmungou, pegando um punhado de pipoca.

É verdade, eu sempre choro, mas é porque estou sensível. O que posso fazer?

— Eu não quero ver filmes de terror nem de ação.

— Então, vamos assistir o quê?

— Comédia — proponho, e ele faz uma cara engraçada de desgosto.

— Tá bom, comédia — mesmo contrariado, acaba concordando.

Nos acomodamos na cama e começo a escolher o filme.

— É legal, você vai gostar — garanto.

— Vou, sim, gosto de tudo a seu lado. — Sua confissão me faz parar e encará-lo.

— Obrigada por tornar tudo tão especial.

— Por você, vale a pena.

Jogo-me em seus braços, já me sentindo emocionada, e o abraço forte. Estou tão feliz com o rumo que meu casamento está tomando. Minha mãe tinha razão, é possível fazer dar certo.

Capítulo 44

Rocco Caccini

Alguns meses depois...

A cada dia, Luara fica mais linda. A barriguinha saliente, carregando nosso primeiro filho, vai aumentando e meu coração se expande junto. Essa mulher é perfeita... minha mulher! Estou cada vez mais encantado por ela.

Não sabemos o sexo do bebê; descobriremos apenas no momento do nascimento, uma tradição da minha família. Enquanto isso, estamos fazendo apostas que valem muito dinheiro. Renzo, minha mãe, Alice, meu pai e até Enzo apostaram que será uma menina. Já eu, Luara e Melanie achamos que será um menino.

No entanto, o assunto que mais tem me causado dor de cabeça é Claus. Ainda não consegui pegá-lo, e isso me atormenta. Enzo trabalha dia e noite incansavelmente para encontrá-lo. Recentemente, chegamos muito perto, mas o maldito foi mais esperto e fugiu antes.

Enquanto isso, tenho reforçado a segurança de Luara. Ela é minha principal preocupação, tanto por estar esperando nosso filho quanto por ser minha esposa. Não posso deixar nada acontecer com ela, pois é meu dever protegê-la.

Quanto a Shantal, ela entendeu que eu estava falando a verdade. Eu a enviei de volta ao prostíbulo e nunca mais tivemos qualquer contato.

Luara grávida ficou insaciável e mais atraente do que nunca. Nosso relacionamento só tem esquentado. Estamos deitados na cama, descansando após uma intensa sessão de sexo. Olho o celular e vejo que já passa da meia-noite. Quando estou ao lado de Luara, o tempo voa, e me esqueço das milhares de preocupações que tenho.

É confortável estar a seu lado.

— Vamos descansar? — pergunto, aconchegando-a ainda mais em meus braços.

— Sabe o que eu estava pensando?

Balanço a cabeça em sinal negativo.

— Mas gostaria de saber.

— Não decidimos os nomes ainda, e falta pouco para o nosso bebê nascer.

Ela tem razão.

— Você gosta de algum nome?

— Não sei. E você, gosta de algum?

— Gosto.

— Qual? — Ela me olha, curiosa.

— Giulia.

— Você já ficou com alguma mulher com esse nome?

Sua pergunta me faz gargalhar.

— Não, nunca fiquei, apenas gosto desse nome.

Luara ri de si mesma.

— Hum, parece bonito. Acho que gostei de Giulia. E se for menino, você tem algum nome em mente?

— Gosto de Luigi. E você?

— Luigi me parece ótimo. Eu gostei! — E gostou mesmo, pois sua entonação mostra o quanto está satisfeita.

— Então ele se chamará Luigi? — pergunto, para ter certeza de que os nomes estão decididos.

— Sim. Se for menina, ainda vamos decidir. Eu gostei de Giulia, mas preciso ter certeza se nunca houve alguém importante na sua vida com esse nome. — Faz um biquinho.

— Tudo bem — rio do seu ciúmes e beijo seu biquinho lindo. — Agora vamos descansar um pouco?

— Vamos, só vou ao banheiro — avisa, já se levantando.

Sua barriga linda fica em evidência e abro um enorme sorriso. Não me canso de admirá-la. Essa mulher é maravilhosa!

Meu celular começa a tocar e, ao conferir no visor, vejo que é Enzo.

— *Ciao.*

— Onde fica a localização exata da sua casa?

— O quê? Você me ligou a esta hora para perguntar o endereço da minha casa? Porra, Enzo! Quer me fazer uma visita a esta hora? Vai se ferrar!

— Rocco, não tenho tempo para brincadeiras. Preciso que me diga a localização exata da sua casa.

Informo o endereço, sem compreender o motivo. Ouço o som dos dedos de Enzo teclando e presumo que ele está mexendo no computador.

— Que merda está acontecendo? — pergunto, a voz tremendo de nervosismo.

— Saia daí agora! Tire Luara daí! — ordena Enzo, visivelmente alterado.

— Que porra está acontecendo?

— Claus. Rastreei ele há poucos minutos e a localização dele indica a sua casa.

— Tem certeza? — Levanto-me e vou em direção ao banheiro.

— Sim. Estou monitorando isso há um tempo. Ele está na sua casa, Rocco, neste exato momento. Você precisa sair daí, tira Luara daí, agora!

— Como isso é possível?

— Alguém o traiu. Seus guardas te traíram.

— Ligue para Renzo. Preciso tirar Luara daqui. — Desligo o telefone e bato na porta do banheiro.

— O que foi, amor? — Luara sai do banheiro, com um olhar confuso.

— Preciso te tirar daqui.

— Por quê?

— Claus está aqui — murmuro, dirigindo-me à porta e trancando-a. — Preciso que você fique calma. Não posso confiar em nenhum dos meus guardas agora.

— Aqui dentro? Como assim, Rocco? — Ela fica visivelmente nervosa, andando de um lado para o outro.

— Não há tempo para explicações. Apenas mantenha a calma, o.k.? Prometo que nada vai te acontecer.

Ouvimos passos do lado de fora do quarto e noto que ele está perto. Alguém começa a mexer na maçaneta, tentando abrir. É tarde demais para tirar Luara daqui.

— Estou com medo. — Luara agarra minha cintura.

— Preciso que você fique calma. Ele está atrás de mim, não de você, entendeu? Entre no banheiro e tranque a porta. Não saia de lá por nada, você me ouviu? — Ela balança a cabeça, confirmando. — Você não pode me desobedecer.

— Você vai entrar comigo?

— Não. Vou ficar aqui e distraí-lo até que Renzo chegue.

— Rocco, ele vai te matar. Entra aqui comigo, por favor — implora, chorando.

— Xiu, não faça barulho — peço, temendo que a pessoa do outro lado possa ouvi-la.

— Eu não vou entrar ali sem você! — Bate o pé e cruza os braços.

— Luara, agora não é hora para isso. Pense no nosso bebê. Você precisa ficar lá dentro. — Seguro com delicadeza seu braço e a conduzo para o banheiro. — Não saia por nada, entendeu?

— Eu te amo — diz, ficando na ponta dos pés e me dando um beijo rápido nos lábios. — Você precisa voltar, por nós. — Alisa a barriga.

— Eu vou voltar — garanto, dando mais um beijo nela antes de fechar a porta.

Entro no *closet*, digito a senha do cofre e pego munição para minha arma. Claus ainda tenta abrir a porta, mas sem sucesso. A porta do meu quarto foi programada para abrir apenas por dentro depois de acionada a senha de emergência, mais uma das ideias brilhantes de Enzo.

— Rocco, sei que você está aí. Vou conseguir abrir essa porta, seja por bem ou por mal. Continue se escondendo, mas eu te encontrarei. Enquanto isso, vou lá embaixo comer alguma coisa, estou faminto — grita o *maledetto*, rindo. — Cadê sua linda esposa? Gostaria de vê-la.

Sinto meu sangue ferver de raiva. Eu vou despedaçar esse infeliz.

Aguardo alguns segundos e, finalmente, ele para de tentar abrir a porta. Recebo uma mensagem de Renzo, avisando que está chegando com reforços. Abro lentamente a porta do quarto e dois homens armados disparam. Uso a parede como escudo e atiro na cabeça de um, enquanto o outro avança sobre mim e minha arma cai no chão. Começamos uma luta corpo a corpo, mas o covarde pega uma faca, acertando-a de raspão no meu ombro. Dou um soco forte em seu rosto, fazendo-o tombar para trás e derrubar a faca. Ele ainda tenta pegá-la, mas eu o chuto e, quando ele cai, piso várias vezes em seu joelho.

Alcanço a faca antes dele e a cravo em sua garganta. Fecho a porta do quarto, acionando a tranca de emergência pelo celular, dando acesso apenas à Luara.

Desci alguns degraus da escada, tomando cuidado para não ser notado, e vejo alguns dos meus soldados ajoelhados, sendo feitos reféns. Conto os inimigos e planejo mentalmente como eliminá-los.

— *Cazzo*, finalmente te encontrei.

Assusto-me ao virar a arma na direção de Renzo, quase disparando na testa dele.

— Não me assuste, você quase levou um tiro.

— Não consegui trazer os soldados, apenas três homens. A entrada está toda fechada pelos homens de Claus. Consegui passar com alguns pela entrada secreta. Os outros estão lá fora, esperando nosso sinal para entrar.

— Certo, vamos eliminar alguns ratos.

— Cadê a Luara?

— Escondida no quarto. Não consegui tirá-la porque ele já estava na porta do meu quarto. Preciso resolver isso logo e levá-la para um lugar seguro. Não quero que ela fique sozinha por muito tempo, está nervosa e pode passar mal. Temos que ser rápidos.

— Certo! Estamos juntos, sempre, *fratello*. — Meu irmão aperta meu ombro.

— Sempre juntos. Agora, vamos nessa.

Descemos as escadas, atirando em alguns homens, tanto de Claus quanto nos meus, que possivelmente haviam me traído. A ordem é atirar sempre na cabeça, não importa quem seja. Quando chegamos à sala de estar, somos recebidos por vários disparos, e dois soldados que estavam conosco são alvejados na cabeça. Estamos em três e conseguimos eliminar quase todos. Renzo joga uma granada no meio da sala. Pulamos para trás do sofá e, após alguns segundos, a sala explode, restando apenas eu e Renzo. O outro soldado também é atingido.

Levantamos devagar, em meio à fumaça. Tudo parece limpo, mas não há sinal de Claus.

— Vou mandar o sinal para os homens entrarem.

— Tudo bem, irei atrás dele.

Neste momento, sem que percebamos, Renzo é atingido na perna.

— *Cazzo!* — grita, caindo no chão.

Viro-me e Claus está atrás de mim, com uma arma apontada para minha cabeça. Aparentemente, ele está sozinho; todos os seus homens foram mortos.

— Fique onde está e largue a arma — ordena a Renzo. — Agora! Se não fizer isso, mato seu irmão.

Olho para Renzo, incentivando-o a fazer o que Claus pede.

— Quanto tempo, Claus. Você envelheceu, hein? — tento manter a calma diante da situação.

Nunca tive medo de morrer, mas isso foi antes de Luara, antes de saber que teríamos um filho. A ideia de ficar sem ela e de não poder conhecer nosso bebê me aterroriza.

— Digo o mesmo, Don. Agora, conte-me, onde está sua lindíssima esposa? Ainda trancada no quarto?

— Infelizmente, ela não poderá participar da festa hoje. Acabou ficando na casa dos meus pais. Vamos deixar para uma próxima — minto, forçando um sorriso.

— Fique quieto! — Ele atira novamente na perna de Renzo, que tentava pegar a arma. — A próxima será na sua cabeça.

— Renzo, não faça mais nada! — ordeno, frustrado com o novo tiro que ele havia levado.

— Não vou deixar esse *maledetto* te matar — murmura, com a voz fraca devido à dor.

— Estou te ordenando, não faça mais nada!

Amo profundamente *mio fratello* e sei que ele faria qualquer coisa para me proteger, assim como eu faria por ele. Não posso arriscar sua vida. Vê-lo baleado já é insuportável para mim.

— Obedeça ao seu Don. Venha, Rocco, vamos sair daqui.

— Posso saber para onde vamos?

— Vou me divertir um pouco com você antes de matá-lo — dispara, acertando meu ombro. Gemo de dor e levo a mão até o local atingido. — Isso é só o começo do que farei com você — Ri maliciosamente.

— Acho que não estou a fim de sair de casa tão tarde da noite. Vamos deixar para outra ocasião, Claus. Sabe como é, já estou velho para ficar na rua até tarde.

— Você não está em condições de negociar nada. Vamos sair tranquilamente. Você vai ordenar a seus homens lá fora para liberar nossa saída, e eu deixo seu irmãozinho vivo.

— Ele não vai a lugar algum com você.

Estremeço ao ouvir a voz de Luara, e fecho os olhos, não acreditando que ela está aqui.

— Ora, ora, mentindo para mim, Don? Que coisa feia! — Claus estala a língua e olha para Luara, sem parar de apontar a arma para minha cabeça.

Renzo está longe demais e sua perna sangra muito para que ele consiga pegar a arma. Estou perdido, sem enxergar uma saída.

— Luara, eu disse para não sair do quarto, porra! — rosno, exasperado e preocupado.

Meu coração bate descompassado. O medo de que algo aconteça com ela e com nosso filho é imenso. Agora, sim, estou desesperado.

— Deixe-a participar da festinha, Rocco, não seja egoísta. Você não terá coragem de atirar, mocinha, parece que nunca pegou uma arma antes, olha como está tremendo — zomba.

Quando me viro para encarar minha esposa, percebo que Luara está com uma arma apontada para Claus. Ela treme bastante e, com certeza, nunca manuseou uma arma antes.

— Não me subestime — responde com determinação.

— Vejamos o que temos aqui. — Claus olha para a barriga da minha esposa, e eu fecho os punhos, desejando atacá-lo. — Um bebê monstrinho? Não acredito que você teve a coragem de engravidar desse homem imundo.

— Não fale do meu filho, seu infeliz! — grita Luara.

— Vou te dar um presente, querida. Vou deixar você e seu filho em paz, e em troca matarei seu marido e seu cunhado na sua frente — ameaça Claus, apertando o gatilho.

Um tiro ecoa pela sala.

Claus coloca uma mão no peito e a outra continua segurando firmemente a arma direcionada para mim. Olho para Luara, preocupado, temendo que ela possa passar mal.

— Sua vagabunda, você me acertou! — berra Claus, furioso. — Vou ter que te matar e acabar com esse monstrinho na sua barriga. — Tira a mira da minha cabeça e aponta para ela.

— Eu disse para não falar do meu filho! — Mais um tiro.

— Luara! — chamo por ela.

Tudo acontece de forma rápida. Claus cai no chão, já morto, mas os disparos seguem por um tempo.

— Vá para o inferno! Eu avisei para não falar do meu filho! — Luara descarrega a arma contra nosso inimigo, garantindo que não reste um pedaço dele para contar a história.

A munição já havia acabado, mas ela continua apertando o gatilho, tomada por uma fúria que eu nunca havia visto antes nela.

Essa é minha mulher!

Capítulo 45

Luara Sokolova

Fico tão tomada pela raiva que tudo a meu redor parece um borrão.

— Luara? Luara? — Ouço Rocco me chamar, mas sua voz parece distante demais. — Olhe para mim. — Ele tira a arma da minha mão, e segura meu rosto, forçando-me a encará-lo.

— Ele está morto? — gaguejo, nervosa.

Não consigo desviar o olhar do homem no chão.

— Sim.

— Eu matei um homem, eu matei um homem. — Começo a chorar, sentindo o desespero me consumir.

— Fique calma, eu estou aqui. — Ele me puxa para seus braços, tentando acalmar o tremor que domina meu corpo.

— Eu matei um homem. Rocco, eu matei um homem — repete, incrédula com o que acabei de fazer.

— Meu amor, calma, está tudo bem. — Abraça-me com mais força. — Ele mereceu morrer. Não se sinta culpada.

— Eu matei uma pessoa, eu matei um ser humano.

As palmas das minhas mãos ficam frias e meu tremor se intensifica.

— Não pode considerá-lo um ser humano. — Ele deposita um beijo no topo da minha cabeça. — Fique tranquila, meu amor. Você fez um bem para a humanidade. — Ele começa a caminhar, puxando-me para junto de seu irmão. — Como você está? — pergunta a Renzo.

— Bem. Acho melhor levá-la para um hospital. Ela parece estar em choque.

Rocco assente, dizendo a Renzo para ficar tranquilo, pois logo o salvariam. Ele, então, me conduz até o carro.

A cena em que disparei vários tiros naquele homem se repete incessantemente na minha mente. O medo de que ele matasse Rocco e Renzo, e de que pudesse fazer algo contra mim e meu bebê era avassalador. Eu não tive culpa. Estava apavorada e agi em defesa daqueles que amo.

Chegamos ao hospital mais próximo. Meu marido explica ao médico o que havia ocorrido, e logo vejo Renzo entrando também.

Sou encaminhada para um quarto, onde realizam exames para assegurar que eu e o bebê estamos bem. Rocco permanece a meu lado, segurando minha mão.

— Luara, vou te dar um leve calmante. Nada que vá prejudicar o bebê. É apenas para você descansar — esclarece o médico, e concordo.

Após receber a medicação, o sono começa a me dominar lentamente. Antes de adormecer, ainda ouço Rocco dizer:

— Fique bem, estarei a seu lado. Obrigado por hoje e por todos os dias em que esteve comigo. Você é incrível, diabinha!

Meu único pensamento é a minha família. Eu amo todos eles e faria qualquer coisa para deixá-los em segurança.

Após alguns dias do incidente, já me sinto melhor. Ainda me lembro do ocorrido, mas agora essas memórias não me atormentam tanto.

Apesar de estar sempre em casa, procuro algo que distraia minha mente. Hoje, combinei com as meninas de virem passar a tarde comigo, e estou esperando a chegada delas.

— Que bom que você veio, amiga.

Abraço Melanie.

— Estava com saudades de vocês! — Ela sorri, alisando minha barriga, que está enorme.

— Alice, que bom que você também veio! — Abraço minha cunhada.

— Não perderia esse chá da tarde das meninas por nada. — Pisco, dando um sorriso, e ela também acaricia minha barriga. — O bebê da titia está crescendo rápido, hein?

— Nem me fale. — Olho admirada para o meu barrigão. — Vamos até o jardim, solicitei que montassem a mesa lá.

— A reforma da casa ficou ótima, Luara, melhor do que era antes — elogia Alice.

— Concordo. A casa era muito sombria, agora, sim, parece uma casa de família.

Após o ataque em nossa residência, decidimos reformá-la. Rocco permitiu que eu a decorasse como quisesse, e as únicas exigências foram relacionadas à segurança, que ele reforçou consideravelmente.

Sentamos no jardim para conversar e saborear as delícias que estão na mesa.

— Como está indo com o Renzo? — pergunto a Melanie.

Após levar dois tiros na perna e passar por uma cirurgia, Renzo ficou um pouco debilitado. Melanie cuidou dele e, como já estavam morando juntos, acabaram se casando antes de Alice e Enzo. — Um saco, ele é insuportável! — bufa. — Não nos matamos ainda porque ele está manco e precisa de mim.

O jeito engraçado de Melanie nos faz dar gargalhadas.

— Vocês se amam, isso sim — provoca Alice, fazendo o rosto da ruivinha ficar vermelho.

— Amam? Fiquei louca, né, Lice? Seu Irmão é ignorante, chato, arrogante e ainda tem uma amante. Sem falar que ele nem tem coração, ou seja, é incapaz de amar alguém.

— Ela está atormentando vocês? — pergunto sobre a amante.

— Bem menos agora, mas ela liga todos os dias para ele. Me pergunto por qual motivo ela não está cuidando dele. — Revira os olhos. — Mas aí lembro que o papel de esposa perfeita é meu.

— Sinto muito por isso. — Seguro sua mão de forma afetuosa.

— Eu também, Mel. — Alice segura na outra mão. — Se eu pudesse, batia no meu irmão para ele deixar de ser trouxa. Com um mulherão como você ao lado, ele ainda tem coragem de olhar para aquela cadela de rua.

— Não há problema, meninas, obrigada por todo carinho — sorri, puxando a mão e bebendo o suco. — Agora vamos falar da Alice e dos preparativos do casamento.

— Sério isso, gente? — Alice revira os olhos, fazendo uma careta.

— Sim — Mel e eu respondemos juntas. — Conte tudo — peço.

— Está indo. — Ela dá de ombros. — Graças a Deus eu não o tenho visto muito. Mas sempre que nos vemos ele dá um jeito de me tratar mal ou me ridicularizar. Típico dele.

Sinto pena das duas, e lembro como é ruim um casamento arranjado.

— Vou dar o mesmo conselho que minha mãe me deu. Não podemos voltar atrás, está feito, é nosso destino. Mas temos que ser espertas e inteligentes. A única maneira de viver bem e em paz é jogando com as cartas que temos.

— E quais seriam essas "cartas"? — pergunta Alice, fazendo aspas com os dedos.

— Isso, só vocês vão saber. — Bebo meu suco.

— E qual foi a sua? — questiona Mel, parecendo interessada.

— Percebi que enfrentar Rocco era perda de tempo. Só o deixava mais nervoso. Lutar contra o nosso casamento era burrice, então decidi aceitar e fazer de tudo para que desse certo. Finjo ser submissa, e ele pensa que manda em mim, mas, na verdade, é o contrário, ele acaba cedendo a todas as minhas vontades. — As duas me encaram com a sobrancelha arqueada. — Como faço isso? Sendo uma boa esposa. Não o enfrento. Quando ele chega em casa cansado e estressado do trabalho, sou doce e gentil. Ele diz que não quer que eu faça algo e finjo aceitar. Quando estamos bem e ele está carinhoso, peço novamente e ele aceita.

— Vivendo e aprendendo — a ruiva ri.

— Quem diria que meu irmão seria cachorrinho de alguém. É evidente como ele é louco por você, Luara, especialmente depois daquele episódio. Ele ficou comendo na sua mão, literalmente.

Alice refere-se ao que aconteceu com Claus. Rocco tem sido diferente desde aquele dia. Ele está mais maleável e, aos poucos, estou conquistando tudo o que quero. A maior prova disso é ele permitir que eu saia sozinha e estude. Isso mesmo, meu marido concordou que eu faça faculdade, on-line, claro. Mas, para mim, isso já é um grande avanço.

— Eu sei que o mundo em que vivemos é ridículo, e que na máfia somos tratadas como nada, mas, aos poucos, vamos conquistando nosso espaço.

— Você faz greve? — pergunta Mel, baixinho, com as bochechas vermelhas.

Rio da sua inocência.

— Faço! Ele fica muito bravo, mas acaba cedendo aos meus caprichos, e eu aos dele.

— Ele não te pega à força, não?

— Não! — respondo rapidamente. — Nunca fez isso. Ele mudou muito. Dentro de casa, ele não é mais o mafioso, o grande Don Caccini. Dentro de casa, ele é apenas o Rocco, meu marido e pai do meu filho.

— O que as donzelas estão falando de mim? — Ouço a voz rouca e potente de Rocco.

Ele se aproxima, dando-me um beijo rápido, fazendo-me sorrir com a demonstração de carinho.

— Nada de mais, querido irmãozinho. Minha cunhada só estava elogiando o marido exemplar que você é.

— Assim você acaba com a minha reputação, amor — brinca, e eu me derreto ao ouvi-lo me chamar assim na frente delas. — Sou um mafioso, você não pode queimar meu filme desse jeito. — Lança-me uma piscadela divertida.

— Passou daquela porta, você é apenas o Rocco, lembra? — Também pisco para ele.

— Sim, diabinha. Agora se despeça das meninas, pois vamos comprar o restante das coisas para nosso filho.

Rocco está super animado com a chegada do nosso bebê. Faltam poucos dias, e ele mal pode conter a ansiedade. Mas não posso nem falar muito, porque estou tão ansiosa quanto ele... ou até mais. Não vejo a hora de ter meu pacotinho de amor em meus braços e, claro, descobrir o sexo, o que me deixa cada dia mais curiosa.

Capítulo 46

Rocco Caccini

Vou buscar Luara para terminarmos o enxoval do bebê. Faltam poucos dias para o nascimento e a ansiedade de ver o rostinho do nosso filho ou filha é imensa.

Caminhamos pelas lojas, comprando uma variedade de itens. Como ainda não sabemos o sexo, Luara optou por escolher tudo em tons neutros.

— Está com fome, meu amor? — pergunto carinhosamente.

Minha esposa desperta em mim um lado que eu nem sequer conhecia. Nunca imaginei que pudesse ser carinhoso com alguém.

— Sim, mas primeiro vou passar naquela lojinha ali. — Aponta para o outro lado da rua.

— Vamos lá. — Meu celular começa a tocar.

— Pode me esperar aqui, vou ser rápida.

Ela me dá um beijo e segue em direção à loja.

— Cuidado ao atravessar — alerto, antes de atender a ligação.

Nos últimos meses, mudei muito com Luara. Entendi que, para ter um casamento saudável, preciso ceder em alguns pontos, assim como ela cede em muitos. Claro, ainda tenho meus momentos de ignorância e estupidez, mas ela tem um jeito meigo de me domar. Essa mulher é incrível! Tem o dom de me conquistar com facilidade.

Luara olha para mim do outro lado da rua e sorri, parecendo iluminar o dia. Sei que estou apaixonado por ela há um tempo, mas o sentimento cresceu. Não é só paixão; é algo mais profundo.

Como em câmera lenta, tudo acontece diante dos meus olhos. Luara está atravessando tranquilamente quando um carro avança o sinal vermelho e a atinge em cheio. Vejo seu corpo pequeno e meigo, carregando o fruto do nosso amor, ser lançado no ar, bater no capô do carro e cair no chão.

Meu coração para por alguns segundos.

— Luaraaaaaa! — grito, desesperado, correndo até ela, já sacando minha arma.

Disparo vários tiros na direção do carro. Para minha surpresa, Shantal sai de lá sangrando.

Era essa maldita no volante!

— Sua *maledetta*! — A sensação de ódio me consome e, sem pensar, descarrego minha arma, mirando apenas na sua cabeça.

Uma multidão se forma ao redor de minha esposa. Ajoelho-me e a pego em meu colo. Seu vestido branco está manchado de sangue. Chamo seu nome, mas não obtenho resposta.

Um desespero nunca antes sentido por mim me domina.

— Meu amor, fala comigo, por favor. — Beijo seu rosto. — Socorro, alguém me ajuda, socorro! — imploro, olhando para as pessoas ao nosso redor.

— Chefe, precisamos levá-la ao hospital agora. — Tom, meu segurança, coloca a mão em meu ombro.

Corro com ela em meus braços para dentro do carro. Seu sangue escorre pelas minhas mãos, vindo das suas pernas. Meu desespero aumenta e uma enxurrada de pensamentos invadem minha mente.

— Corre! Anda o mais rápido possível, preciso salvar minha mulher e meu filho.

— Sim, senhor. — Tom acelera o carro, correndo em direção ao hospital mais próximo.

— Amor, você precisa ficar comigo, acorda, por favor. — Distribuo beijos em seu rosto, não me importando com o sangue, apenas desejando que ela acorde e me olhe com aqueles lindos olhos.

O trajeto até o hospital parece interminável, e minha aflição só aumenta. Faço uma oração em silêncio. Nunca peço ajuda a Deus antes, mas espero que Ele possa atender meu pedido. Se existe algum ser divino neste mundo, que se manifeste agora, pois é o momento em que mais preciso.

Tom estaciona o carro, e saio correndo com ela nos braços, gritando por ajuda.

— O que aconteceu? — pergunta um médico, aproximando-se, enquanto os membros da equipe a colocam em uma maca.

— Ela foi atropelada. Há muito sangue, e ela está grávida. — Passo as mãos pelos cabelos, tentando me acalmar.

— Tempo de gestação?

— Trinta e nove semanas — informo.

— Certo.

Caminho junto com eles, determinado a não a deixar sozinha em momento algum.

— O senhor deve aguardar aqui — diz o médico, me impedindo de entrar na sala de cirurgia.

— Eu vou entrar com ela — afirmo, tomado pela extrema ansiedade.

— Sei que o senhor deseja acompanhar tudo e está preocupado, mas neste momento precisa confiar em mim. Farei de tudo para salvar sua esposa e o bebê. — Eu o encaro, apreensivo, lutando com a decisão de deixá-la. — Confie em mim — pede novamente. — Seu desespero só vai atrapalhar.

Respiro fundo, cedendo ao seu pedido e permanecendo do lado de fora. Tudo para o bem deles, tudo.

Após alguns minutos angustiantes de espera sem qualquer notícia, minha família aparece.

— Como ela está? — Alice se aproxima, chorosa, e me abraça apertado.

— Ainda não sei.

— Vai ficar tudo bem, *fratello*, Luara é uma mulher forte. — Renzo me envolve em um abraço reconfortante.

— Estou orando por ela e pelo bebê — fala Melanie, com sua habitual delicadeza.

Balanço a cabeça, agradecendo o apoio.

— *Figlio,* e o bebê? Eles deram alguma notícia sobre ele e Luara? — pergunta minha mãe, visivelmente apreensiva.

— Não, *mamma*, ainda não tive nenhuma notícia. Estou no escuro tanto quanto vocês.

Meu pai fica em silêncio, compreendendo que o que eu mais desejo é não ter que conversar.

— Avisei à família dela — informa minha mãe, e agradeço.

— Senhor Caccini? — chama o médico.

— Sim?

— Sua esposa teve uma hemorragia forte, consegui conter, mas o bebê não quer esperar, ele está pronto para vir ao mundo. Vamos para a sala vê-lo nascer?

— Claro! — Olho para os meus parentes, que tentam esconder o nervosismo, e sigo o médico.

Visto a roupa de centro cirúrgico e lavo as mãos, como orientado. Na sala, encontro minha esposa acordada. Luara está fraca, mas consciente.

O alívio que sinto ao ver seus olhos azuis me faz sorrir.

— Nosso bebê vai nascer — diz ela baixinho e pausadamente.

Percebo hematomas em seu braço e um machucado na testa, resultado do acidente.

Meu coração dói ao vê-la assim, novamente ferida. E por minha causa.

— Vai, sim — seguro sua mão —, e eu estarei aqui a seu lado.

— Qualquer coisa que aconteça comigo, cuide do nosso bebê, por favor. — Uma lágrima solitária escorre, e eu a enxugo.

— Não vai acontecer nada, meu amor. Vamos cuidar juntos do nosso bebê, juntos. — Pensar em algo ruim acontecendo com ela me desestabiliza por dentro.

De mãos dadas com Luara, aguardamos o nascimento do nosso primeiro filho. Faço minha segunda prece, pedindo que o bebê nasça saudável e que minha esposa se recupere. Não posso perdê-los.

E eu, que nunca fui um homem de fé, me vejo naquele dia pedindo duas vezes a ajuda de Deus.

O médico e sua equipe demoram um pouco, e começo a me sentir apreensivo, temendo que algo esteja errado.

— Tudo certo? — pergunto.

— Tudo ótimo — o médico sorri, e ouço um choro forte e alto a preencher a sala. — Aqui está seu bebê. — Levanta os braços e mostra um lindo bebê robusto, com um choro potente.

— Nosso bebê, Rocco. — Luara aperta minha mão, chorando. Seus lábios estão pálidos, evidenciando sua fraqueza.

— Nosso bebê, meu amor. — Dou um beijo carinhoso em sua testa.

— É um meninão — revela o médico.

— Nosso Luigi. — Minha esposa chora ainda mais e, pela primeira vez, meus olhos se enchem de lágrimas.

O médico aproxima Luigi do rosto de Luara, e ela o beija.

— Mamãe te ama muito, meu pequeno corajoso. — A voz dela fica arrastada.

— Ela está bem? — Minha preocupação agora é com Luara, já que meu filho está bem.

— Ela perdeu muito sangue — comenta o médico.

Luara começa a desfalecer, e uma enfermeira pega Luigi dos braços do médico. Os monitores ligados à Luara começam a apitar, e percebo que agora ela está de olhos fechados.

— Luara? — chamo. — Luara? — A vida parece estar querendo me punir. É um desespero sem fim. — Doutor, o que está acontecendo?

— Ela está tendo outra hemorragia. Peço que o senhor vá junto com a enfermeira.

— Eu não vou sair de perto dela. — Aperto sua mão, constatando que está gelada. — Faça alguma coisa, não posso perder essa mulher — imploro.

— Ela vai ficar bem. Você só precisa confiar em mim. Por favor, acompanhe a enfermeira e seu filho.

Faço o que ele pede, pois parece o mais apropriado no momento. Preciso confiar na equipe médica, mesmo que eu odeie depender dos outros. Acompanho a enfermeira e Luigi, que foi limpo e agora está com uma roupinha que eu e Luara havíamos comprado. Mamãe foi até nossa casa buscar as outras.

— Ele está bem? — pergunto à neonatologista que o examina.

— Ótimo! Apesar do acidente, ele é um bebê saudável e robusto.

Respiro, aliviado. Pelo menos uma boa notícia em meio a todo o caos.

Após a troca de roupas, a médica me entrega Luigi. Sem saber exatamente como segurá-lo, eu o pego no colo de forma desajeitada. É a primeira vez que seguro um recém-nascido. Apesar de não ter tomado banho, o cheirinho dele é agradável e aquece meu coração.

— Seja bem-vindo, meu filho — murmuro, e ele resmunga um pouco. — Você já está sentindo falta da mamãe, não é? O papai também sente falta dela, meu filho, o papai também — converso com Luigi, como se ele pudesse entender.

— Vamos levá-lo para o quarto. Quando sua esposa descer, ela ficará com vocês.

— Ela vai ficar bem?

— Vai, sim, senhor. Fique tranquilo.

Entramos em um quarto amplo, e a enfermeira se retira, informando que caso eu precise é só chamá-la. Peço que chamassem minha família, pois estão ansiosos para conhecer o herdeiro.

— É um vazio sem sua mãe, né, filhão? Papai já está com saudades do sorriso dela. Você também vai se apaixonar quando a vir sorrir. Luara tem o sorriso mais lindo que existe.

— Mais é um maricas mesmo — zomba Renzo, ao entrar no quarto acompanhado da minha família.

— Vai se ferrar!

— Meu *figlio*, não xingue na frente do bebê — repreende mamãe.

— Então, qual é o sexo? — pergunta papà.

— Menino, é um meninão. — Mostro Luigi para eles, cheio de orgulho.

Eles gritam e demonstram muita felicidade ao conhecê-lo e os repreendo por gritarem tanto, daqui a pouco acordam o menino.

— Cadê Luara? — Melanie e Alice perguntam juntas.

Conto sobre o que aconteceu, e a tensão volta a nos dominar. Meu coração está apertado. Eu nem sabia que tinha um, mas depois de hoje tenho certeza de que algo bate dentro do meu peito.

Hoje, tive várias certezas, entre elas, a de que minha esposa é o oxigênio que preciso para respirar... a paz que preciso para minha vida fluir...

Capítulo 47

Luara Sokolova

Recupero a consciência e, ao abrir os olhos, encontro o médico a meu lado, sorrindo.

— Está se sentindo bem, Luara? — pergunta ele, preocupado.

— Sim, bem melhor — respondo, embora ainda me sinta um pouco fraca. — E o meu filho? — É a única coisa em que consigo pensar.

— Seu filho está no quarto com o pai dele. Você teve outra hemorragia forte. Ficou em observação até que acordasse e confirmássemos que você está bem.

— Estou bem — asseguro. — Posso ir ver meu filho agora?

— Claro, vamos levá-la até lá.

Não me levanto da maca. Um maqueiro é chamado para me transportar até o quarto. Ao entrar, vejo todos os presentes, incluindo meus pais e irmão. O funcionário me transfere para a cama e se retira.

— Filha, como seu filho é lindo! — diz minha mãe, com lágrimas nos olhos, e beija minha testa carinhosamente.

Recebo o carinho de todos, e fico feliz em ver minha família reunida desta forma.

— Eu gostaria de segurá-lo um pouquinho — digo, ansiosa para sentir o cheirinho do meu pequeno.

Rocco o traz até mim. Desde que entrei no quarto, meu marido não desviou o olhar de mim. Um brilho lindo destaca-se na escuridão dos seus olhos, mas ele ainda não conseguiu se aproximar.

Seguro meu filho nos braços, e é inevitável conter as lágrimas. Ele é simplesmente lindo!

— Não consigo expressar o que estou sentindo ao vê-la bem... estou tão feliz! — sussurra, para que apenas eu ouça. — Ele é a sua cara, meu amor. — Meu marido me dá um beijo rápido.

— Sim, ele se parece comigo.

— Garotão de sorte — diz Rocco, bagunçando os cabelos do nosso filho. Ele tem uma cabeleira escura, igual à minha.

Olho para Rocco com ainda mais amor. São os dois homens da minha vida.

— Fico tão feliz em te ver bem, Lua. — Mel se aproxima e me dá um beijo na bochecha. — Parabéns pelo seu filho e por toda a sua coragem.

— Obrigada! — sorrio, tocada.

— Cunhada, *grazie Dio* essa criança é a sua cara — brinca Alice, dando um sorriso. — Meu sobrinho é lindo e você é uma mulher de muita força. — Passa a mão carinhosamente pelos meus cabelos.

— Meu sobrinho é lindo. Você é forte. Nossa família tem muita sorte de ter você — diz Renzo, surpreendendo-me com seu carinho.

Agradeço a todos pelo carinho. É muito importante me sentir amada.

— Bom, já que todos estão aqui, gostaria de dizer que amo cada um de vocês. Cada um é especial à sua maneira, e tem um lugar no meu coração. — Olho para Rocco. — Fala você — digo. Ele sabe do que estou falando.

— Gostaríamos que Melanie e Renzo fossem padrinhos do nosso filho.

A expressão de Renzo é impagável, e Melanie leva a mão à boca, incrédula.

Gosto muito dela, e Rocco queria que seu irmão fosse o padrinho, então fiquei feliz com a escolha dos dois.

— Amiga, fico muito feliz, obrigada por esse presente! — diz a ruiva, emocionada, com lágrimas nos olhos.

— *Cazzo!* Que presentão! Será um enorme prazer... caramba, estou sem palavras. — Renzo também está emocionado.

Tenho certeza de que fizemos a escolha certa.

— Vamos amamentar esse bebê? — pergunta a enfermeira, entrando para me ajudar.

Todos saem do quarto para me dar privacidade, exceto Rocco.

Sou orientada sobre como amamentar corretamente, e o bebê está faminto, sugando com força. É a coisa mais linda vê-lo mamando; estou encantada! Ele é guloso e mama com vontade. A enfermeira me conta que ele tomou uma seringa de leite logo após o nascimento, pois eu demorei a vir para o quarto, mas agora eu posso continuar a amamentá-lo, como sempre sonhei.

Não há sensação melhor do que amamentar meu filho.

— Uma das cenas mais lindas que eu já vi na vida — diz Rocco, olhando-me com um sorriso bobo.

Agora estamos só nós três.

— E qual foi a outra cena mais linda que você já viu?

— Você! No dia do nosso casamento. — Meus olhos se enchem de lágrimas. — Eu te amo, Luara! Quase morri quando pensei que te perderia. Não quero e não posso viver sem você.

Meu coração acelera. É a primeira vez que ele diz isso.

— O que você disse? — murmuro, a voz embargada pelo choro.

— Que eu senti medo de te perder? — sorri, sabendo que não é isso.

— Fala logo, Rocco! — Faço biquinho.

— Eu te amo, meu amor. — Faz carinho na minha bochecha com o polegar. — Obrigado por nossa família! Vocês são meus melhores presentes da vida. — Beija minha boca.

— Olá, casal! — Enzo bate à porta do quarto, abrindo-a um pouco e mostrando um lindo buquê de rosas. — Posso?

— Claro, entre — autoriza Rocco.

— Parabéns aos papais. Essas flores são para você, Luara. Feliz novo ciclo.

— Obrigada, Enzo! É muito gentil da sua parte me trazer flores — sorrio.

Rocco pega as flores e as coloca na mesinha ao lado, também agradecendo.

— Desculpe interromper o momento de vocês, mas Rocco precisa vir comigo — avisa Enzo, e eu estreito os olhos, curiosa.

— Aonde vocês vão?

— Acabei fazendo uma promessa, enquanto falava ao telefone com um bastardo. — Meu marido revira os olhos, parecendo arrependido.

— Que promessa?

— Rocco deve uma visita à igreja — explica Enzo.

— Igreja? — quase grito, mas me contenho para não acordar o bebê.

O que diabos ele vai fazer na igreja?

— Acabei pedindo uma ajudinha lá de cima e agora vou cumprir minha promessa. — Dá-me outro beijo, e beija a cabecinha de Luigi. — Amo vocês!

— Também te amo.

— Vamos rezar. — Enzo sai do quarto, rindo.

Acabo rindo também, achando o gesto de Rocco engraçado e fofo.

— Mamãe não poderia estar mais feliz, meu filho. — Acaricio sua bochechinha gorda e rosada.

Meu filho é perfeito demais, e eu estou completamente encantada. É difícil acreditar que me tornei mãe, mas o amor e a felicidade que sinto no meu coração são reais e intensos.

Rocco deixa para me contar o que aconteceu no dia do nascimento de Luigi, quando chegamos em casa. Descubro que quem dirigia o carro era Shantal e que ela está morta. Ele confessa que se arrepende da maneira como a matou, pois foi rápido demais e ele queria fazê-la sofrer por tudo que me causou.

Embora Shantal tenha me causado tanto sofrimento e eu pudesse ter perdido a vida, ou pior, meu filho, fico aliviada ao saber que sua morte foi indolor. Não gostaria de imaginar que ela tenha sofrido muito. Afinal, Shantal nada mais era do que uma mulher loucamente apaixonada. E eu entendo bem esse sentimento, pois me sinto exatamente assim, perdidamente apaixonada por Rocco.

Mas agora são mágoas do passado. O que tenho agora é o amor da minha família e a felicidade de estar diariamente com eles, vivendo em paz.

Os primeiros meses de Luigi foram difíceis. Ele se parece muito comigo fisicamente, mas tem a personalidade nervosa do pai. Mama muito e dorme pouco, o que me deixa bastante cansada. Rocco está se saindo um pai maravilhoso. Não tenho do que reclamar. Estou cansada, sim, mas também muito feliz. Hoje, me sinto completa, com uma família linda!

— Isso é mesmo necessário? — pergunto novamente, insatisfeita.

— Sim, meu amor, fique tranquila.

Hoje, iremos apresentar Luigi aos membros da máfia, e como ele é o herdeiro do trono, uma cerimônia é necessária. Sinto-me apreensiva só de pensar em tudo que meu filho terá que enfrentar.

— Pronta?

— Sim.

— Ainda mais linda! — Ele me puxa pela cintura. — Está deslumbrante, meu amor! — Beija-me com ternura.

— E você — aliso seu peitoral por cima do terno — está um gato, como sempre.

— Nada comparado a você, minha rainha. Estou ficando velho, enquanto você se torna ainda mais bela.

— Igual ao vinho: quanto mais velho, mais gostoso — provoco, passando a língua pelos seus lábios.

Rocco se incomoda bastante com nossa diferença de idade. Sempre diz que sou muito nova e linda para ele, como se ele não fosse um gato. No entanto, meu marido não parece tão mais velho assim.

— Você é só minha, gostosa. — Ele passa a mão pela minha bunda, e roça a barba no meu pescoço.

— Eternamente sua — confirmo com toda a certeza do mundo. Fico na ponta dos pés, mesmo com salto, para alcançar seu ouvido. — Agora vá pegar Luigi, senão vamos nos atrasar.

Ele ri, sabendo exatamente do que estou falando. Se continuarmos aqui, terminaremos na cama, pelados e suados.

Rocco pega Luigi, meu gorduchinho de seis meses, segura minha mão e descemos juntos em direção ao salão de festas da nossa casa. Agora é hora de atuar como esposa do Don Caccini, totalmente submissa a meu marido. Sinto vontade de rir. O que eles não sabem é que, fora dos olhares deles, a história em casa é bem diferente.

Sinto-me mais aliviada ao ver minha família reunida aqui.

Durante a apresentação, todos os membros se juntam e reverenciam meu filho, e o saúdam como o futuro Don da organização, e meu coração de mãe fica apertadinho.

— Ele será tão bom quanto meu filho! — diz meu sogro, sorrindo orgulhoso.

— Espero que sim — respondo com um sorriso amarelo, tentando me acostumar com a ideia.

— Fique tranquila, Luara. — Ele parece perceber minha insatisfação. — Assim como meu filho aprendeu, seu filho também aprenderá e será ainda melhor que todos nós.

— Eu sei, mas meu coração de mãe fica angustiado.

— A mãe de Rocco e Renzo também se preocupava assim, mas no final tudo dará certo. Rocco entendeu que para ser um grande Don não precisa deixar de ser um marido exemplar. Espero que Renzo aprenda isso, assim como Enzo e, no futuro, nosso querido Luigi.

— Eu também, é o que desejo — digo, desta vez com um sorriso verdadeiro e largo.

Ensinarei meu filho a ser um bom homem.

Capítulo 48

Luara Sokolova

Algum tempo depois...

Dezembro é o mês que traz consigo o frio característico e a neve suave que cai lá fora. Também traz a época mais iluminada do ano, que eu amo de paixão... ah, o Natal!

— Luigi, para de fazer isso! — repreendo meu filho.

— O que esse *bambino* está fazendo? — a voz de Rocco ecoa, anunciando sua presença na sala.

— Está tirando as bolas da árvore de Natal.

— *Papà!* — Luigi corre em direção ao pai, os olhos brilhando.

— Não pode atrapalhar a *mamma, mio figlio* — fala Rocco, com um tom grave e carinhoso —, senão você vai deixar a *mamma* muito brava, e ela não pode ficar nervosa, está bom?

— Tá. — Luigi desce do colo de Rocco, parecendo ter entendido, e vem em minha direção. — Desculpa, *mamma*.

— Oh, meu amor. — Ajoelho-me para ficar à altura dele. — Não precisa se desculpar. Vamos só deixar a árvore bem bonita, tá bom? — Ele assente. — A *mamma* te ama! — Beijo sua cabeça macia.

— *Ti amo, mamma.*

Sorri.

— Agora vá brincar com outra coisa, *bambino*. — Aponto para os seus carrinhos, e ele corre animado para brincar.

— Como está toda a preparação, meu amor? — Rocco se aproxima, envolvendo-me em um abraço, dando-me um beijo gostoso.

— Tudo certo.

— E como está o nosso bebê? — Ele alisa minha barriga de quase nove meses.

— Bem! — Sorrio ao olhar para o meu barrigão.

Estou gerando o segundo amor das nossas vidas. Mais uma *metadizinha* nossa.

Rocco se abaixa e beija minha barriga. Rapidamente, o bebê se agita e começa a se mexer.

— O que você acha que é? — pergunto, curiosa.

— As apostas foram feitas.

— Como apostaram?

— Todos apostaram que é outro menino.

— E você? — Quero saber qual é o palpite dele.

— Apostei que é nossa pequena Giulia.

— Muito dinheiro, igual da outra vez?

— Sim, muito! — Rocco sorri, começando a me ajudar com a decoração da árvore.

Na última aposta, o valor foi tão alto que poderíamos ter comprado uma mansão, mas acabamos comprando uma casa de campo para passar as férias com nossos filhos.

Eu estou cursando Arquitetura e Urbanismo, mas, grávida e cuidando de Luigi, tive que trancar a faculdade. Pretendo retomar o curso depois. Ainda não contratei uma babá, pois quis fazer tudo sozinha, mas talvez, após o nascimento do segundo bebê, eu considere contratar alguém para ajudar.

— Vamos nos arrumar que daqui a pouco eles vão chegar — diz Rocco, segurando minha mão.

— Vamos!

Terminamos de arrumar a árvore e colocar os presentes. Vamos receber nossa família em casa para o Natal, e estou imensamente feliz.

Horas mais tarde, estamos todos sentados à mesa de jantar, comemorando nosso Natal. Não somos uma família perfeita — longe disso —, mas cada um está sempre em busca de melhorar.

Olho para cada um dos presentes e sorrio satisfeita, observando suas histórias e trajetórias únicas. Eu os amo, cada um deles, sem exceção. Pode não ser a família perfeita, mas é a melhor que poderia existir, e eu não trocaria por nenhuma outra.

— *Ti amo, mia ragazza!* — Rocco sussurra suavemente no meu ouvido, provocando-me um arrepio.

— Te amo mais, meu amor! — Acaricio sua mão, sorrindo com ternura.

Sinto que estou no lugar certo. Minha vida estava destinada a se cruzar com a do Don Caccini. Ele é minha história, e estou realizada por estar vivendo a seu lado.

EPÍLOGO

Luara Sokolova

— *Papà,* você pode brincar de casinha comigo? — chama Giulia, com uma pitada de impaciência na voz.

— Claro, *figlia* — responde Rocco, com um sorriso afetuoso.

— *Papà,* você tem que brincar comigo! — insiste Luigi, com os braços cruzados e uma expressão emburrada.

— Não, Luigi, é hora do chá da tarde e o *papà* vai tomar comigo — explica Giulia, tentando acalmar a situação.

— Não precisamos brigar, crianças. Vamos os três para a casinha e tomamos o chá juntos — sugere meu marido, com um tom conciliador.

— Isso é coisa de menina, *papà* — retruca Luigi, com desdém.

— Deixa de ser bobo, Luigi! — Giulia dá língua para o irmão, com um brilho travesso nos olhos.

— Podemos brincar um pouco com sua irmã, *bambino*. Depois, fazemos o que você quiser, tudo bem? — Rocco tenta apaziguar.

Finalmente, todos concordam.

Os três se dirigem à casinha no quintal da nossa casa de campo, e Giulia começa a servir o chá. Sento-me na grama e observo a cena mais adorável de toda a minha vida: meu marido e meus dois filhos brincando juntos. Rocco é um pai maravilhoso, não tenho do que reclamar. Ele até sugere mais filhos, mas, por enquanto, estou dedicada aos meus estudos.

Luigi é minha cópia em termos de aparência, mas tem o temperamento todo do pai. Giulia, por outro lado, é a cara de Rocco, mas com o meu jeito. Nossa princesinha veio para completar nossa família e adicionar um pouco de caos a nossa casa. Rocco é extremamente apaixonado e protetor com ela.

Como marido, ele continua insaciável e irresistível!

Ainda brigamos? Muito! Ele não é fácil, com seu jeito difícil e a mania de sempre querer estar certo. Mas com um pouco de paciência consigo domar a fera rapidinho.

Estou feliz? Não poderia estar mais! Hoje, tenho filhos maravilhosos e um marido excepcional.

Sobre o resto da minha família? Todos estão se entendendo, assim como eu e Rocco. Todos estão se esforçando ao máximo para que essa loucura funcione. Por aqui, tem dado muito certo, e acredito que para eles também.

— Finalmente consegui escapar do chá da tarde. — Rocco se aproxima e senta-se a meu lado. — Nossos filhos são lindos! — declara, com orgulho, observando-os brincar.

— Lindos demais — concordo. — Nossos filhos são perfeitos!

— Giulia é uma pequena cópia minha, e Luigi uma cópia sua.

— Sim, um pouquinho de cada um.

— Espero que venha mais um monte. — Lança-me uma piscadela.

— Já conversamos sobre isso, Rocco — o repreendo, com um sorriso.

— Eu sei, meu amor, eu sei. — Senta-se atrás de mim e me abraça. — Estou falando para o futuro.

— Em um futuro, quem sabe.

— Sou muito feliz por ter nossa família. Você é o amor da minha vida, minha rainha. — Beija meu pescoço com ternura.

— Também sou muito feliz por ter vocês. Eu te amo!

— Te amo mais, diabinha! Obrigado por entrar nesse inferno e trazer luz à minha vida.

— Não tive muita escolha. Me entregaram de bandeja para o Diabo — brinco, soltando uma risada.

— Ainda bem, sou um Diabo de muita sorte. — Assobia, com um sorriso satisfeito.

— Não poderia ter sido diferente. Agora vejo que foi a melhor coisa que me aconteceu.

— Obrigado, serei eternamente grato por ter você em meu inferno particular.

Ele me abraça mais apertado, e eu me aconchego em seus braços, onde me sinto verdadeiramente feliz e protegida.

Passamos o restante da tarde admirando nossos filhos brincarem. Não há sensação melhor do que a paz em que vivo ao lado da minha família.

Quando soube que teria que me casar com o Diabo, revoltei-me contra o mundo, mas hoje apenas agradeço. Tudo acontece com um propósito, e o meu está aqui, ao lado das pessoas que amo. Se eu pudesse voltar atrás, faria tudo exatamente igual. Todas as cicatrizes serviram de aprendizado. Cresci, amadureci e me tornei a mulher que sou hoje: forte e decidida. A Luara menininha de antigamente já não existe mais. Agora, ela dá lugar a uma mulher sábia e madura.

Quando a vida te der limões, faça uma limonada. É clichê, eu sei, mas é o certo. Foi exatamente isso que fiz com a minha: transformei o amargo, que parecia ser o meu fim, em algo doce e construí minha vitória.

Ainda preciso batalhar muito para melhorar minha vida? Sim, ainda há um longo caminho a percorrer, mas nada é impossível. Com calma, chegarei ao meu destino.

AGRADECIMENTOS

CHEGAR AO FIM DESTA JORNADA e ver este livro se tornar realidade é uma bênção que não posso deixar de celebrar com imensa gratidão. Em primeiro lugar, quero agradecer a Deus, cuja orientação e força foram fundamentais para transformar meus sonhos em realidade. Sua presença constante em minha vida foi a luz que me guiou em cada passo deste caminho.

À minha família, meu amor e apoio incondicionais, minha gratidão é infinita. Vocês são os pilares que sustentam meus sonhos e a razão pela qual eu continuo lutando e criando. Cada palavra que escrevi foi inspirada pelo amor e apoio que vocês sempre me ofereceram.

Aos meus leitores, um agradecimento profundo e sincero. Vocês são a alma da minha escrita. Cada *feedback*, cada palavra de encorajamento e o entusiasmo com que vocês receberam minhas histórias significam o mundo para mim. É por vocês que continuo a escrever e a buscar sempre o melhor.

À minha amiga Val, um agradecimento especial. Sua amizade, seu apoio constante e seu entusiasmo foram inestimáveis ao longo deste processo. Você sempre acreditou em mim e nas minhas histórias e, por isso, sou eternamente grata.

Às minhas amigas, Mônica que me ajudou e a Íris que me ajudou na revisão do livro, sou muito grata a vocês.

A todos vocês, meu mais sincero agradecimento. Este livro é um reflexo do apoio e amor que recebo, e é dedicado a cada um de vocês que fez parte desta jornada.

Com todo meu carinho e gratidão,

Ane Le